Fariña

Nacho Carretero (A Coruña, 1981) ha trabajado en diversos medios escritos como *Jot Down*, *XL Semanal*, *Gatopardo*, *El Mundo*, *El Español*. Ha escrito sobre el genocidio de Ruanda, sobre el ébola de África, sobre la guerra de Siria, entre otros temas. Actualmente es reportero de *El País*. *Fariña* se ha convertido en un fenómeno de la no ficción con más de 100.000 ejemplares vendidos. También es el autor de *Historia e indiscreciones del narcotráfico en Galicia* y *En el corredor de la muerte*.

Puedes seguir al autor en sus redes sociales:
@NachoCarretero
carreteronacho

NACHO CARRETERO

Fariña

DEBOLSILLO

Papel certificado por el Forest Stewardship Council®

MIXTO
Papel | Apoyando la silvicultura responsable
FSC® C117695

Penguin Random House Grupo Editorial

Primera edición en Debolsillo: febrero de 2026

Travessera de Gràcia, 47-49. 08021 Barcelona
Mapas: Artur Galocha
Diseño de la cubierta: Penguin Random House Grupo Editorial basado en el diseño original de Artur Galocha

Printed in Spain – Impreso en España

ISBN: 978-84-663-6136-1
Depósito legal: B-21.572-2025

Impreso en Liberdúplex
Sant Llorenç d'Hortons (Barcelona)

P 3 6 1 3 6 1

ÍNDICE

Para Antón. *Benvido*.
Para Paloma. Gracias.

«Graben todo. En algún momento algún bastardo se levantará y dirá que esto nunca sucedió».

Dwight D. Eisenhower,
tras la liberación de Auschwitz

Todavía cuentan la historia los viejos de *a raia*.

Un vecino mayor cruzaba a diario la frontera entre Galicia y Portugal en bicicleta, cargando siempre un saco al hombro. Cada vez que atravesaba *a raia*, la Guardia Civil le daba el alto y le preguntaba qué llevaba en el saco. El hombre, paciente y educado, mostraba siempre el contenido: «es solo carbón», explicaba. Y los agentes, mosqueados, lo dejaban pasar. En el otro lado se repetía la escena: la Guardia de Finanzas portuguesa (conocidos por los vecinos como *guardinhas)* también registraba el saco del hombre y lo dejaban seguir pedaleando. La misma escena se repitió durante años ante el malestar creciente de los guardias fronterizos. No solo eran incapaces de encontrarle material de contrabando, sino que en cada nueva pesquisa se manchaban el uniforme de carbón. Como en el cuento de Poe, en el que la Policía registra minuciosamente una casa en busca de una carta que ha estado todo ese tiempo en primer plano, el secreto del hombre de *a raia* estuvo todos esos años a la vista.

Era un contrabandista de bicicletas.

POR TIERRA, MAR Y RÍA

«Desde barcos romanos hasta el Prestige.
Se hunde de todo aquí».

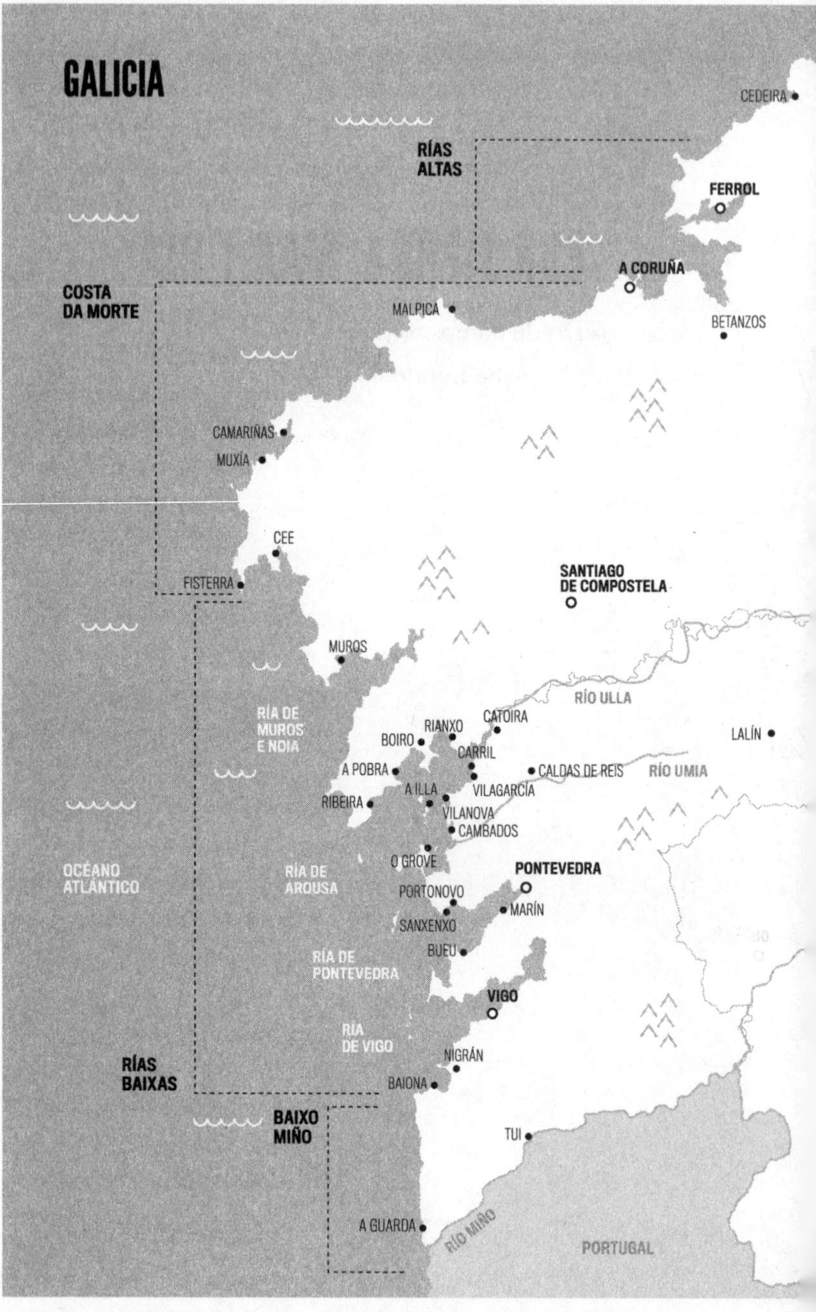
GALICIA
RÍAS ALTAS
CEDEIRA
FERROL
A CORUÑA
BETANZOS
COSTA DA MORTE
MALPICA
CAMARIÑAS
MUXÍA
CEE
FISTERRA
SANTIAGO DE COMPOSTELA
MUROS
RÍO ULLA
RÍA DE MUROS E NOIA
RIANXO
CATOIRA
BOIRO
CARRIL
LALÍN
A POBRA
CALDAS DE REIS
RÍO UMIA
A ILLA
VILAGARCÍA
RIBEIRA
VILANOVA
CAMBADOS
O GROVE
OCÉANO ATLÁNTICO
RÍA DE AROUSA
PONTEVEDRA
PORTONOVO
MARÍN
SANXENXO
BUEU
RÍA DE PONTEVEDRA
VIGO
RÍA DE VIGO
NIGRÁN
RÍAS BAIXAS
BAIONA
BAIXO MIÑO
TUI
A GUARDA
RÍO MIÑO
PORTUGAL

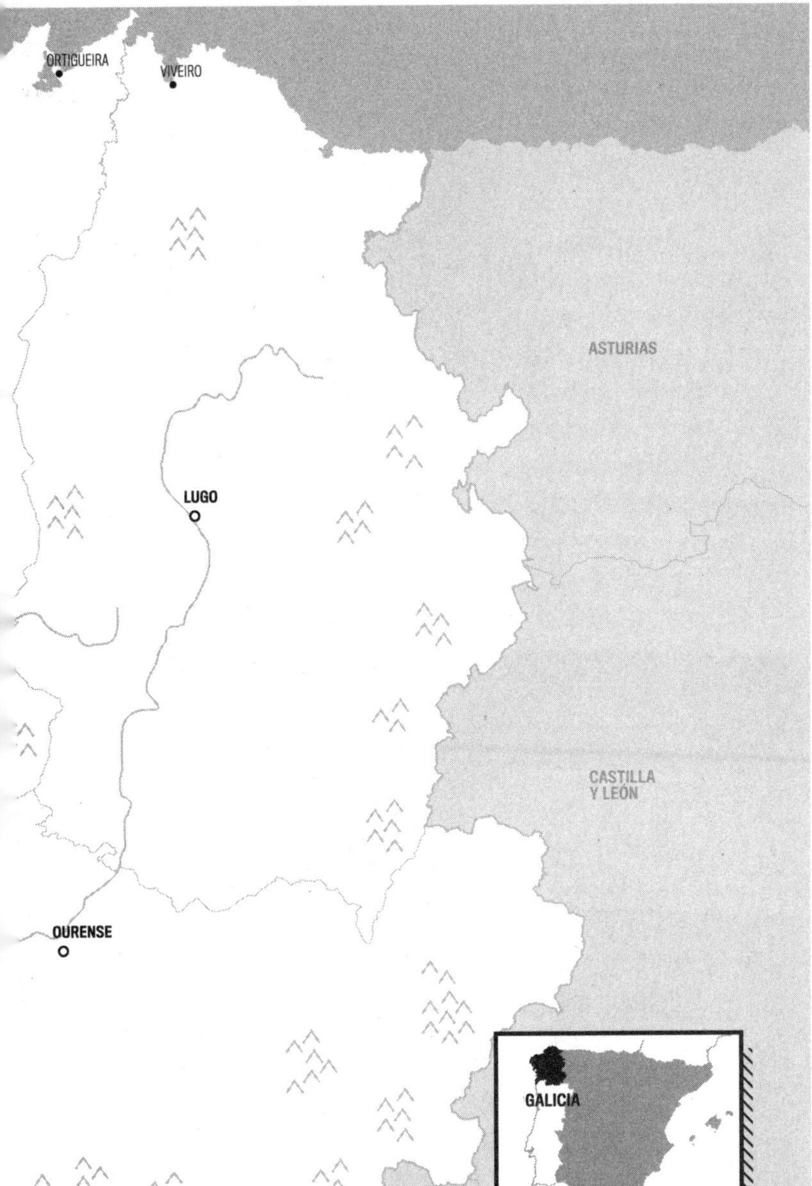
ORTIGUEIRA
VIVEIRO
ASTURIAS
LUGO
CASTILLA
Y LEÓN
OURENSE
GALICIA
20KM

EL MAR: LEYENDAS DE LA COSTA DA MORTE

Cuesta creerlo midiendo un mapa con dedos de colegial. Galicia tiene 1498 kilómetros de costa. Más que Andalucía o Baleares. Si se mira el mapa con detalle, se descubre que la orilla gallega tiene aversión a la línea recta. Se enreda tozuda en recovecos y rincones ideales para entrar y salir sin ser visto. Es también un monólogo de acantilados y rocas propicios para el naufragio. Uno de sus tramos se llama Costa da Morte. Y en la Costa da Morte comienza esta historia.

Las aldeas y pueblos de la zona —casi siempre escondidos del viento y el azote del mar— apenas tuvieron relación entre sí más allá de las rivalidades entre cofradías de pescadores y mariscadores. La remota ubicación también ha dotado a esta zona de un acento y una fonética gallega únicos, no siempre fáciles de entender. La joya de la corona es el cabo Fisterra, fin de la Tierra para los romanos, embarcadero de Caronte para los griegos, kilómetro cero del Camino de Santiago para los cristianos y un precioso cabo colgando al Atlántico para el visitante común. También, un excelente y escarpado escenario para descargar fardos.

Esta zona de Galicia, que abarca aproximadamente desde la ciudad de A Coruña hasta pasado Fisterra, siempre vivió del mar. De la pesca y del comercio, pero también de la mercancía de los buques que navegaban frente a sus costas. No había que esperar a que atracaran en puertos importantes, como Corme, Laxe, Muxía o Camariñas, a veces bastaba con asaltarlos en el mar o esperar a que se hundieran.

Contabilizar barcos hundidos en Galicia es una actividad condenada al naufragio. Hay documentados 927casos en la Costa da Morte desde la Edad Media hasta la actualidad. Ojalá hubieran sido solo esos, replican los lugareños. Hay un libro minucioso que recopila estas historias llamado *Costa da Morte, un país de sueños y naufragios*, del investigador Rafael Lema. En él se ofrece un catálogo completo de los capítulos más sorprendentes sucedidos en esta costa.

***

A finales del siglo XIX el buque inglés Chamois encalló cerca de Laxe. Cuentan que un vecino se acercó en su bote de pesca a socorrer a la tripulación, y cuando llegó le preguntó al capitán si necesitaba ayuda. El capitán pensó que le estaban preguntando por el nombre del barco y respondió: Chamois. Se produjo entonces un maravilloso cortocircuito fonético entre el marinero inglés y el paisano de la Costa da Morte. El *mariñeiro* entendió que el buque portaba bueyes (*bois*, en gallego) y dio súbito el aviso. En pocos minutos cientos de vecinos asaltaron el barco con cuchillos y hoces dispuestos a dar buena cuenta de los bueyes, ante la mirada aterrorizada de la tripulación inglesa.

El Priam acabó atascado en Malpica en la misma época. Las cajas llenas de relojes de oro y plata se desparramaron por la playa y desaparecieron en cuestión de horas. También apareció un piano de cola en la arena, y los vecinos, creyendo que era una caja todavía más grande, lo destrozaron a machetazos. No habían visto algo así en su vida.

La popular historia del Compostelano no es estrictamente la de un naufragio. Entró en la ría de Laxe en una maniobra perfecta, y cuando estaba llegando a la costa, embarrancó de forma limpia en un banco de arena de la playa de Cabana. Cuando los vecinos accedieron al barco, se encontraron con un gato; no había tripulación.

Una de las peores tragedias que se recuerdan tuvo lugar en 1890, cuando el buque inglés Serpent naufragó en Camariñas y murieron sus 500 tripulantes. Están enterrados en el llamado cementerio de los ingleses, un pintoresco camposanto en medio de un espectacular paisaje de playas y acantilados. Veinte años antes había hecho aguas el Captain, frente al cabo de Finisterre, dejando la costa sembrada con 400 cadáveres.

El horror de los naufragios no siempre tenía forma de cuerpos ahogados. En 1905, el Palermo, cargado de acordeones, se hundió frente a Muxía. Cuentan que esa noche del mar brotó una espectral música que aterrorizó a los vecinos.

En 1927 el Nil encalló cerca de Camelle repleto de máquinas de coser, telas, alfombras y piezas de coche. Nada más embarrancar, la naviera contrató de urgencia un servicio de seguridad privada para proteger la carga. De poco sirvió: en pocos días los vecinos rapiñaron toda la mercancía. Por cierto, el Nil portaba también cajas de leche condensada. La historia afirma que los vecinos no habían visto leche condensada en su vida y la confundieron con pintura. Dieron una buena mano a sus casas y la invasión de moscas adoptó forma de maldición bíblica.

Más allá del recuerdo de los lugareños está el escalofriante naufragio, en 1596, bajo una tormenta perfecta, de 25 barcos de la Armada Española. Más de 1700 personas murieron ahogadas. Las crónicas de la época dibujan un cuadro de terror, con los fogonazos de los relámpagos iluminando una escena de cadáveres, restos de barcos y supervivientes gritando antes de hundirse en las olas.

La lista es demasiado larga. Tanto que en la Costa da Morte se mide el tiempo en naufragios: el año del Casón (que obligó en 1987 a evacuar Muxía ante la sospecha de que transportaba productos químicos peligrosos), el año antes del Prestige, después del Serpent. Y así van cayendo los buques del calendario.

* * *

Ramón Vilela Ferrío, más conocido como «Moncho do Pesco», es un veterano percebeiro de Muxía. «Cuando era niño íbamos en traje de baño y jersey a los acantilados de la Costa da Morte. Si te llevaba la ola, te despedías. Hoy con los neoprenos es más seguro, aunque siguen muriendo percebeiros todos los años». En la cofradía de Moncho salían al percebe 30 personas en los años 70. Hoy quedan 14 vivos. «La vida aquí siempre fue muy difícil, hombre. A nosotros nos faltaba el pan. Teníamos todo el marisco para comer, pero no había pan. Eso es raro, ¿eh? Y también muy duro». Moncho, ya jubilado, ha sido testigo de decenas de naufragios. «Aquí es de siempre», dice. «Desde barcos romanos hasta el Prestige. Se hunde de todo aquí», ríe. «Mi abuela me contaba historias de cómo cortaban los dedos y las manos de los marineros ahogados para quedarse con los anillos y los relojes», explica.

Los marineros del Revendal, del Irish Hood y del Wolf of Strong —los tres ingleses y los tres naufragados en la Costa da Morte en el siglo XIX— aparecieron con miembros amputados en las playas donde se recuperaron los cadáveres. Estas historias incluyen a los *raqueiros*, piratas de tierra que se dedicaban a desorientar a los buques y asaltarlos. Encendían hogueras o colgaban antorchas de los cuernos de los bueyes, situándose en puntos estratégicos de los acantilados de la Costa da Morte. Cuando los barcos encallaban, los abordaban sin pudor. La mayoría de víctimas eran ingleses, de modo que estas historias horribles llegaron pronto a la isla de su graciosa majestad. Allí, la escritora Annette Meaking, amiga de la reina Victoria Eugenia, horrorizada por los hechos que le contaban, bautizó a principios del siglo XX aquel recóndito rincón como *Coast of Death*, esto es, Costa da Morte. Los relatos llegaron pronto a los principales periódicos británicos, y de ahí saltaron a la prensa madrileña, que adoptó el nombre. El gobierno de Londres pidió a España que tomara medidas «contra estas mafias de piratas».

«No había una mafia. No era una organización de piratas que se dedicaba sistemáticamente al asalto de buques. Eso no tiene rigor histórico». El investigador Rafael Lema pone cordura en un asunto que es carne de cañón para las leyendas e historias orales que en ocasiones son casi imposibles de verificar. En su opinión, se trataba de hechos aislados, asaltos puntuales. La magia que rodea algunas de estas historias de naufragios es discutible, pero sirve para ilustrar un mundo, una sociedad y una economía que creció durante siglos a la sombra de una mercancía fácil y gratis.

LA TIERRA: *A RAIA SECA*, CUNA DEL ESTRAPERLO

Mientras en la Costa da Morte —presuntamente— desvalijaban buques, en el interior de Galicia no perdían el tiempo. En este caso la realidad se impone sin fisuras, sin leyendas: en *a raia seca* (la raya seca), como se conoce la frontera ourensana entre Galicia y Portugal, se colaba todo tipo de mercancía: medicinas, dinero, comida, electrodomésticos, metales, armas y hasta inmigrantes.

La frontera hispano-lusa adquiere en Ourense perfiles difusos. Esto se debe al estrecho vínculo cultural y lingüístico entre ambas partes y a la propia indefinición topográfica de la línea fronteriza. Hasta entrado el siglo XIX, hubo aldeas remotas entre Verín y Chaves cuyos vecinos ignoraban a qué país pertenecían. Tampoco les interesaba demasiado. El caso más extremo de esta situación apátrida se dio en una zona llamada el Couto Mixto.

Santiago, Meaus y Rubiás eran las tres aldeas que formaban el Couto Mixto, un triángulo de unos 27 kilómetros cuadrados perdido entre montes y pegado a la frontera portuguesa. Esta área semiabandonada fue declarada «coto de homiciados» en la Edad Media. Este era el estatus que recibían algunas zonas fronterizas o arrasadas por la peste o la guerra para ser repobladas a la fuerza con presos liberados. Unas 1000 personas se instalaron en el Couto Mixto en el siglo XI, y con el paso de los años se conformó como un territorio autónomo. Ni el Condado de Portugal ni el Reino de Galicia querían para sí aquel pedazo de tierra, de modo que sus habitantes construyeron una suerte de limbo territorial.

Cuando Galicia se unió al Reino de León y después al de Castilla, la peculiar indefinición del Couto Mixto se afianzó. A partir del siglo XIII, ante la pasividad de las dos Coronas, los habitantes de esta comarca empezaron a funcionar como súbditos independientes: elegían a sus mandatarios, no pagaban impuestos a ninguno de los dos reinos ni sus vecinos eran llamados a filas. Sin ningún documento oficial de por medio, todas las partes aceptaron la independencia de facto del pequeño territorio. El Couto Mixto se convirtió en zona de libre comercio entre España y Portugal. Ni la Guardia Civil ni la Guarda de Finanzas portuguesa supervisaban la mercancía que discurría por el llamado «Camino privilegiado». Aquello era una autopista de contrabandistas, un sueño hecho realidad.

El Couto permaneció en el limbo geopolítico hasta que en 1864 España y Portugal firmaron el Tratado de límites, incluido en el Tratado de Lisboa[1]. El Couto Mixto se dividió entre ambos países. Fue el final de la Andorra gallega, un territorio independiente que duró ocho siglos y que fue reflejado en el cine, de manera algo onírica, en la película de Rodolfo González Veloso «Rayanos: los últimos gallegos indómitos».

[1] Este acuerdo fijó las fronteras actuales entre ambos países desde la desembocadura del Miño hasta la desembocadura del Caya en el Guadiana.

La división del Couto Mixto trazó —oficialmente— la línea fronteriza que todavía hoy separa Ourense de Portugal. Algunas familias quedaron divididas, otras simplemente hacían caso omiso de las fronteras firmadas y se orientaban por las lindes que siempre habían fijado los vecinos. En varias comarcas de la frontera, como la de Geres-Xurés, se hacían reuniones vecinales una vez al año para redefinir la frontera entre Galicia y Portugal conforme a los terrenos de cultivo o las nuevas casas en las aldeas. Así, mientras la oficialidad estipulaba una frontera, los vecinos se regían por otros límites decididos por ellos mismos. Tras la Guerra Civil, el régimen franquista blindó el borde, terminó con la permeabilidad y prohibió el intercambio y comercio de mercancías. Los pastores eran los únicos que tenían permiso para cruzar libremente. Algunos, una vez atravesada *a raia,* no volvían.

La sólida frontera dibujó con nitidez dos zonas cruelmente desniveladas por la posguerra española: mientras Portugal mantenía un aceptable nivel de vida, la Galicia rural sufría una pobreza extrema. No solo faltaban medicinas o gasolina, había carencia de alimentos, luz y recambios eléctricos. Productos como el café u objetos como un encendedor eran lujos al alcance de pocos. Desde las casas gallegas con lámparas de aceite se distinguían con envidia las bombillas portuguesas iluminando las diferencias. El contrabando llegó casi por inercia, como una consecuencia directa de esta desigualdad a uno y otro lado de la frontera.

Circulaban alimentos («contrabando de la barriga»), medicinas, metales, piezas mecánicas o armas. Por cada fardo de alimentos que lograban colar cobraban unas 49 pesetas. Si lo transportado era chatarra o materiales de obra, el pago ascendía a 300 pesetas, el equivalente al sueldo de un obrero gallego de la época.

La facilidad con la que la mercancía fluía de un lado a otro de *a raia seca* se explica, entre otras cosas, por la complicidad de la Guardia Civil. En las tabernas de las aldeas fronterizas coincidían contrabandistas y guardias civiles tomando chatos de vino y jugando al dominó. Luego, unos pasaban mercancía y otros los perseguían. Este matrimonio de conveniencia se repetirá calcado en los tiempos del contrabando de tabaco y, a veces, con el narcotráfico.

La actividad solo se detenía cuando llegaban los inspectores de Madrid. Era entonces cuando los trenes que atravesaban la frontera discurrían a su velocidad normal y no a los 15 kilómetros por hora a los que se solía descargar la mercancía. Cuando estaban los guardias de Madrid, los vecinos no sacaban pañuelos blancos por las ventanas para avisar de que el camino estaba despejado. La mercancía dejaba de fluir por unos días, pero cuando regresaban a la capital, los gallegos volvían a contar con penicilina (que Portugal traía desde Brasil), café, jabón, bacalao o aceite. Hasta pañoletas provenientes de Inglaterra pasaban por la frontera con destino a las cabelleras de las señoras de Ourense y Vigo. El contrabando, sobra decirlo, no es que no estuviera mal visto: es que era una actividad respetada y prestigiosa. En la Galicia subdesarrollada de posguerra, el contrabando era también una medida de supervivencia.

Durante la Segunda Guerra Mundial se consolidó una ruta internacional del wolframio, material que los alemanes codiciaban para armamento e iluminación bélica. Los *arraianos* (habitantes de *a raia*) se especializaron en sacar de las minas gallegas el preciado metal y venderlo a peso de oro a «los rubios», como llamaban a los emisarios del ejército nazi que aparecían por las aldeas de Ourense. Antes de la guerra, los gallegos extraían el wolframio a 13 pesetas el kilo, pero el apetito del Tercer Reich lo elevó a las 300 pesetas. Decenas de familias ourensanas se hicieron ricas en aquellos años. Un negocio redondo que el escritor y director gallego Hector Carré plasmó en la novela *Febre*, donde se presenta la frontera gallega como una suerte de El Dorado en el que compiten los buscadores de wolframio. Por cierto, los soldados «arios» se paseaban no lejos de los maquis de la guerra civil escondidos en los montes gallegos, a quienes, adivinen, los vecinos vendían comida de contrabando traída de Portugal. Actualmente la memoria de aquella singular época pelea por ser rescatada. La Xunta de Galicia y el Instituto de Turismo de Oporto trabajan en un proyecto para recuperar las rutas del contrabando de wolframio con museos y excursiones. Una buena idea en un lugar, Galicia, en el que la desmemoria es deporte nacional.

LA RÍA: *A RAIA MOLLADA*, EL EMBRIÓN DE TODO LO DEMÁS

Mientras los ourensanos usaban el monte y sus caminos para colar todo tipo de mercancías, en Pontevedra tenían el mar: *a raia mollada* (la raya mojada), el amplio estuario repleto de islotes y senderos que forma la frontera costera entre Galicia y Portugal en la desembocadura del río Miño.

Cientos de vecinos y familias se dedicaron al contrabando durante la posguerra usando lanchas, haciendo descargas y tejiendo una red de transporte terrestre para su posterior distribución. ¿Les suena? El contrabando en *a raia mollada* fue el embrión del narcotráfico en Galicia. Fueron estos primigenios contrabandistas los que instalaron toda una infraestructura y una cultura de estraperlo que acabó convirtiéndose en un escaparate de concurso cuando los carteles latinoamericanos buscaron una puerta para introducir droga en Europa. «Ahí, en ese rincón de España, tienen montado todo un tinglado que funciona de maravilla. Llevan años haciéndolo», debió de decir algún narco. Y allá fueron. Hasta hoy, los gallegos siguen siendo los favoritos de las organizaciones sudamericanas.

Antes la cosa no era tan peliculera. Ni violenta. Ni siquiera era inmoral. El contrabando en la comarca del Baixo Miño, como el del interior, nació como eco de la miseria de posguerra. Cuando una sociedad tiene cartillas de racionamiento y a pocos kilómetros, al otro lado de la frontera, cuentan con todo tipo de alimentos y medicinas, el contrabando se reduce a necesidad. Así lo define Praxíteles González en su libro *Yo también fui contrabandista en el estuario del Miño*, un testimonio en primera persona que retrata la Galicia fronteriza de los años 40. «Nuestro pueblo hambriento —narra Praxíteles— miraba hacia la otra orilla del río con envidia. Allí, al alcance de la mano, estaba Portugal con sus casitas blancas, automóviles y luz eléctrica. Mientras nosotros nos alumbrábamos con un candil alimentado con saín y donde muy pocos tenían bicicleta». Lo que Praxíteles describe es el contraste entre un pueblo que pasaba hambre y otro que disfrutaba de las bondades de las colonias africanas. El contrabando, ya lo hemos dicho pero merece la pena repetirlo, nació por inercia y contaba con la bendición de toda la comunidad.

Las mujeres fueron las primeras contrabandistas organizadas. Las *pisqueiras* pastoreaban sus vacas de islote en islote —algunos de los cuales ni siquiera se sabía a qué país pertenecían— y pasaban la mercancía (azúcar, arroz, aceite y jabón) con facilidad. Con el tiempo las *pisqueiras* empezaron a pasar también kilos de café, cerillas y telas. Nacieron entonces las primeras y rudimentarias organizaciones, que no eran otra cosa que vecinos que a golpe de martillo y yunque, o llamando a una vaca con un nombre inventado, avisaban de que se acercaba la autoridad.

El contrabando permitió a muchos emigrantes abandonar sus trabajos como temporeros en Castilla y Cataluña y regresar a casa, donde sustituyeron a las mujeres al frente de las organizaciones. A medida que el negocio y los encargos crecían, la logística se fue haciendo más compleja y fue necesario recurrir a barcas y caballos para trasladar la mercancía. La penicilina se convirtió en la carga más codiciada y rentable, porque en aquellos años la tuberculosis no tenía piedad en las aldeas gallegas.

Desde el primer momento la connivencia con la Guardia Civil fue viento en popa. Los agentes pasaban tanta o más hambre que los vecinos, y casi siempre eran ellos los que proponían los pactos. Cuando no había acuerdo, se detenía a algunos contrabandistas y se les imponía una multa cuyo importe se fijaba en el doble del valor de la mercancía decomisada. Es decir, si la mercancía era inservible, no había multa. Cuando los contrabandistas veían venir a los guardias civiles, tiraban los fardos y destruían el contenido (algún contrabandista de gallinas cometió un genocidio avícola en pocos minutos). Toda una premonición de la clásica estampa de narcotraficantes tirando fardos por la borda de la planeadora.

En los años 50 el contrabando sube de escalón y se empieza a traficar con mercancía que no es de primera necesidad. Del «contrabando de barriga» pasamos a la «zucata». La economía española tomó un respiro y la portuguesa empezó a deprimirse, por lo que el contrabando pasó a ser de ida y vuelta. De Galicia a Portugal, y a la inversa, empezaron a desfilar recambios de automóvil, cobre, chatarra, estaño, alambre, goma, bacalao, pulpo, uvas pasas y tabaco. Los porteadores eran conocidos como *freteiros* y se les pagaban 200 pesetas por cada *frete* (flete) que conseguían colar. Para evitar malentendidos o trampas, los jefes esperaban al otro lado de la frontera. Cada vez que llegaba un *freteiro* con un fardo, le daban una pieza de aluminio acuñada, que más adelante canjearía por dinero. Era tal la aceptación social que tenía el contrabando en la zona que estas fichas llegaron a tener validez en varios pueblos gallegos y portugueses. Equivalían a 200 pesetas y 100 escudos, y muchos comercios las aceptaban.

En ocasiones el *frete* tenía forma humana. La economía portuguesa entraba en barrena a principios de los años 60 debido a la guerra en sus colonias de Angola y Mozambique, y muchos portugueses intentaban salir del país, algunos por miseria, otros para no ser llamados a filas. Los contrabandistas gallegos crearon una red de tráfico de emigrantes (llamados *carneiros*) a través del Miño. Cobraban unas 600 pesetas por persona. Una fortuna.

Los gallegos los ayudaban a cruzar el Miño y los ocultaban en casas de vecinos. Después, a bordo de furgonetas o camiones, los conducían hasta Francia. Hubo casos de estafadores que se hacían pasar por contrabandistas, agarraban el dinero, llevaban a los emigrantes hasta Asturias o el País Vasco y allí los abandonaban. A pesar de estos episodios aislados, los relatos de la época aseguran que los contrabandistas gallegos siempre trataban de mantener bien alimentados a los polizones, y que incluso contaban con médicos para atender a quienes caían enfermos.

El tráfico de *carneiros* funcionó sin descanso y sin relativos sobresaltos durante los primeros años, pero cuando las autoridades reaccionaron, hubo que afinar el ingenio. Los empezaron entonces a esconder en cisternas de camiones, bajos de furgonetas o dobles fondos de maleteros.

«Lito» era el apodo de uno de estos contrabandistas encargados de pasar a emigrantes portugueses a través de la frontera del Miño. En una ocasión cruzó a una familia de cuatro personas en la que el hombre —padre y marido— llevaba una borrachera de época. «Era para combatir el miedo», rememora «Lito». El hombre iba de pie en la proa de la barca preguntándole al contrabandista si era necesario quitarse el sombrero al pisar suelo español. «*Olha galego!*», le gritó a «Lito» en una suerte de «portullego» antes de descender de la barca con el sombrero en la mano: «*Bailemos xuntos, sobre as ondiñas do mar, para lhe cortar os collóns a Franco e a cabeza a Salazar*». Después, cuenta «Lito», cayó derrumbado en el barro. No fue el pase más fácil de aquel contrabandista de *carneiros*.

Las redes de contrabando crecían satisfechas. Colonizaban terreno y poder. Del estuario saltaron a los pasos terrestres entre Vigo y el norte de Portugal, por donde veían desfilar camionetas cargadas de chatarra, que se convirtió en la mercancía predilecta de los contrabandistas. En los primeros años la chatarra se filtraba sin demasiado inconveniente. Con el tiempo, la vigilancia se estrechó y el ingenio se ensanchó. Los chavales de Vigo confeccionaron chalecos de chatarra que se ponían debajo de la ropa (¿se imaginan hacer eso hoy en un aeropuerto de Estados Unidos?). También usaban polainas de goma de neumático, que se colocaban debajo de los pantalones. Entre polainas y chalecos se daban escenas de jóvenes por las calles de Vigo caminando con torpeza y cara de disimulo con 10 kilos de lastre entre pecho y espalda y otros 20 en las piernas. «Semejante a un robot pero a cámara lenta», cuenta Praxíteles en su libro. De aquella época son los autobuses que se quedaban parados en las subidas cerca de la frontera. El conductor miraba extrañado sin sospechar que muchos de sus pasajeros gozaban de 40 kilos extra.

En aquella época que te destinaran al Baixo Miño siendo agente de la benemérita o *guardinha* portugués era mejor que la lotería. Se cuenta la historia de un joven agente luso que fue destinado a la frontera con Galicia. Su padre, y su antecesor en aquel cuartel, era famoso por su rectitud y nunca quiso participar en los amaños con contrabandistas. Para ambas partes era un incordio en toda regla. Cuando su hijo llegó al puesto —precedido de la fama de su padre—, temió que los contrabandistas y compañeros pensasen que era como su progenitor. Temió, vaya, quedarse sin su trozo de pastel. El primer día de trabajo el chaval encaró el asunto con decisión: se recorrió los pueblos fronterizos y, casa por casa, les anunció a los estraperlistas: «*Olha lá, que eu nao son como meu pai! Eu gosto de coroas como qualquer um, eu gosto de perceber como os demais! A minha parte das coroas como qualquer outro!*»[2].

[2] «Oiga, que yo no soy como mi padre. A mí me gusta el dinero como a cualquiera, me gusta cobrar como a los demás. Mi parte del dinero, como todos».

O FUME[3]

«Mariano, vete a Madrid, aprende gallego, cásate y ten hijos».

[3] En Galicia se conoce al contrabando de tabaco como el negocio del *fume* (humo, en castellano). Los contrabandistas eran conocidos como «señores *do fume*».

EL CELTA DEL MARLBORO

Cuentan en Vigo que, a principios de los años 60, cuando el Celta disputaba un partido importante en Balaídos, su presidente, Celso Lorenzo Villa —contrabandista y ex piloto republicano—, agarraba su avioneta y sobrevolaba el estadio durante el juego. A veces, sostiene la leyenda, descendía tanto que las hélices del patrón despeinaban a los jugadores.

Fue en esta década, los 60, cuando los contrabandistas percibieron con claridad que el verdadero negocio estaba en el tabaco procedente de Portugal. Comparado con el de cigarrillos, el estraperlo del resto de mercancías (a excepción de la gasolina) carecía de rentabilidad. Se produjo un cambio en la estructura delictiva: los pequeños y medianos estraperlistas se hicieron a un lado para dejar que los mayoristas monopolizaran el mercado de las cajetillas. Del minifundio al latifundio. Del contrabandista autónomo a las organizaciones jerarquizadas encabezadas por un capo.

Celso Lorenzo Villa fue uno de los primeros grandes capos gallegos del contrabando de tabaco. Era un hombre respetado en el Baixo Miño: rico, popular y con contactos. Era, como ya hemos señalado, presidente del Real Club Celta de Vigo. Tomó las riendas del equipo en 1959, recién descendido a Segunda División, con el objetivo de reflotarlo y regresar a la élite. Él no solía acudir al palco de Balaídos, pero sí su junta directiva, formada entre otros por Vicente Otero «Terito», Pepe Vallina, Antonio Bar Boo, Manuel Tomé o Venancio González «Capitán Veneno». Este último había sido jugador en los años 40, cuando se ganó cierto renombre por los letales ataques que infligía, tanto a rivales como a compañeros, por la banda derecha. Cuentan que en un partido en Vigo le quitó el paraguas a un espectador que lo increpaba y lo usó para un posterior intercambio de pareceres a pie de campo. Después de 20 años, «Capitán Veneno» formaba parte de aquella directiva del llamado «Celta del Marlboro».

El equipo de Celso Lorenzo Villa hacía sus desplazamientos en un moderno autobús Dodge regalo del Centro Gallego de La Habana que lucía el nombre y el escudo del club pintados. En el autobús, además de los jugadores y técnicos, viajaban siempre unas cuantas cajas de Marlboro que se vendían entre el público mientras se jugaba el partido.

Celso Lorenzo estaba casado, atención, con la hija de un sargento de la Guardia Civil. En familia acudían los domingos a misa en un Jaguar de color *beige*.

Los capos de la década de los 60 tenían a su cargo a centenares de trabajadores; entre todas las organizaciones daban empleo a miles de vecinos de la zona del Baixo Miño y Vigo (y posteriormente a los de las Rías Baixas y la Costa da Morte). Vestían con trajes comprados en Madrid y Barcelona, iban al volante de coches de alta gama, eran los protagonistas de grandes banquetes, filántropos de parroquias y fiestas populares, estaban siempre rodeados de mujeres bellas...

Y, lo más importante: los jefes del tabaco flotaban en la misma charca que políticos, alcaldes, banqueros y empresarios.

Había un clima de tolerancia por parte de autoridades y políticos hacia el contrabando. Lejos de ser considerados delincuentes, los contrabandistas gozaban del respaldo social y vecinal sin fisuras. Era una profesión por la que suspiraban muchos gallegos, y quien accedía a ella, sacaba pecho. Recuerdan en Tui, localidad situada entre Vigo y la frontera con Portugal, la historia de la mujer de un contrabandista que fue a registrar al hijo que acababa de nacer. En la ventanilla, el funcionario le hizo las preguntas de rigor. En la correspondiente a «profesión del padre del niño», la señora no titubeó: «contrabandista».

Casi de forma imperceptible, esa mezcla tóxica de admiración popular y complicidad política, ayudará a sentar las bases de lo que, décadas después, degeneró en un sistema criminal casi mafioso.

Se oyeron entonces desde la prensa —pero no se escucharon— las primeras voces que alertaban del peligro de esta industria ilegal. Tarde y con pereza, la Guardia Civil hizo algún movimiento de cara la galería, como una redada cerca de A Coruña en la que pillaron en plena faena a una organización descargando tabaco. Todos los contrabandistas lograron huir (alguno ni llegó a correr) y la Guardia Civil posó para la prensa con el tabaco apresado. Todos contentos, y eso ya no había quien lo parase.

«LOS CONTRABANDISTAS SON LA GENTE MÁS HONRADA QUE HAY»

A Manuel Díaz González le llamaban «Ligero» por lo rápido que cruzaba la frontera con Portugal desde A Guarda, localidad de la que llegó a ser alcalde. O eso decía Fraga. Cuenta la periodista Elisa Lois en una crónica de *El País* que un día don Manuel, a modo de reprimenda, le dijo al presidente de la Xunta de Galicia, Alberto Núñez Feijóo: «¿Usted sabe por qué llamaban «Ligero» al alcalde de A Guarda? ¡Porque corría muy rápido delante de la Guardia Civil cuando hacía contrabando con Portugal!». La bronca de Fraga venía a cuento de unas fotos que salieron publicadas en la prensa y en las que Feijóo disfrutaba de un soleado día en el yate de Marcial Dorado, histórico narcotraficante arousano detenido en 2003. De esta relación —y de estas fotos— hablaremos pronto.

Manuel Díaz fue uno de esos mayoristas que mutaron en respetados y admirados capos del tabaco en los años 60 y 70. Su historia es el prototipo del perfil de capo gallego: sin estudios, curtido en el estraperlo y venerado por sus vecinos, financiaba las fiestas de A Guarda, daba trabajo a las familias y hasta presidía el club de fútbol de la localidad, el Club Sporting Guardés. Un padrino a la gallega que colmaría sus aspiraciones al ser elegido en 1987 alcalde de A Guarda por las filas de Alianza Popular.

Cuatro años antes de ser nombrado alcalde, «Ligero» había cumplido condena en la cárcel de Carabanchel. Fue uno de los condenados del llamado macrosumario 11/84, una redada a gran escala contra el contrabando que acabó diluida por la desidia institucional. En aquel golpe —del que hablaremos enseguida—, «Ligero» fue encarcelado brevemente junto a muchos otros contrabandistas gallegos. Lo metieron en un Opel de la Guardia Civil para trasladarlo a Madrid y, antes de salir de Galicia, abrió la puerta y se tiró en marcha. Consiguió escapar corriendo, aunque luego lo volverían a trincar. En Carabanchel aumentó su leyenda, ya que se dedicaba a invitar a comer al resto de presos, les compraba mantas y café y les pagaba lo que le pidieran.

Siempre sostuvo que abandonó el contrabando cuando fue nombrado alcalde de A Guarda por AP. Aquel año, 1987, el ya edil concedió una entrevista al periódico *Faro de Vigo*. El texto no tiene desperdicio. Entre otras cosas, Manuel Díaz explica que su apodo no tiene que ver con lo que afirmaba Fraga. «Me viene de niño. Y lo llevo más orgulloso que mi propio nombre». A medida que la entrevista avanza, «Ligero» esculpe una encendida defensa de los contrabandistas y se incluye entre ellos, si acaso involuntariamente: «(...) Piensa que la palabra de un contrabandista es oro de ley. Es como el feriante que va a vender una vaca y se da la mano con el comprador. Y no hacen falta papeles. ¡Eso es Manuel Díaz!». El culmen del texto, lo que quedó para la historia, fue el titular: «Los contrabandistas son la gente más honrada que existe». Así lo dijo. Y así salió publicado. Dos años después Manuel

Díaz alias «Ligero» murió, y entre las miles de personas que acudieron al entierro —muchas de ellas, primeras figuras de la política y el empresariado gallego— estaba don Manuel Fraga, que meses después se convertiría en presidente de la Xunta de Galicia. No hay duda de que el gobierno gallego estaba de acuerdo con el titular de la entrevista.

WINSTON DE BATEA

En verano de 1982 hubo un tiroteo en el Parador de Cambados. Se escucharon algunos tiros, después carreras, coches arrancando y silencio. La Policía llegó un rato después, investigó el suceso y no concluyó —públicamente— nada. «Cosas de contrabandistas», resumen en la zona. Después se supo que aquel día los jefes del contrabando de tabaco estaban reunidos. Una versión muy extendida entre los veteranos periodistas gallegos sostiene que estaban discutiendo qué rumbo debía llevar el negocio. En un momento de esos en los que la conversación queda inmovilizada por la tensión, Vicente Otero «Terito» sacó una pistola y encañonó a Laureano Oubiña. Lo siguiente fue una baleada, sin víctimas. Otros aseguran que «Terito» llegó a disparar justo cuando otro capo golpeó su pistola, desvió el tiro y perforó el pie de un tercero. Según esta segunda lectura, los jefes no discutían el rumbo del negocio, sino cuánto dinero se iba a donar a Alianza Popular (AP) para las campañas electorales. La única verdad es que en verano de 1982 hubo un tiroteo en el Parador de Cambados.

El hombre que supuestamente encañonó a Oubiña fue Vicente Otero, conocido como «Terito» o don Vicente. El mismo que, años atrás, había formado parte de la directiva del ya mencionado Celta del Marlboro de Celso Lorenzo. «Terito» es la cabeza visible de esa nueva hornada de contrabandistas que desplazó el negocio desde el Baixo Miño a las Rías Baixas. Era un hombre nacido del estraperlo que presumía de haberse hecho a sí mismo. De pretensión elegante, siempre vestido impecable aunque sin gusto, con el pelo teñido para esconder sus canas. Forjó sus redes con el contrabando de los años 60 y emergió como respetable empresario gracias a su compañía Transportes Otero, un rótulo que podía verse habitualmente en las carreteras del Cantábrico cuando su flota de camiones cruzaba el norte de España, a veces, claro, cargada con cajas de rubio americano.

El tabaco hizo millonario a «Terito». Compró numerosas empresas para invertir y también para blanquear. Suyo era el famoso balneario de Mondariz, y también era suyo —sinteticemos— Cambados, su localidad natal. Fue el primer cacique de la ría. De trato cercano, financiaba cualquier iniciativa del ayuntamiento o de la comarca, daba trabajo a los vecinos, organizaba las fiestas y romerías y, sobre todo, garantizaba votos a AP, partido gobernante en toda la región de Arousa.

Don Vicente fue militante popular toda su vida y amigo personal de Manuel Fraga. Se profesaban cultivada amistad mutua, nunca negada por ninguna de las dos partes. A Fraga no le faltaba de nada en sus visitas a Arousa: copiosas comidas y mariscadas, muchas de ellas en el parador de Cambados (donde el tiroteo), otras, en alguno de los restaurantes que poseía «Terito» o en el Casino A Toxa, segunda residencia del contrabandista. El dirigente de AP era recibido con fanfarria y honores, y a don Vicente se le correspondió desde el partido con la insignia de oro y brillantes. «Terito» garantizaba los votos en una comarca donde los populares se llevaban —y se han seguido llevando en algunos municipios— el 70% de las papeletas[4].

No es ningún secreto en Galicia —y mucho menos entre los periodistas de las Rías Baixas— que, además de votos, «Terito» se ganó la medalla de oro por su supuesta financiación millonaria de las campañas del partido, generosos donativos que forjaban el estrecho vínculo de AP con el contrabando. «No tengo pruebas de esa financiación, pero nunca recibí ninguna querella por escribirlo», resume Perfecto Conde, autor del libro *La conexión Gallega.*

El brazo derecho de Vicente Otero era José Ramón «Nené» Barral, nacido en Ribadumia, a pocos kilómetros de Cambados tierra adentro, pero adonde se puede llegar navegando el río Umia. Pasó su infancia y adolescencia como emigrante por distintos países europeos, como Suiza y Alemania, dedicado sobre todo al sector de la automoción. A su regreso (con el dinero bajo el brazo) armó distintos negocios, algunos de ellos nunca vistos entonces por aquellos lares, como una plantación de kiwis. Enseguida se dio cuenta de dónde estaba de verdad la plata, y empezó a trabajar como contrabandista. «Cuando "Nené" trabaja no se mueve ni el viento. Lo hace en tres barcos tipo patrullera, en los que carga sus mil ochocientas cajas y sube con ellas río arriba, hasta casi delante de su casa, con todos los caminos que van a dar al Umia cerrados, como cuando Franco venía a pescar salmones», recoge nuevamente Perfecto Conde en su trabajo. Barral era un tipo

[4] En las elecciones de 2011, el PP ganó en todos los *concellos:* Vilagarcía: 48%; Vilanova: 67%; Cambados: 61%; Illa de Arousa: 46%. En 2015 el apoyo descendió bruscamente: Vilagarcía: 29,3%; Vilanova: 54%; Cambados: 45%, Illa de Arousa 38%.

ambicioso, y fue de los pioneros en poner en contacto a los clanes gallegos con la mafia internacional del contrabando. Lo hizo desde su mansión a pie de playa en Vilanova de Arousa.

«Nené», como su mentor, también era militante popular, aunque en su caso dio un paso más allá del apoyo externo: en 1983 fue elegido alcalde de Ribadumia por AP, y lo hizo con aplastante mayoría. Anunció entonces que se desvinculaba del contrabando y recibió la bendición del partido. No de todos: había un joven prometedor presidiendo la Diputación de Pontevedra a quien no le gustaba nada que «Nené», «Terito» y los demás estuvieran tan cerca (algunos dentro) del partido. Aquel díscolo se llamaba Mariano Rajoy y se enfrentó a Fraga por estos estrechos lazos que el patrón tenía con los contrabandistas. A don Manuel no le gustó el revuelo de Rajoy y le regaló un consejo que ya forma parte de la historia popular de Galicia: «Mariano, vete a Madrid, aprende gallego, cásate y ten hijos». Lo del idioma lo fue dejando. El enfado de Rajoy, sin duda, era un cabreo adelantado a su tiempo.

El «lo dejo» de «Nené» se descubrió falso. Durante toda su carrera política como alcalde de Ribadumia siguió en el negocio. Y no fue una carrera corta: Barral fue edil de AP y después del PP durante 18 años, con mayorías absolutas incontestables una tras otra hasta el año 2001, momento en el que el juez José Antonio Vázquez Taín lo trincó junto a su hermano dirigiendo el desembarco en Vigo de 400 000 cajetillas de tabaco Magnum valoradas en 1,2 millones de euros. «He sido honrado y honesto en la vida pública, mi error es privado. Pido perdón. Me voy para que no se vincule el nombre de Ribadumia con actividades delictivas», declaró el día que abandonó[5].

[5] El juicio por aquella incautación y otra vista posterior por presunta evasión fiscal en las Islas Vírgenes siguen a la espera.

PESETA CONNECTION

El primer salto cualitativo del contrabando gallego se produjo a comienzos de los años 80, cuando la nueva hornada encabezada por «Terito» y «Nené» decidió romper con los proveedores portugueses. El contrabando se alejó definitivamente de la frontera y se instaló en los recovecos de las Rías Baixas.

A partir de ahora comprarían el tabaco directamente al fabricante, es decir, a los propios ejecutivos de las multinacionales norteamericanas. Patrick Laurent, director comercial en Europa de R. J. Reynolds Tobacco Company, era el cerebro de toda la trama: destinaba el excedente o partidas defectuosas al contrabando a escala internacional. Lo mismo sucedía desde la otra multinacional, Phillips Morris Products Incorporated. La mercancía salía de Basilea, en Suiza, y de Amberes, en Bélgica, y se distribuía por carretera y por mar, en buques nodriza que partían de Grecia e Italia e iban haciendo escalas por la costa europea, incluida Galicia. De este modo las multinacionales del tabaco perfilaron tres poderosos socios a principios de los 80: los grupos griegos, la camorra italiana y los clanes gallegos. Las decisiones de todo este entramado se tomaban anualmente en el Gran Premio de Fórmula 1 de Montecarlo, donde alguna vez asomó la cabeza alguno de los capos gallegos. En los acuerdos se prorrateaban las posibles pérdidas. Sobraba el dinero.

Gracias a su experiencia tras décadas de estraperlo, los clanes gallegos se hicieron en pocos meses con la confianza de las redes tabaqueras, y Galicia se convirtió en el puerto de descarga más importante del contrabando europeo. Centenares de buques desfilaban por la costa gallega, cargados cada uno con el tabaco equivalente a varias decenas de viajes por carretera. La estimación que los jueces hicieron a principios de los años 80 señalaba que un tercio del tabaco ilegal de Europa se movía a través de Galicia. Según datos de la propia Administración, Hacienda dejó de recaudar 10 000 millones de pesetas al año a principios de los 80 por culpa del contrabando, esto es, 60 millones de euros, en el contexto de hace 35 años. Un estudio del gremio de estanqueros gallegos concluyó que, entre 1980 y 1982, los 1500 estancos que había en Galicia dejaron de vender unos 850 millones de pesetas (5 millones de euros) de tabaco legal al año.

Los clanes del tabaco sacaban su dinero de Arousa en busca de refugios seguros, preferiblemente, Suiza. El encargado de trasladar el dinero en coche era un vascofrancés llamado Joseph Arrieta, que metía los fajos de billetes en el maletero y conducía sin descanso hasta Suiza. Arrieta empezó trabajando solo, pero acabó alquilando una flota de coches y contratando a su hermano y otros amigos. Se movía tanto dinero que no daba tiempo a contarlo, y los contrabandistas hablaban de cantidades de dinero usando el peso de los fajos: «Te envío tres kilos; me debes 300 gramos…».

Arrieta, a través de los capos gallegos, tenía sobornados a varios agentes de aduanas españoles y franceses, y pasaba el dinero sin dificultades. Cuando llegaba a Ginebra, dejaba el coche aparcado cerca del aeropuerto, frente a varias sucursales bancarias, y se iba. Un empleado del banco salía, recogía las bolsas y dejaba otras en el coche. Era oro que viajaba de vuelta a Galicia. Los contrabandistas lo guardaban o lo invertían en joyas para el mercado negro. A esta trama de lavado de dinero la prensa la bautizaría años después como Peseta Connection.

Arrieta asegura que se desvinculó de la trama cuando comprobó que las cantidades de dinero que le entregaban en Arousa eran demasiado elevadas para proceder solo del tabaco. Por ejemplo, en un solo año de finales de los 80, la banda de Marcial Dorado le llegó a entregar 22 000 millones de pesetas (133 millones de euros que, al parecer, provenían de todos los clanes gallegos). Aquellas cantidades apestaban a narcotráfico y, según Arrieta, fue entonces cuando decidió acudir a las autoridades. Poniendo en cuarentena su repentino impulso ético, lo cierto es que se puso en contacto con Germain Sengelin, un juez francés que ya por entonces estaba investigando el flujo de dinero que unía Arousa con Ginebra, gracias a la confesión de un contrabandista suizo llamado Edmond Eichenberg, casado con una coruñesa. El señor Eichenberg tiró de la manta metido en una furgoneta aparcada justo sobre la frontera franco-suiza. El contrabandista en el asiento de atrás, en Suiza, y el juez en el de delante, en Francia.

El magistrado Sengelin le preguntó a Arrieta por qué no acudía a las autoridades españolas, y este le respondió que de los Pirineos para abajo no se fiaba de nadie. De hecho, el propio Sengelin puso en conocimiento de las autoridades españolas todo lo que había descubierto de la Peseta Connection. Y adivinen qué ocurrió: nada. El entramado siguió hasta la época del narcotráfico sin que nadie moviera un dedo, bien por desidia, bien porque la legislación española estaba entonces en pañales en materia de blanqueo y lavado de dinero.

En realidad la Peseta Connection era un nudo en una maraña mucho más compleja. Ginebra era el epicentro, la lavandería nuclear de todos los criminales de Europa. Los contrabandistas de Arousa blanqueaban su dinero a través de los mismos canales que usaban ETA, la Camorra, la Mafia siciliana o los traficantes de armas del norte de África. Tal enredo de cables puso en contacto a los contrabandistas gallegos con ámbitos del narcotráfico. Las conexiones comenzaban a iluminar el camino.

«CONTRABANDISTA, COMO MI PAPÁ»

El modus operandi de los clanes gallegos era casi el mismo que después emplearían con el narcotráfico: los buques nodriza —a los que llamaban «mammas»— esperaban en aguas internacionales, y hasta allí se desplazaban las motoras y planeadoras para descargar y transportar las cajas a tierra. Los clanes poseían lo último en embarcaciones, con motores y avances que los agentes ni soñaban. El retorcido laberinto que forma la costa de Arousa hacía el resto. Las calas y playas eran escenario constante de multitudinarias descargas, a veces a plena luz del día. Las cajas ya en tierra se guardaban en naves industriales, iglesias y casas de vecinos, a cambio de generosos donativos o sobresueldos. Desde aquí se distribuían por todo tipo de establecimientos (a veces, incluso estancos) o pequeñas organizaciones locales. En ocasiones el tabaco se escondía bajo el mar, en el reverso de las bateas, esas plataformas que cubren la ría de Arousa y que sirven para criar mejillones. De esta práctica nació el término «Winston de Batea».

El trabajo se pagaba bien y al momento. Cada descarga, que no duraba más de dos horas, suponía una irresistible oportunidad de levantarse un buen dinero en una tarde. ¿Cómo reprocharles nada a estos generosos «señores *do fume*»?

«Cuando llegaban las planeadoras con el tabaco, la luz se iba tres veces en el pueblo. Desde la central eléctrica cortaban tres veces, y así indicaban a los barcos que todo iba bien o les señalaban dónde tenían que descargar», explica Manuel, un vecino de Vilanova de Arousa que prefiere no dar su nombre real («No por nada, ¿oíste? Pero yo qué sé...»). El recuerdo de Manuel da fe de hasta dónde llegaban los brazos del contrabando. «Se pagaba bastante bien. Recuerdo a dos chavales que iban a clase de mi hijo sobre 1980. Uno trabajaba de camarero cobrando una miseria y el otro en una descarga hacía el dinero del camarero en un mes. Me decía el chaval camarero que tenía complejo de gilipollas cuando el otro llegaba en un Golf GTI».

«Era un fenómeno sociológico», explica un juez que perseguía el contrabando en aquella época y que prefiere, una vez más, no figurar con su nombre. «Arousa entera y gran parte de las Rías Baixas consideraban el contrabando de tabaco un motor de crecimiento económico. Muchísima gente trabajaba gracias a ello. Los vecinos estaban agradecidos por las oportunidades económicas y laborales que ofrecía el tabaco. Preferían no reflexionar más allá de eso». La aceptación del contrabando en aquellos tiernos 80 podría compararse con lo que hasta no hace mucho fue la tolerancia con los desmanes económicos del fútbol: todo el mundo sabía que se estaban cometiendo irregularidades, pero casi nadie se quejaba.

Lo explica mejor el periodista de *La Voz de Galicia* Julio Fariñas: «En Arousa había tanto contrabando que la pregunta que cabía hacerse era quién no se dedicaba a eso. Era un medio de vida». En aquel entorno encajaba perfectamente la histórica cita del escritor Mark Twain: «Una vez mandé a una docena de amigos un telegrama: "Huye de la ciudad inmediatamente. Se ha descubierto todo". Y todos huyeron».

Es justo (y necesario) explicar que lo que ahora nos parece increíble, no era tan escandaloso en aquel contexto. El contrabando no fue delito hasta 1982. Era considerado una falta y la Guardia Civil no ponía demasiado empeño en combatirla. Antes de 1978 se consideraba un problema puramente económico y, como tal, era Hacienda, a través del Servicio de Vigilancia Aduanera (SVA), la encargada de rastrear la trampa. Solo en casos aislados estaban capacitados para dictaminar penas de cárcel. Pero esa eventualidad desapareció con la llegada de la democracia, ya que la nueva Constitución incapacitaba a la Administración para imponer privación de libertad. De esta manera, el contrabandista, cuando era sorprendido en plena faena, solo se enfrentaba a una multa que solía acabar engullida en el laberinto burocrático. En el caso de que la multa llegara a su destino, el contrabandista, que tenía sus posesiones a nombre de otros, se declaraba insolvente. Así se mantuvo el tablero entre 1978-1982. A partir de 1983 la cosa cambió y la ley —al menos sobre el papel— dictaminaba castigar con dureza el contrabando.

El mantra «tabaco igual a motor económico» estaba arruinando toda la región. El fraude al Estado y, posteriormente, a la Comunidad Económica Europea (CEE) fue tan grande que se marchitaron decenas de sectores. En las Rías Baixas se dejó de lado cualquier otra industria que no fuera la tabaquera y se instaló la idea colectiva de que la región sería una inutilidad si no fuera por el rubio americano. No solo se defraudaban millones, es que arraigó el convencimiento de que no había alternativa al contrabando, lo que impedía explotar con seriedad cualquier otro recurso de la zona, incluido el turismo. Esto desembocó en un lastre que el sur de Galicia soportaría durante décadas. Y que, en opinión de muchos, todavía padece a pesar de las enormes posibilidades de la región. La ría de Arousa, por ejemplo, produce más mejillón al año que el resto de Europa junta. El contrabando de tabaco fue como la pesca de arrastre: arrolló con todo sin piedad a cambio de bestiales e inmediatos resultados.

Otro factor que explica la aceptación del contrabando es que no había excesiva violencia entre los clanes, por suerte para los vecinos. Tan solo episodios insignificantes si los comparamos con los que años después nos regalará el narcotráfico, con tiroteos, secuestros y extorsiones. En los tempranos 80 había materia prima para todos y, en general, se llevaban bien. Hubo capítulos de amenazas y hasta alguna paliza, pero todos tenían claro que un muerto podía terminar con el chiringuito. Incluida la Guardia Civil, parte integral del asunto. Como en la época del estraperlo fronterizo, sin ellos, nada de todo esto hubiera sido posible.

Hubo un problema añadido, para algunos el más grave: la principal y más importante industria de las Rías Baixas —el contrabando— era una industria al margen de la legalidad. En consecuencia se creó, alimentó y consolidó una cultura delictiva. Gran parte de la sociedad de las Rías Baixas normalizó cosas como evitar a las autoridades, respetar a un capo ajeno al Estado o enriquecerse rápido y fácil. Se moldeó un escenario en el que vivir al margen de la ley era más o menos habitual. Era, si prefieren, normal.

Manuel, el vecino de Vilanova, trabajaba en aquellos años en una oficina pública: «Mira, yo recuerdo que llegaba un tipo cada semana a la sucursal y nos dejaba cartones y cartones de Winston que nosotros le comprábamos. Después, lo vendíamos desde allí. Venía un cliente a hacer un trámite y de paso se llevaba unas cajetillas». Manuel se ríe al recordar: «De alguna manera nosotros también éramos contrabandistas». La mujer de Manuel, Elisa, trabajaba entonces en una inmobiliaria. «Me dedicaba a enseñar pisos. Me acuerdo de más de una vez estar mostrando una casa, abrir una habitación y encontrarla llena hasta el techo de cajas de Winston. Y era lo más normal. Yo le decía a los compradores: "bueno, esto lo quitamos y os hacéis una idea del tamaño...", ¡y no nos llamaba la atención!». Manuel toma la palabra de nuevo: «Pero, mira, ¡si en las tiendas, cuando ibas a comprar tabaco, te preguntaban si lo querías normal o de contrabando!».

En 1981 un imponente temporal azotó las Rías Baixas. Además de peligroso, fue enormemente inoportuno. En Cambados esperaban una descarga muy importante y las motoras llevaban tres días amarradas, sin poder salir al encuentro de la «mamma». El temporal decidió amainar el día de la Virgen del Carmen, patrona de los pescadores y día trascendental en cualquier pueblo marinero de la costa gallega. Esa jornada todas las embarcaciones de la comarca salen en procesión, cargadas de flores y haciendo sonar sus sirenas. Pero el tabaco esperaba, así que los contrabandistas le pidieron al cura si era posible posponer la celebración, para poder disponer de barcos y hombres para la descarga. El párroco accedió y la procesión se celebró al día siguiente con algunos barcos, cuentan, desfilando aún cargados de cajetillas. Ese año los donativos a la parroquia pulverizaron marcas.

La anécdota definitiva para comprender el grado de integración que el contrabando de tabaco logró en las rías fue la del niño entrevistado por un periodista de la Televisión de Galicia (TVG). En una conexión en directo con Vilagarcía, el reportero preguntaba a los críos qué querían ser de mayores. El último en contestar no se lo pensó, micro en mano dijo: «Contrabandista, como mi papá».

LOS SEÑORES *DO FUME*

En 1983 el cura de A Illa de Arousa, una preciosa isla situada en medio de la ría, comprobó que el techo de la parroquia tenía una grieta. Decidió entonces acudir al hombre más rico y poderoso del lugar, Marcial Dorado, también conocido como «Marcial de la Isla», el formidable contrabandista cuya fama trascendería Galicia cuando se publicaron sus fotos en un yate junto al presidente de la Xunta, Alberto Núñez Feijóo. Le pidió un donativo y Marcial accedió. El cura arregló la grieta. Al año siguiente un nuevo agujero apareció en el templo y el párroco se acercó de nuevo al señor de la isla, pero esta vez sin suerte. Marcial cerró el bolsillo. Meses después el Servicio de Vigilancia Aduanera interceptó uno de sus barcos cargado con un alijo de tabaco. Cuentan que el contrabandista lo vio claro: «Esto me pasa por no hacerle caso al cura».

Marcial Dorado Baúlde era el jefe de uno de los tres clanes del tabaco más fuertes de las Rías Baixas. Una vez que «Terito» y «Nené» abrieron el camino, la nueva generación de contrabandistas, más jóvenes y mucho más ambiciosos, tomaron el control del negocio. «Terito» seguía siendo el patriarca simbólico, pero la carrera de estos nuevos grupos iba a otro ritmo. Eran organizaciones bien estructuradas, lideradas por capos enérgicos y con aspiraciones más globales que sus antecesores. En pocos años tomarían el control del contrabando de tabaco en España y, por momentos, en Europa.

Esta nueva hornada terminó de pulir la imagen mafiosa. Eran los conocidos como «señores *do fume*» (señores del humo): millonarios, ostentosos, prepotentes, caciques y con conexiones a todos los niveles. Entraban en los casinos de las Rías Baixas estrechando manos, regaban las mariscadas con los mejores Albariños y conducían coches que solo se veían por la tele. Dentro de su ecosistema había niveles: aquellos que regalaban una imagen elegante y educada, y enviaban a sus hijos a estudiar al extranjero, y los que, pese a los millones, seguían siendo malas bestias sin modales ni formas, y cuyo anhelo era que sus hijos siguieran sus pasos.

Entre los primeros se hallaba el mencionado Marcial Dorado, que encabezaba el clan más poderoso, la llamada Banda de Marcial. Dorado fue hijo profesional de «Terito» (algunos aseguran que también natural: «*sonche cuspidiños*»[6], dicen las ancianas en Arousa), y de él aprendió todo hasta que se emancipó y formó su propio grupo. Marcial enseguida tuvo línea directa con Patrick Laurent, el gran capo del contrabando, y mantenía una estrecha relación con él, con constantes visitas a Ginebra y Basilea. Juan Manuel Lorenzo Lorenzo y Manuel Suárez Nieto eran sus socios más cercanos[7]. Aunque es imposible asegurarlo, es muy probable que la banda de Marcial

[6] Son igualitos.

[7] Ambos eran conocidos como «los Ferrazo» y acabarían formando su propia banda. Según la Fiscalía, el clan introdujo entre 1982 y 1983 más de 3,5 millones de cajas de tabaco que vendió a 30 000 pesetas (180 euros) cada una.

fuera, en aquellos años, el grupo de contrabando de tabaco más poderoso de Europa. Tenían, además, una inaudita red de contactos, con casi toda la autoridad de la ría bajo su control. Manuel Prado López[8] era el encargado de los sobornos, y su eficacia ayudó, sin duda, a que Marcial saliera indemne de todos sus encuentros con la justicia durante los 80 y los 90. La banda tenía infiltrados en la Guardia Civil, en Vigilancia Aduanera, en el aeropuerto de Vigo (que avisaban si despegaba el helicóptero de vigilancia) y en diversas sucursales bancarias, especialmente, una en Pontecaldelas que siempre contaba con ingentes cantidades de dólares a disposición de sus mejores clientes.

«Sito Carnicero» (no confundir con «Sito Miñanco») era el apodo de José Ramón Barreiro Fontán, el capo del segundo grupo más poderoso de contrabandistas de la ría. Su centro de operaciones era Vilagarcía, a pocos kilómetros de la isla de Marcial. Con «Sito» trabajaba Ricardo Camba, y el grupo también compraba el tabaco directamente a los contrabandistas europeos. «Sito» era conocido por su temperamento, era un tipo que no solía contar hasta diez antes de tomar decisiones. Murió en un extraño accidente de tráfico en 1985 y, cómo no, acerca de aquel suceso existen rumores para todos los gustos, desde ajustes de cuentas hasta suicidio. Es probable que «Sito Carnicero» haya inspirado la figura de Mariscal, protagonista de la novela *Todo es silencio*, del escritor gallego Manuel Rivas, en la que se retrata el mundo del contrabando y posterior narcotráfico en Galicia. A Manuel lo cogió «Sito» del cuello en las navidades de 1983, cuando el escritor —entonces en el rol de periodista— se presentó

[8] Este histórico del contrabando acabaría detenido en el año 2012 por un alijo de 3200 kilos de cocaína que debía desembarcar en Corcubión, en la Costa da Morte. Una trama, por cierto, que dirigía el ex jefe de la Guardia Civil de esa localidad.

en el hotel donde el capo se alojaba fugado de la justicia e intentó hacerle unas preguntas. Mientras lo mantenía en el aire, «Sito» recomendó a un Rivas con claras dificultades para respirar que se fuera por donde había venido si no quería ir a parar al fondo de un barranco. Todo indica que, de no haber fallecido en aquel accidente, «Sito» hubiera dado el salto al narcotráfico como lo daría todo su entorno. Desde luego, cualidades no le faltaban.

ROS S. L. era el pretencioso nombre de la tercera banda de contrabandistas arousanos. Así era conocida la sociedad que formaban Ramiro Martínez Señoráns, Olegario Falcón Piñeiro y José Ramón Prado Bugallo, este último más conocido como «Sito Miñanco». A los jefes no les gustaba el nombre y en su declaración ante el juez Ramiro aseguró que «eso de ROS fue un montaje de la Policía». La realidad es que a todas luces estos tres contrabandistas eran la ROS, y hubo hasta quien intentó comprobar si la empresa aparecía como tal en el Registro Mercantil de Pontevedra. El grupo ROS funcionaba como una empresa, con una compleja infraestructura basada en Cambados que incluía libros de contabilidad, subcontratas, empresas tapadera y un sofisticado equipo de radio satélite para dirigir barcos y camiones. La justicia concluiría que la sociedad estaba en contacto directo con un tal «Tonino», a quien enviaban el dinero de la distribución. En un principio el fiscal creyó que «Tonino» era Antonio Bardelino, jefe de un clan de la camorra napolitana que un año después sería juzgado por la Pizza Connection. En realidad se trataba de Antonio Esposito, socio italiano del contrabandista Patrick Laurent, aunque también miembro de la camorra. El sumario de 1984 exhibiría cifras de negocio demoledoras para la época. Según la justicia, el grupo ROS evadió, entre julio y diciembre de 1983, 1500 millones de pesetas y 1,4 millones de dólares. En suma y traducido: 10,1 millones de euros que debemos trasladar a hace 30 años. Eso sin contar algunos libros de contabilidad del clan que nunca fueron hallados.

En total, y según la conclusión de las investigaciones, estos tres grupos habían movido, solo en la segunda mitad de 1983, algo más de 21,5 millones de euros. A las sucursales bancarias de Arousa se les disparaba la alfombra roja cuando alguno de los capos se acercaba por allí. Las oficinas de Vilanova, Vilagarcía y Cambados —cuyos directores serían más tarde procesados— contaban con permanente efectivo en varias divisas para los clanes. Lo explica Enrique León, agente y después comisario de la Policía Nacional de Vilagarcía durante los años 80 y 90. «Recuerdo a una familia de aquí, de Vilagarcía, que en seis meses de 1981 movió 3000 millones de pesetas. Cuando los de Hacienda fueron al banco a comprobar las cuentas, vieron que estaban a nombre de un chico discapacitado psíquico. Le fuimos a preguntar al chico y nos preguntó qué era una cuenta corriente».

Entre los tres grupos cooperaban. No había, como ya hemos dicho, enfrentamientos. «Sito Miñanco» y Marcial Dorado coincidieron en una docena de vuelos a Ginebra. Cuando el juez le preguntó sobre estos viajes a «Miñanco», este respondió que siempre se encontraba a Marcial en el asiento de al lado. Con los años «Sito» se convertiría en una suerte de capo colombiano de la ría, un mini Pablo Escobar con pretensiones que imitaba hasta la estética de los jefes de los carteles colombianos, para los que acabaría trabajando.

La antítesis de «Sito» era Laureano Oubiña Piñeiro. Representa el mejor ejemplo de esa segunda especie de contrabandistas que, sin apenas saber escribir, tenían cuentas corrientes en las que no cabían los ceros. Oubiña encabezaba otra de las organizaciones de contrabandistas tabaqueros de Arousa. Operaba entre Vilagarcía y Vilanova, lugar este último donde acabaría comprando el emblemático Pazo de Baión. La de Oubiña era una organización más discreta, que no estaba en el punto de mira de las autoridades; eso le permitió crecer y convertirse sin obstáculos en uno de los mayores narcotraficantes de Europa.

En el invierno de 1983 una patrulla de la Guardia Civil que pasaba por el puerto de Ribeira —localidad situada en la cara norte de la Ría de Arousa— divisó algo en el agua. Era una persona chapoteando al borde de la hipotermia. Se acercaron apresurados y comprobaron que era un compañero. Lo ayudaron a salir del mar y lo cubrieron con una manta. En ese momento el agente dijo que se había caído, pero más tarde se supo la verdad: lo había empujado Manuel Carballo «o Gavilán», en el transcurso de una discusión. Al parecer el guardia civil estaba pidiendo su parte, un «qué hay de lo mío» de manual que acabó con manotazos de ahogado. Carballo no solía ser violento; al contrario, destacaba por su cabeza fría y discreción. También por su ojo para sacar el máximo rendimiento al negocio. Con el tiempo daría el salto al narcotráfico, una enfermedad que se extendería entre los miembros de su familia como un legado empapado de sangre: a su hijo Daniel Carballo Conde, «Danielito», le volaron la cabeza en un pub de Vilagarcía, y su hermana, Carmen Carballo, acabó tetrapléjica en otro ajuste de cuentas. Su primo, Luis Jueguen, sintió silbar las balas colombianas en Benavente.

Dicen que «Falconetti», el apodo que tenía Luis Falcón Pérez, venía del personaje de la serie «Hombre rico, hombre pobre». Empezó descargando cajas para «Terito» y acabó siendo uno de los amos del contrabando en la ría. Su base estaba en Vilagarcía, y sus modos eran rudos hasta el punto de que era partidario de enfrentarse al Estado y a las autoridades usando la violencia. Al parecer, siempre iba armado y se paseaba por Arousa con un coche blindado, aunque nadie sabía muy bien por qué lo necesitaba en aquellos años. Cuentan que un día acudió al ayuntamiento de Vilanova para tratar con el alcalde de entonces, José Vázquez, el asunto de una recalificación. Ante la negativa del político, «Falconetti» sacó una pistola, la puso encima de la mesa y dijo: «Traer de Portugal a alguien que pueda dar un escarmiento solo cuesta un millón de pesetas». En otras ocasiones el capo era algo más sutil y tiraba de contactos aprovechando que era afiliado de AP (sí, otro más). En 1984 consiguió que el pleno de Vilagarcía aprobara la construcción del primer bingo que vería la comarca, a pesar de que el secretario municipal hizo constar «la manifiesta ilegalidad» del proyecto. El PSOE de Vilagarcía recurrió con tibieza el resultado, pero la queja se perdió en el olvido. Entonces el alcalde del municipio era José Luis Rivera Mallo, de AP, quien terminó como senador y presidente de la Comisión para el Estudio del Problema de las Drogas. Tres años después «Falconetti» estaba en la cárcel tras intentar colar una partida de hachís en Vilagarcía. No lejos del bingo, por cierto.

Mano a mano con Luis Falcón trabajaba Jacinto Santos Viñas, otro que acabaría en la galería de narcos históricos. En la época que nos ocupa ayudaba a «Falconetti» a transportar el tabaco. Lo hacía con un barco remolcador que compró y puso a trabajar en los puertos de A Coruña y Ferrol. Entre buque y buque que atracaba, Santos Viñas aprovechaba para descargar el Winston en los muelles. Años más tarde tendrían lugar dos ventas: la que él hizo, de su remolcador en Sudáfrica, y la que le hicieron, cuando su contacto marroquí lo entregó a la Guardia Civil. Santos Viñas, como ya veremos, acabaría traficando con hachís y cocaína, y organizando su propio clan familiar usando como tapadera una empresa de importación de ostras turcas.

Más al norte, en la Costa da Morte, el asunto lo manejaban «os Lulús», tal vez el clan más eficaz y resistentes de cuantos ha conocido el contrabando y el narcotráfico en Galicia. Basta decir que siguen en activo a día de hoy. «En la Costa da Morte no se mueve nada ni nadie si no es con su permiso», sentencia un veterano guardia civil.

Otro de los clanes famosos en Galicia es el de «los Charlines». Sus patriarcas, los hermanos Manuel y José Luis Charlín Gama, venían del contrabando de chatarra, y con la entrada en el tabaco dieron el pistoletazo de salida a una saga delictiva que todavía hoy no conoce final. «El Viejo», como se conoce a Manolo Charlín, y sus hermanos venían de un entorno de pobreza, aldeanos que de niños peleaban cada invierno por no desfallecer de hambre. Tal vez en consecuencia su actitud como contrabandistas (y después como narcos) era propia de alguien que no tenía nada que perder: bruscos, impulsivos y muy violentos. Destaca la paliza que le dieron a Celestino Suances, un contrabandista de tercera de Valladolid que les debía dinero. En concreto, siete millones de pesetas (42 000 euros). José Luis Charlín envió a la capital castellana para cobrar la deuda a su socio, José Luis Orbáiz Picos, ex guardia civil que colgó el tricornio para dedicarse al contrabando de tabaco y después al narcotráfico (su hijo seguiría sus pasos). A su llegada a la ciudad, Orbáiz Picos fue recibido por un grupo de guardias civiles de paisano que, en lugar de los siete millones, le dieron una somanta de puñetazos y lo mandaron de vuelta a Vilanova. Meses más tarde «los Charlines» se enteraron de que Suances andaba por Arousa, concretamente estaba comiendo en el Frankfurt (los nombres de los restaurantes y bares de los emigrantes gallegos retornados merecerían un libro aparte), restaurante propiedad de «Terito», a quien Suances solía comprar marisco. Dos de los hermanos, Aurelio y José Luis Charlín, se acercaron al lugar, agarraron al moroso y se lo llevaron a la fuerza a la conservera Charpo, propiedad del clan. Allí, junto a Manuel Charlín y Orbáiz, le pegaron hasta cansarse, lo encerraron en una cámara frigorífica y le obligaron a llamar a su mujer para que enviase el dinero. Celestino Suances logró escapar del secuestro desmontando la trampilla de ventilación del camión frigorífico donde lo habían metido. Regresó a Valladolid y presentó una denuncia que obligó a «el Viejo» a retirarse unos meses a Bélgica.

Aquel suceso lo investigó el entonces juez de Cambados, José Luis Seoane Spiegelberg. «Regresamos con Suances a la fábrica donde había ocurrido todo, para reconstruir los hechos. El pobre hombre estaba acojonado perdido», recuerda el juez. Aquel asunto mosqueó a Spiegelberg, que en lugar de limitarse a cumplir el expediente, tomó la inédita decisión de profundizar, perseguir e intentar desarticular el contrabando de tabaco en Galicia. Nacía así un plan que desembocaría en la gran redada de diciembre de 1983 y el posterior macrosumario 11/84, la primera operación seria contra el contrabando gallego, cuando las operaciones todavía no tenían nombres graciosos.

DE CUANDO EL PRESIDENTE DE LA XUNTA DE GALICIA SE REUNIÓ CON LOS CAPOS DEL CONTRABANDO

En 1983 el juez Spiegelberg desmanteló el cuartel de O Grove y detuvo a otros cuatro agentes de Sanxenxo. La cosa fue más o menos como sigue: a O Grove enviaron destinado a un chaval de Segovia, no demasiado espabilado, pero que iba recomendado por un sargento. El primer mes, cuando fue a cobrar, además de su sueldo le entregaron 15 000 pesetas y varias cajas de Winston. «¿Y esto?», preguntó el novato. «Aquí funciona así», le respondieron. «Por cada fardo de tabaco que pasan nos dan 1000 pesetas. Y cajetillas de regalo». El agente aceptó el sobresueldo. Meses después, el sargento que lo había recomendado le hizo una visita y le preguntó cómo iban las cosas. El chaval no dudó: «Mejor, imposible. Además del sueldo, aquí nos dan un extra y tabaco de regalo». La inocente confesión, además de provocar una probable cara de incredulidad en el sargento, impulsó la investigación del juez Spiegelberg.

Acusó a los 14 guardias civiles implicados de malversación, prevaricación, simulación de delito, cohecho, contrabando y falsedad documental. Cuando iban a ser procesados, la

Capitanía General de A Coruña solicitó el traslado de la causa por tratarse de agentes del Instituto Armado; quería someterlos a un tribunal castrense. Spiegelberg se opuso y fue finalmente el Tribunal Supremo quien estipuló que aquello era un asunto policial. La justicia ordinaria procesó a los agentes cinco años después.

Un veterano de la Policía Nacional recuerda con amplia sonrisa cómo aquel mismo año les dieron un soplo en Vilagarcía sobre una furgoneta cargada hasta la asfixia de cajetillas de tabaco. El topo les pidió que no la interceptasen cerca de allí, para no delatarlo, así que los policías siguieron a la furgoneta en un coche de incógnito hasta Lalín, en Pontevedra, donde le dieron el alto. Los contrabandistas bajaron del vehículo con llamativa calma, alguno sonriendo mientras se acercaban a los agentes. Uno de los policías mostró su placa. Manos en la cabeza, los contrabandistas reaccionaron: «¡Coño! ¡Que no son guardias civiles!».

«En realidad —resume un juez de la época— con la Guardia Civil no se podía contar». Perfecto Conde, en su libro, dedica un capítulo a los sobornos que recibían los agentes y que los investigadores detectaron desglosados en las cuentas de las organizaciones de contrabandistas. Figuraban como un gasto más, bajo la denominación de «pagado fuerza», y se referían al dinero destinado a los cuarteles gallegos que debían hacer la vista gorda. De estas y otras decenas de casos de corrupción nació la frase que Laureano Oubiña pronunciaría años después: «No, hombre, no. Sin ellos no hubiéramos podido hacer nada…».

Confiesa el juez Spiegelberg que se dio cuenta de la dimensión real del tinglado que los clanes del tabaco tenían montado en Galicia cuando comenzó a transcribir los pinchazos telefónicos. Tras la paliza de «los Charlines» a Suances, los investigadores bajaron por fin al fango del contrabando con escuchas y seguimientos. Recuerda Spiegelberg que, en una de esas intervenciones, dos capos hablaban por teléfono después de que un buque con tabaco procedente de Grecia hubiera sido apresado por Vigilancia Aduanera y sus tripulantes detenidos. La conversación, tal y como recuerda el magistrado, fue más o menos como sigue:

—¿Ya saben los marineros griegos lo que tienen que decirle al juez?

—Sí. No te preocupes. Y si alguno se pasa de listo tenemos ya untado al intérprete.

Los clanes llevaban mucha ventaja a la justicia. Por un motivo: la ley de contrabando —Ley Orgánica 7/82— no se aprobó hasta 1982. Una vez incluida en la legislación, los jueces por fin encontraron armas para enfrentarse dignamente a los capos gallegos: la nueva norma dejaba de considerar el contrabando una falta y lo convertía en un delito; ya no se respondía solo por la mercancía incautada, ahora la justicia podía imponer elevadas multas independientemente de la mercancía. El escenario cambió. Al menos sobre el papel, porque, como vamos a ver, el poder de los clanes trascendía al de los legisladores.

Cuando llevaba pocos meses de trabajo, Spiegelberg unificó las investigaciones y decidió que era necesario hacer una gran redada contra los principales capos del tabaco gallego. La operación fue bautizada como el macrosumario 11/84. El juez contaba con el respaldo de Virginio Fuentes, gobernador socialista de Pontevedra y una de las escasísimas voces de la política gallega que se alzaban contra los contrabandistas. En realidad Fuentes era la punta de lanza del Gobierno de Felipe González, que intuyó en la lucha contra el contrabando una gran oportunidad de ganar votantes gallegos. El tiro, claro, les salió por la culata. En Madrid desconocían el absoluto respaldo social con el que contaban las organizaciones, y las actuaciones policiales con sello socialista no hicieron sino restarles apoyo.

El poder de las organizaciones gallegas era tal que enseguida se enteraron de que se preparaba una redada. De hecho, supieron exactamente quiénes estaban en el punto de mira de la justicia, y ellos, solo ellos, decidieron huir a Portugal en noviembre de 1983, un mes antes de que la operación se llevara a cabo. Con pies ligeros cruzaron la frontera Marcial Dorado y su banda, «Sito Carnicero» y la suya y parte de la ROS, en concreto, Ramiro Martínez y Olegario Falcón. «Sito Miñanco» decidió quedarse en un exceso de confianza y fue detenido cuando salía de una cafetería de Cambados. Lo pilló el comisario Enrique León, que lo recuerda con nitidez. «Lo estábamos buscando. De pronto lo vi saliendo de una cafetería, me acerqué tranquilo, y cuando estaba a su lado le pregunté: "¿Eres 'Sito Miñanco'?". Él se giró: "Sí". Lo agarré y le dije: "Trincado"».

Los que huyeron se alojaron en hoteles de contrabandistas portugueses, antiguos socios ya ampliamente superados por los gallegos. Marcial y sus hombres se instalaron en lujosas *suites* del pazo medieval A Boega, cerca de Vilanova da Cerveira, frente al río Miño. «Sito Carnicero» eligió Monte Faro, una localidad pegada a la frontera, donde se alojó en un antiguo monasterio reconvertido en hospedaje. Fue allí donde agarró del cuello a Manuel Rivas cuando este intentó hacerle unas preguntas. En la crónica que el periodista escribiría posteriormente para *El País*, Rivas contaría que «Sito» acusó a la prensa de estar echando «montones de inierda (sic)» sobre el asunto. Olegario Falcón y Ramiro, de la ROS, se escondieron en Lanhleas, y allí pasaron las Navidades con sus familias.

El resto se quedó en Galicia. El sumario no incluía ni a «Terito» ni a «Nené». Tampoco a Oubiña, «Falconetti», Manuel Carballo ni a ninguno de «los Charlines». Como un hechizo, sobre Arousa se instaló la creencia de que eran intocables, y hasta se popularizó una canción: «Te olvidaste de "Terito" y de "Nené", de Carballo y de Falcón, porque te pagaban mejor». La redada comenzó a parecer un intento de derribar un caballo tirándole higos. El contrabando siguió funcionando a pleno rendimiento. Ese mismo año se apresó el carguero griego Christina, que transportaba el mayor alijo de tabaco de la historia en Europa. El récord se batió pronto, cuando meses después se interceptaron los buques Tessar y Cedar, también griegos (los de los marineros con el intérprete untado). En aquella operación la fragata Andalucía llegó a disparar un cañonazo de advertencia contra uno de los cargueros. Periodistas expertos en contrabando, como Elisa Lois, entonces en *El Correo Gallego*, o el propio Manuel Rivas, recuerdan que el negocio fluía como nunca a pesar del sumario abierto, con descargas prácticamente diarias. Los buques nodriza se relevaban frente a las costas gallegas.

Mientras tanto, en Portugal —como en una novela con subtramas— los huidos seguían dirigiendo sus operaciones a distancia. De vez en cuando hacían incursiones en Galicia, pero la mayor parte de 1984 la pasaron en sus hospedajes portugueses. En el pazo A Boega tuvo lugar el 6 de julio un hecho inédito e insólito. Aprovechando una gira por el país luso, el entonces presidente de la Xunta, Xerardo Fernández Albor, de Alianza Popular, mantuvo un encuentro con Marcial y, según parece, el resto de capos huidos de la justicia. Hay cientos de versiones sobre esta reunión: algunas recogen que fueron los contrabandistas quienes se acercaron al presidente de forma imprevista y le robaron cinco minutos de su agenda. Otras señalan que se mantuvo un encuentro con todas las letras. Todas coinciden en concluir que Albor recomendó —o pidió— a los capos que regresaran a España y se entregaran a la justicia. Ellos le dijeron que estaban siendo perseguidos «de forma injusta por la justicia». El presidente tendría que dar explicaciones en el Parlamento gallego después de que se filtrara el encuentro y el PSOE presentara una interpelación. Albor llegaría a disculparse asegurando que ignoraba que los huidos se alojaban en el hotel al que acudió.

Coincidencia o no, tras aquella reunión el juez Spiegelberg fue relevado de la investigación y enviado a Cantabria. Lo mismo sucedió con el gobernador socialista Virginio Fuentes, que fue destinado a Albacete, donde aseguraría meses después que no quería volver a saber nada del contrabando gallego. Al revuelo hay que añadirle una frase que hizo pública el periodista Perfecto Conde, interceptada por la Policía en una conversación telefónica entre el contrabandista Celestino Ayala, de A Pobra do Caramiñal, y el socio de Marcial, Manuel Prado. Ambos hablaban sobre la persecución de la justicia, la redada y la huida de Marcial y los demás a Portugal. En un momento dado, Ayala soltó: «Nos van a joder un año más, hasta que salga Fraga».

La receta se completa con el párrafo que escribió la periodista Elisa Lois en *El País* en el año 2013, en una crónica que rememoraba estos sucesos: «Si los movimientos de los tabaqueros ya eran favorables a la causa política personalizada en Manuel Fraga, después de la redada de 1983 los apoyos se multiplicaron. Eso sí, las aportaciones de los contrabandistas a las campañas electorales constituían una información tan reservada como la hora o el lugar de descarga de la mercancía». Es el momento para recordar que, mientras todo esto sucedía, «Nené» era elegido alcalde de Ribadumia por AP, cargo en el que estaría los siguientes 18 años.

Parece que los contrabandistas le hicieron caso al presidente de la Xunta tras el encuentro en Portugal y los ceses fulminantes de Spiegelberg y Fuentes. El primero en regresar y entregarse fue Marcial, en noviembre de 1984. Se presentó solo en Madrid, tras discutirlo con sus abogados, ante el juez Alfonso Barcala. Detrás fueron el resto, Ramiro, Olegario y «Sito Carnicero». Ingresaron en la prisión de Carabanchel durante unas semanas; después, pagaron fianzas que no superaban los 20 millones de pesetas (120 000 euros) y regresaron a casa. Los capos contaban con un enorme respaldo legal, con abogados que trabajaban para ellos, como José María Rodríguez Hermida o el incombustible Pablo Vioque, que acabaría encarcelado por tráfico de cocaína después de ser nombrado presidente de la Cámara de Comercio de Vilagarcía por parte de AP. De Vioque hablaremos despacio, porque la causa lo merece.

De esta época son famosas las fotos de abogados de Vilagarcía y Cambados repartiendo billetes en las puertas de los juzgados mientras los marineros de los buques apresados aguardaban en círculo. Era el dinero para las fianzas. Los clanes se encargaban de todo.

En total, 93 contrabandistas fueron procesados y quedaron pendientes de juicio. Pero, misterios de España, la vista se fue aplazando hasta que se fijó una fecha, ¡ojo!, en 1993. Entonces, la Fiscalía se dio cuenta de que la legislación había cambiado en 1986 debido a la entrada de España en la entonces Comunidad Económica Europea (CEE), y se declararon los hechos prescritos. Los 600 años de cárcel y los 1,47 billones de pesetas que pedían de multa (más de 8000 millones de euros) se quedaron en nada.

Tras aquella lección de impunidad, el tráfico de tabaco vivió sus mejores años en medio de la absoluta y completa pasividad de gobiernos y autoridades. El contrabando alcanzó un volumen de negocio nunca visto. Se multiplicaron los clanes, se trajeron más y mejores planeadoras y aumentaron los contactos. Los gallegos se hicieron los dueños. No solo eso: ese breve paso por Carabanchel de algunos capos —donde coincidieron con narcos colombianos— y los contactos con redes internacionales, proporcionados por el lavado de dinero, provocaron que el recién alumbrado negocio del tráfico de drogas pusiera sus ojos en aquel rincón de España, tan asombrosamente impune y tan maravillosamente preparado para meter fardos en tierra como si no hubiera mañana. Nada podía impedir ya el salto.

EL SALTO

«¿Para qué ir a Andalucía a trapichear porros cuando puedes traer un pesquero cargado de fardos directamente desde Marruecos?».

NO TENÍAMOS NI PUTA IDEA

Enrique León era entonces inspector de la Policía Nacional en la comisaría de Vilagarcía de Arousa. Él y su equipo llevaban años combatiendo el contrabando de tabaco, una pelea desigual en la que los capos les sacaban años de distancia. «Conseguimos un viernes el permiso de un juez para intervenir un teléfono», cuenta Enrique con su meridiano acento de la ría y su voz profunda y clara. No recuerda exactamente el año. Tal vez, 1985. Puede que 1986. «Andábamos detrás de alguno de los jefes del tabaco. El lunes ya nos pusimos a escuchar, a ver si hablaban de alguna descarga y, coño, en la primera conversación salía un tío colombiano. Recuerdo que pensé: "¿un colombiano?". Y, sí, estaban hablando dos, un jefe de aquí y un colombiano. De pronto le pasó la llamada a otro colombiano y hablaron otro rato. Y al final llegó a un tercer colombiano. Tres filtros para hablar con aquel tipo. Nosotros entonces no teníamos ni puta idea de quién era».

Enrique llegó tarde. Enrique y el resto del cuerpo de Policía, de la Guardia Civil, de la Xunta y del Gobierno. Todos llegaron tarde. Aquel colombiano a quien no conocían y que negociaba telefónicamente con Vilagarcía tras pasar tres filtros era José Nelson Matta Ballesteros, jefe del clan de los Ochoa y uno de los dirigentes del cartel de Medellín. Enrique pinchó el teléfono un lunes en las Rías Baixas y escuchó al tercer narcotraficante más buscado del mundo por la DEA y la Interpol.

Los mandos policiales y políticos de esa España que aún se estaba probando el traje de la democracia, poco sabían de las nuevas sustancias que comenzaban a circular entre los jóvenes. Y mucho menos de las organizaciones internacionales que las manejaban. Cuenta el periodista arousano Felipe Suárez en su libro *La Operación Nécora +* que en el verano de 1978 los jóvenes melenudos de Vilagarcía se juntaban en el Bar Peñón a jugar a las cartas y fumar porros. «En esa época —narra Chema, uno de aquellos *hippies* de la ría— después de las partidas me fumaba tranquilamente un canuto y el sargento Gabeiro siempre protestaba: "A ver cuándo coño vas a cambiar de tabaco, mira que es fuerte". Y yo le respondía: "Tranquilo, sargento, ya se irá acostumbrando, es tabaco holandés"».

En realidad ahí se fraguó el salto. Al contrario de lo que sugiere la creencia popular, no fueron los capos los que trajeron la droga (hachís primero y cocaína después) y se la ofrecieron a una ignorante generación de jóvenes que acabaría destrozada. No. Ocurrió que, con ese radar para el trapicheo incrustado en el ADN, los contrabandistas detectaron un negocio incipiente en las nuevas sustancias que fumaban los amigos de sus hijos y presintieron dinero, como antes lo habían olido en la gasolina, la chatarra y el tabaco. Entonces, sí, preguntaron, se informaron y enseguida tomaron las riendas del negocio para extender la mercancía como una epidemia entre toda una generación.

«Los viejos no querían dar el paso. Tenían todo el tinglado del tabaco montado, eran millonarios». Toma la palabra el juez José Antonio Vázquez Taín, que se convertirá en azote del narcotráfico con el nacimiento del siglo XXI. «No querían arriesgar porque no conocían qué era todo aquello. Fueron los jóvenes los que vieron mucha más pasta y menos esfuerzo». Para ser exactos, tal y como explica Felipe Suárez en su libro, fueron los hijos de Manuel Charlín Gama, el patriarca del clan de «los Charlines», quienes abrieron la lata.

* * *

Tati, Dámaso, Rivero de Aguilar... son algunos de los nombres de la primera pandilla de melenudos enamorados de Woodstock que se recuerda en Vilagarcía. En 1975 se fueron de viaje a Inglaterra, y allí descubrieron los placeres del hachís. Volvieron varias veces, y siempre se traían una china para pasar el verano. Enseguida más chavales se unieron al novedoso «hippismo» que se extendía por el sur de Galicia y que sería la antesala de la movida gallega, capitaneada por Vigo y secundada por el resto de localidades de las rías. Chenano, Chiruca, Maribel, Tarano, Chis «el Cojo», Chema... compartían las chinas traídas de Londres, hablaban de fotografía, arte y pacifismo, y hasta organizaban orgías en las que todos participaban de buena gana. Eran *hippies* con todas las letras.

Fue Ángel Facal «Corpiño Xeitoso» quien comenzó a traer hachís con regularidad para la pandilla. Él y Tati viajaban de vez en cuando a Marruecos y se subían tres o cuatro kilos de porros. Con los años ya ni siquiera tenían que cruzar la frontera: los gallegos compraban el hachís en Sevilla o en Madrid y regresaban. Cada año que pasaba era más fácil conseguirlo, y cada año que pasaba más gente compraba lo que traían: ya no eran solo sus amigos de Vilagarcía; jóvenes de Vigo y Santiago sabían que los chavales de Arousa vendían porros a muy buen precio. Y el interés se fue extendiendo como se extendía por el resto de España. El negocio iba tan bien que Chema y Chis «el Cojo» montaron un garito en Sanxenxo, ya entonces destino preferido para el turismo bien de Madrid. Lo llamaron Siete Colinas y lo atendían con la ayuda de Ángel «el Cojo» y Suso «el Sordo». Al cerrar se iban de copas a Portonovo, y por la mañana se tiraban en la playa sin más obligación que comer algo antes de volver a abrir el pub. Fue en aquellos veranos, fumándose la resaca en la arena mientras veían amanecer los 80, cuando Adelaida, una chica de la pandilla, se enamoró de Chis. Ella, como tantos otros jóvenes de la época, era hija de contrabandista. Nada especial, entonces, y una premonición hoy: Adelaida se apellidaba Charlín Pomares y su padre era Manuel Charlín Gama. A través de aquella relación —nada bien vista por el viejo Charlín, quien hasta intentó acusar a Chis de corrupción de menores porque Adelaida tenía 17 años—, llegaron al grupo sus hermanos Manuel y Melchor, trabajadores a jornada completa en la organización tabaquera de su padre. En solo dos semanas de fiesta con la nueva pandilla se dieron cuenta de que estaban perdiendo el tiempo con el Winston de batea. Acudieron al patriarca, le plantearon la idea… y hasta hoy.

LOS PIONEROS

Manuel Charlín Gama porta el honor de ser el primer contrabandista de Galicia que coló un alijo de droga en la ría. No hay datos concretos: ni fechas, ni testigos, ni pruebas que corroboren este dato. Y sin embargo, en el saber popular de las Rías Baixas esto es un hecho indiscutible. También para los veteranos de la Guardia Civil y la Policía «el Viejo» fue el primero. Lo que Chis, Chema y los demás consideraban un *hobby*, un pasatiempo que como máximo les obligaba a viajar un día a Sevilla y esconder un par de kilos en el maletero, se convirtió en un negocio insaciable para los contrabandistas. ¿Para qué ir a Andalucía a trapichear porros cuando puedes traer un pesquero cargado de fardos directamente desde Marruecos? Los capos entraron en juego.

Cómo consiguieron los contactos para pasar del tabaco a la droga es un asunto que nunca ha estado claro. Se sabe que no les fue difícil. «Ellos ya tenían montada una infraestructura muy grande con el tabaco», explica el juez Taín. «Eso les facilitó todo y les dio mucha confianza a los proveedores. Socialmente encontraron el camino despejado: había impunidad y permisividad, aceptación social. Los primeros años la gente no sabía bien lo que era la droga, así que seguían sin ver mal del todo las actividades de los capos». La laguna legal existente y el poco interés en rellenarla fue el tercer factor que propició el salto. La Xunta de Galicia no tenía competencia ni medios para luchar contra unas organizaciones que poco le tenían que envidiar a la mafia y que, además, llevaban años aportando generosas donaciones. El Gobierno central tenía cosas más importantes en las que pensar antes que en los problemas sociales de aquella esquina de España. Por ejemplo, la carnicería que estaba llevando a cabo ETA y que dejó 99 asesinados en 1980, o los 1000 nuevos parados al día que, de media, sumó España durante ese año. La legislación también estaba de parte de los clanes. A principios de la década el contrabando de sustancias estupefacientes no estaba regulado, y se castigaba con la misma pena que el tabaco. Menos trabajo, mucho más dinero y el mismo riesgo. ¿Cómo desaprovechar la ocasión?

Los canales de lavado de dinero se revelan como la teoría más fiable para explicar el contacto entre los jefes gallegos y las mafias internacionales del narcotráfico. Cuando «los Charlines» quisieron entrar en el negocio contactaron con alguna de las organizaciones marroquíes que utilizaban para enviar el dinero a Suiza. Félix García, actual jefe en Galicia de la Unidad de Drogas y Crimen Organizado de la Policía Nacional (UDYCO), explica que estos socios de blanqueo aceptaron hacer algunas descargas no demasiado abundantes. «Hicieron dos o tres pequeñas pruebas. Funcionaron muy bien. Debieron quedarse acojonados de lo fácil que resultó. La red que los gallegos tenían montada aquí era única en Europa». Tras las pruebas llegarían los alijos, y a partir de ahí ningún chaval de Galicia volvió a necesitar coger el coche para conseguir unos porros.

Detrás de Charlín fue Laureano Oubiña. A Oubiña le llevaba las cuentas Dris Taija, un marroquí que acabaría asesinado en Fuengirola en 1990. Taija fue el que le propuso a Oubiña probar con el hachís usando el mantra ya conocido: menos trabajo, mismo riesgo y mucho más dinero. Dicen que don Laureano no lo tuvo nada claro. Él, hombre de una pieza curtido en el contrabando de chatarra, gasoil y tabaco, no parecía convencido con este nuevo material que decían que era peligroso. Oubiña lo consultó con su mujer y esta también puso pegas. Finalizado su profundo examen ético, don Laureano —que nunca ha sido condenado por tráfico de cocaína— decidió dar el salto y ayudar a una organización marroquí a introducir la mercancía por las rías. Y, como en el caso de «los Charlines», el asunto salió redondo. Tanto que enseguida entabló relación con una potente red de Pakistán que traficaba con hachís a gran escala, con la que empezaría a trabajar en serio. Los narcos del mundo sonreían satisfechos con la efectividad de aquellos señores gallegos.

Años después el propio Oubiña se justificaría: «Si he traficado en alguna ocasión con hachís es porque nunca se me pasó por la cabeza que llegásemos a estas fechas sin que estuviese legalizado, tanto en España como en el resto del mundo. La diferencia entre el hachís y otras sustancias es que es una droga blanda, y, que yo sepa, nadie se ha muerto por consumirlo». Tan en serio se tomaron los Oubiña esta línea argumental que recurrieron incluso al famoso ensayista Antonio Escohotado, autor de *Historia general de las drogas*. Lo recuerda el propio escritor: «Cuando (Laureano) estaba siendo procesado, sus familiares me pidieron un escrito sobre la historia, efectos y uso actual del hachís, que con gusto hice. Incluso comparecí como testigo de la defensa en una de las vistas, pero Oubiña rechazó entonces a su abogado —Ruiz

Giménez— y no llegué a ser preguntado por nadie, si bien recuerdo».

Al otro lado del Atlántico, en Panamá, se completaba la ingeniería financiera de los clanes gallegos. En el país centroamericano, entonces paraíso fiscal y segunda casa de los carteles colombianos, los amos del contrabando calcetaban sus enredaderas de empresas para invertir el reluciente dinero suizo. Como se revelaría más tarde, casi todo el patrimonio de los capos estaba a nombre de sociedades panameñas que se rizaban hasta el agobio en espirales burocráticas y financieras. Uno de los fijos en el país del canal era el jefe de la ROS, «Sito Miñanco», el jefe tabaquero de Cambados. Siempre impecable, con camisas caras y bigote cuidado, el Escobar de la ría era un enamorado del Caribe y sus mujeres. Por entonces todavía estaba casado con Rosa Pouso, su primera mujer, con la que tuvo dos hijas. Pero las idas y venidas a Panamá acabaron con «Sito» en los brazos de la que sería su segunda mujer, Odalys Rivera (apellido gallego), sobrina del ministro de Justicia del gobierno del general Noriega, que subiría al poder en 1984. Con Odalys tendría otra hija. «Fue esa mujer la que le introdujo en la cocaína», asegura un veterano agente de la Guardia Civil. «Ella conocía los carteles colombianos que estaban instalados en Panamá, y los puso en contacto. Y ahí comenzó su carrera». Con «Sito» trabajaba entonces José Manuel Padín Gestoso, más conocido como «Manolo el Catalán», y cuya presencia aquellos días en Panamá revelaría años después la justicia. «Manolo el Catalán» llegó a reunirse en estos primeros contactos con el cartel de Medellín, dirigido por Pablo Escobar, aunque a la cita acudió uno de sus hombres, el hondureño Ramón Matta Ballesteros, que era entonces el enlace entre el cartel de Medellín y los cárteles mexicanos: fue él quien ordenó en 1984 el asesinato del agente de la DEA Enrique «Kiki» Camarena. Ambos se reunieron en Panamá y viajaron juntos a Costa Rica, donde acordaron hacer algunos envíos de prueba. Los colombianos descubrieron en Galicia la entrada perfecta para ampliar su negocio a Europa: infraestructura, gente con experiencia, autoridades y legislación casi ausentes y mismo idioma. Los carteles colombianos vivían en crisis desde hacía varios meses, asfixiados en América por la Drug Enforcement Administration (DEA), la agencia antidroga estadounidense. Por eso buscaban con urgencia una conexión de garantías con Europa para extender sus negocios. Arousa se reveló como la vía de aire que imploraban.

Los exitosos envíos de prueba se frenaron momentáneamente en abril de 1984. Ese mes el cartel de Pablo Escobar asesinó al ministro de Justicia colombiano, Rodrigo Lara Bonilla, que ocho meses atrás había puesto en marcha una agresiva campaña para terminar con la impunidad de los carteles. A Lara Bonilla lo balearon en su Mercedes desde una moto en el norte de Bogotá. Los escoltas salieron tras los sicarios de Escobar, quienes en la persecución perdieron el control de la moto. Uno de ellos murió en la caída y el otro fue capturado y condenado a 11 años. El asesinato provocó la ira del gobierno colombiano, entonces dirigido por Belisario Betancur, quien declaró la guerra a los narcos. Los capos de Medellín huyeron: Pablo Escobar se fue a Nicaragua y sus segundas líneas, Jorge Luis Ochoa Vásquez y José Nelson Matta Ballesteros, decidieron aterrizar en Madrid. Con ellos llegaría también el jefe del cartel de Cali, Gilberto Rodríguez Orejuela.

A España, claro, no llegaron por casualidad. Las reuniones mantenidas durante meses con los gallegos despejaron cualquier duda sobre el destino óptimo. Cómo debería fluir el entendimiento, que Matta Ballesteros se instaló a los pocos meses en A Coruña, en un enorme piso en el paseo marítimo con vistas a la playa del Orzán. Ahí inauguró una oficina del cartel de Medellín para lavar el dinero de la organización y reanudó el trabajo con los clanes gallegos. En la distancia, todo era dirigido mediante el teléfono por Ramón Matta, el hermano. Debió de ser una de esas llamadas la que escuchó el inspector Enrique León. El cartel estaba ya instalado en Galicia y la Policía seguía persiguiendo cajetillas de tabaco.

Ochoa Vásquez y Rodríguez Orejuela se quedaron en Madrid, donde montaron más oficinas para consolidar el narcopuente entre España y Colombia y para blanquear la descomunal pasta que traían en los bolsillos. Ochoa, nada más llegar a España, se cambió el nombre y la cara, mediante cirugía estética. La DEA lo buscaba con desesperación. Orejuela, aunque mantuvo el rostro, también tenía papeles falsos. Ambos comenzaron a buscar negocios en los que invertir. Utilizaban como base un chalé de lujo que compraron en Pozuelo de Alarcón, a las afueras de Madrid. En su rastreo de inversión contaron con el asesoramiento de importantes y prestigiosos abogados españoles. Pero fue demasiado escandaloso; el movimiento de tantos millones en tan poco tiempo resultó chirriante, y el 15 de noviembre de 1984 la Policía asaltó el chalé y los detuvo. A Orejuela le pillaron una libreta de contabilidad en la que se especificaban transacciones millonarias derivadas del tráfico de cocaína. Desde Estados Unidos llamaron a Felipe González: querían a los dos narcos extraditados con urgencia.

Al decir urgencia es probable que el gobierno del entonces presidente Ronald Reagan no se refiriese a los dos años que pasaron los capos colombianos encarcelados en España. Ochoa y Orejuela, dirigentes de los carteles de Medellín y Cali, conocieron la prisión del Puerto de Santa María y la de

Carabanchel mientras se negociaba su extradición. Adivinen quiénes cumplían condena esos mismos meses debido a la gran redada contra el tabaco de 1984 (el macrosumario 11/84, ¿lo recuerdan?). Así es, los contrabandistas gallegos, entre ellos «Sito Miñanco», que tuvo tiempo de sobra para compartir confidencias con los colombianos y consolidar la relación iniciada en Panamá. Otros capos arousanos siguieron su estela y, en los pasillos y celdas de la prisión, alumbraron nuevos vínculos que apuntalaron los lazos entre Galicia y Colombia. En Arousa se dice —no sin razón— que el narcotráfico gallego se gestó en Carabanchel.

Los gallegos fueron saliendo de la cárcel enseguida gracias al buen hacer de sus abogados. Los colombianos estuvieron hasta 1986, y finalmente consiguieron que el gobierno español no los extraditase a Estados Unidos, donde les esperaban de diez a quince años de cárcel. Para sorpresa de los yanquis, los capos fueron devueltos a Colombia, donde meses después de su llegada quedaron en libertad. Por cierto, sobre esta negociación que evitó la extradición se habla largo y tendido en el libro *El ajedrecista*, escrito por Fernando Rodríguez Mondragón, hijo mayor de Orejuela. En la obra se recogen las memorias del capo colombiano, y hay una parte en la que afirma: «Salir de España nos costó 20 millones de dólares y Felipe González se quedó con cinco. (...). Los emisarios de Felipe González insistieron en que las elecciones estaban cerca y necesitaban el dinero, y por eso autorizaron la entrega». El libro cuenta que la entrega del dinero se llevó a cabo con el *jet* privado de Pablo Escobar, y que también hubo una partida de diez millones con destino a la Audiencia Nacional. No existen documentos que respalden estas afirmaciones. Como tampoco hay pruebas de lo que señala unas páginas más adelante: en Carabanchel, además de con los jefes gallegos, Orejuela hizo buenas migas con un miembro de ETA experto en explosivos al que se llevó a Colombia. Cierto o no, fue en 1986 cuando el cartel de Medellín comenzó su etapa de narcoterrorismo, con atentados constantes en el país.

Mientras Ochoa y Orejuela pasaban dos años en la cárcel, José Nelson Matta Ballesteros lograba escabullirse de la justicia en A Coruña. Así pudo dedicar su tiempo a preparar envíos y lavar el dinero del cartel. Cuenta el periodista Perfecto Conde, en su libro *La conexión gallega*, que el clan colombiano regó de millones la ciudad. Y los coruñeses, agradecidos, no le hicieron ascos a los narcomillones. La primera empresa en la que invirtieron los capos fue en Automóviles Louzao, uno de los concesionarios más importantes de A Coruña, que estaba al borde de la ruina. Estos nuevos socios colombianos mosquearon a algunas empresas a las que concesionaba Louzao, como BMW, que acabó desligándose de la firma coruñesa.

Aparcamientos Orzán S. A., la constructora que ejecutó los aparcamientos de la plaza de Pontevedra y el del actual Hospital Universitario, también fue bendecida con la lluvia de narcodólares. En 1988 el periódico *El País* hizo público el escándalo. Un fotógrafo del diario pilló a Matta Ballesteros paseando a su perro por la plaza de Pontevedra y fue portada al día siguiente: «La familia de un barón de la cocaína realiza grandes inversiones en España». La información detallaba empresas y políticos que formaban parte de los beneficiados tras la llegada del clan. Figuraban en esta lista el ex alcalde Francisco Vázquez, eterno mandatario coruñés, que ganaba las municipales sin hacer campaña. Vázquez, que había expedido las licencias de los Aparcamientos Orzán, se encendió tras leer la información y anunció una querella contra *El País*. «Todo se debe a un ataque al buen nombre de la ciudad de La

Coruña en el momento en el que empieza a despegar. Cuando se empiezan a hacer cosas, inversiones, actuaciones urbanísticas, a conseguir que haya un empuje que permita aparcamientos, palacios de congresos, desarrollos urbanísticos, centros comerciales...». De la querella que anunció, por cierto, nunca más se supo. Habló también el entonces gobernador civil de A Coruña, Ramón Berra, quien llegó a decir en público que Matta Ballesteros figuraba entre «la gente limpia», y citó como respaldo un informe de la Jefatura Superior de Policía de Galicia. Antolín Presedo, secretario general del PSOE gallego, opinó por su parte que la noticia de *El País* «era una polémica de papel».

En resumen, *El País* destapaba todo un entramado proveniente del dinero del cartel de Medellín y allí nadie sabía nada. Menos mal que solo nueve meses después John Lawn, director de la DEA estadounidense, dijo lo siguiente en una cumbre antidroga celebrada en Roma. Textual: «Creemos que el punto predominante de la entrada de cocaína en Europa es la Península Ibérica. También sabemos que el poderosísimo cartel de Medellín y la familia Ochoa tienen relaciones directas con España, relaciones culturales y una lengua en común. Sabemos que Ochoa vivió un tiempo en España. Por todo ello, creemos que la cocaína fue introducida en Europa a través de España. Y que lo hizo la familia Ochoa a través de Matta Ballesteros».

Lo que el director de la DEA explicó aquel día en Roma es, sencillamente, que la cocaína en grandes cantidades fue exportada por primera vez a Europa gracias a la asociación entre los carteles y los clanes gallegos. Y mientras lo decía, autoridades, empresas y políticos patrios silbaban mirando al cielo. Tan desesperada estaba la DEA con la pasividad ibérica que, cuentan, fue ella quien filtró la información a *El*

País para provocar una reacción. Y mientras las autoridades abrían maletines para que el dinero cayese dentro, los capos gallegos vieron el camino libre de obstáculos. Comenzó su época dorada. La época de la *fariña*.

LA MAFIA GALLEGA

«Cómo el viejo Charlín podía vender las centollas tan baratas».

EL AMIGO COLOMBIANO

A principios de los 90 el colombiano Hugo Patiño Rojas era uno de los dirigentes del cartel de Cali en Galicia. «Y hasta hace poco lo seguía siendo. Yo creo que ahora está en Colombia, pero tampoco sé decirte», explica un guardia civil. Entonces vivía en un piso frente a la playa de Santa Cristina, a las afueras de A Coruña. Era el encargado de la oficina que la organización caleña —como el resto de carteles colombianos— había montado en España. En 1992 Patiño cerró un acuerdo de descarga con el capo de Boiro José Santorum Viñas «o Can» («el Perro»), actualmente en prisión, para meter en Galicia 600 kilos de cocaína. El barco lo llevó hasta Colombia Juan Manuel García Campaña, que trabajaba para «o Can». La operación la dirigía Ignacio Bilbao, que fue también el elegido para quedarse en Colombia como fianza hasta que la operación se completase. Todo salió perfecto: el pesquero llegó a las costas colombianas, cargaron los fardos, regresaron y metieron la mercancía por la ría de Arousa con lanchas planeadoras. Ignacio Bilbao pudo regresar a Galicia sin problema y, esa misma noche, entusiasmado con el éxito,

García Campaña bebió Boiro y se esnifó la comarca de O Salnés entera. Cogió el coche, se fue a su casa y, cuando estaba llegando al pueblo, perdió el control. El golpe fue tan perfecto que Campaña salió por el parabrisas y acabó en el balcón de un primer piso. Muerto de éxito.

* * *

El salto del tabaco al hachís y la cocaína se completó en Galicia, y el aterrizaje fue perfecto: los clanes de las rías lograron ganarse la confianza de marroquíes y colombianos, y comenzaron a encadenar numerosas y exitosas descargas. Las bandas de contrabandistas se convirtieron definitivamente en organizaciones criminales de manual: estructuradas, con una amplísima red de contactos y millonarias. Los capos gallegos, que ya habían amasado grandes fortunas, multiplicaron sus cuentas corrientes gracias a la droga. Se hicieron los dueños de las rías. Y se encargaron de que todo el mundo lo supiese.

El principal negocio estaba en los carteles colombianos. Las tres principales organizaciones, Medellín, Cali y Bogotá, enviaron hombres de confianza a Madrid y Galicia, como el mencionado Hugo Patiño Rojas. Desde Madrid blanqueaban el dinero, lo recaudaban y lo enviaban de vuelta a Colombia. Desde Galicia se supervisaban las descargas y el transporte. Cuando surgía algún problema, los carteles enviaban a sus sicarios de visita. En Arousa, cuando se escuchaba acento colombiano, cundía el pánico.

A la inversa, los gallegos también enviaban hombres de confianza a Colombia y Panamá (donde se blanqueaba el dinero de los carteles) para coordinar las operaciones. Uno de ellos era el ya mencionado José Manuel Padín Gestoso, «Manolo el Catalán», que se entendía a las mil maravillas con los locales.

«En el cambio de década de los 80 a los 90 sí podemos hablar de organizaciones mafiosas», explica el periodista Julio Fariñas. «Y creo que es la única etapa del narcotráfico gallego en la que podemos utilizar un término tan contundente. Eran varias organizaciones, casi siempre con vínculos familiares entre ellas, como clanes. Se aprecia en esto también la mentalidad minifundista de Galicia, siempre con la familia como soporte».

Galicia se convirtió —no es una frase hecha— en la puerta de entrada de cocaína en Europa. El jefe de la DEA en España a principios de aquella década, George Faz, llegó a asegurar que casi el 80% de la coca, *fariña*, perico, merca, farlopa, yeyo, o como quieran llamarla, que se descargaba en el viejo continente, lo hacía en las rías gallegas.

Aunque los primeros contactos se habían establecido a través del cartel de Medellín de Pablo Escobar, con el tiempo el socio privilegiado acabó siendo el cartel de Cali (uno de cuyos miembros, Gilberto, estuvo en la cárcel de Carabanchel con algunos capos gallegos). En la cúpula del cartel de Cali estaba Helmer Herrera Buitrago «Pacho»; su hijo era el jefe del cartel en Galicia y vivía por temporadas en Cambados, localidad de «Sito Miñanco». Por aquel entonces el cartel de Medellín estaba en el punto de mira de las autoridades colombianas, en guerra con el Estado y perseguido a conciencia por la DEA, algo que, en cierto modo, despejó el camino a sus vecinos de Cali. Los gallegos también trabajaban para el grupo paramilitar Autodefensas Unidas de Colombia (AUC). Su líder entonces, el paramilitar Carlos Castaño, dirigió personalmente algunas operaciones de desembarco en Arousa y A Coruña, tal y como recuerdan algunos veteranos agentes de la Guardia Civil.

Existían cuatro grandes organizaciones gallegas: la de «Sito Miñanco», la de Laureano Oubiña, «los Charlines» y la de

Marcial Dorado, todas ellas curtidas en el contrabando de tabaco. A su alrededor orbitaba una red de pequeños grupos que trabajaban subcontratados: el mencionado clan de «o Can» era uno. Estaban también «os Lulús», «os Baúlos», «os Pulgos», la banda de Manuel Carballo, la de Alfredo Cordero, «Franky» Sanmillán, «os Panarros» o «Falconetti». Estaremos con todos ellos. Bien lo merecen.

Cada clan era de una zona, pero no había exclusividad territorial. Cada uno descargaba donde quería, y había negocio suficiente para evitar guerras entre ellos. De hecho, colaboraban de cuando en cuando si la descarga era potente. Y aún con este paisaje de abundancia, hubo algún ajuste de cuentas debido a traiciones, malentendidos y jugarretas varias que dejaron un buen puñado de cadáveres en Arousa.

Los clanes eran piramidales y jerarquizados, con varios niveles de mando. Se trataba de grupos muy cerrados, y acceder a ellos fue una odisea para las fuerzas de seguridad. Si algo ha caracterizado siempre a los narcotraficantes gallegos es su opacidad, su secretismo y su brutal desconfianza ante cualquier movimiento extraño, algo habitual en movimientos mafiosos basados en lazos familiares y con códigos sociales estrictos. Esto los convertía y los convierte en estructuras casi siempre inaccesibles y muy apreciadas por otras organizaciones asociadas a ellos.

El trabajo de las organizaciones gallegas consistía en recoger la cocaína en Colombia, cruzar el Atlántico, descargar en Galicia (la parte más complicada) y volver a dársela a los colombianos para que la distribuyesen. Podría decirse que eran subcontratas, empresas que prestaban un servicio de recogida y envío para los carteles colombianos. La realidad de aquellas operaciones, de aquel narcopuente entre Colombia y Galicia, es que estaban empapadas de riesgo. Los clanes gallegos estaban obligados a dejar una fianza humana en Colombia en cada operación. Un miembro de la organización viajaba en el pesquero únicamente con billete de ida, y solo podría regresar a Galicia cuando la oficina del cartel en España avisara de que ya tenía la mercancía. Si ocurría algo, los colombianos comenzaban una investigación, y si descubrían que alguien se había pasado de listo, el rehén desaparecía en Colombia. «Miñanco», «los Charlines» y compañía eran serios, y no tuvieron, que se sepa, problemas graves. Pero otros grupos más pequeños sí intentaron jugársela a los colombianos. Ocurrió, por ejemplo, en septiembre de 1995, cuando Ignacio Bilbao, socio del clan de «o Can» (el mismo que acabó con Manuel García Campaña en un primer piso), viajó a Colombia como fianza humana. La descarga nunca llegó a la oficina del cartel de Cali. Su propio hijo tuvo que desplazarse, tiempo después, a Colombia a por el cuerpo de su padre. Sus restos descansan hoy en el cementerio coruñés de Oza.

Los clanes gallegos más fuertes tenían su propia flota de pesqueros. Por supuesto, a nombre de testaferros. Eran, casi siempre, barcos viejos que ya no salían a faenar. El resto de grupos solían contratar a pesqueros en activo, muy debilitados por la reconversión de finales de los 80. En 1986 la UE incluyó a España y Portugal en la Política Pesquera Común (PPC), limitando las capturas y rebajando la cantidad que se podía vender. Ante la inactividad forzosa, muchos marineros probaron suerte con otro tipo de mercancía. El riesgo era alto, pero los beneficios irresistibles. «Había algunos marineros que salían unas semanas a faenar y otras a recoger fardos», explica Luis Rubí Blanc, abogado y administrador judicial que años más tarde se hará cargo del pazo de Baión de Laureano Oubiña. «Los clanes tenían tejida una red muy amplia en la flota gallega. Pero era imposible que nadie nos dijera nada. Todos los marineros sabían lo que había, pero nunca ninguno nos llegó a contar nada. La verdad es que era increíble».

En estos casos los capos gallegos llamaban al armador y le daban unas coordenadas: «Tienes que estar aquí tal día a tal hora. Los colombianos van a meter la carga y uno o dos de ellos subirán a bordo con vosotros para el viaje de vuelta. Regresáis y esperáis en este punto, adonde acudirán las lanchas». Los pesqueros fondeaban a 200 millas de la costa (321 kilómetros), en aguas internacionales, y hasta allí acudían las planeadoras para meter los fardos en tierra lo más rápido posible. Después de descargar la droga en la planeadora, el pesquero regresaba vacío al puerto de Vilagarcía, o al de Cambados, o al de A Illa, o al de Ribeira, o al de Vigo, o a cualquier otro puerto del que hubiese salido, supuestamente, a pescar solo pescado.

La ventaja de estas operaciones con respecto al tabaco es que había menos fardos, con lo que la exigencia, el tiempo y el esfuerzo eran mucho menores. La lancha entraba en la arena con un motor encendido y los jóvenes comenzaban a sacar fardos. «Descargaban como bestias», cuenta un guardia civil. «Metían la planeadora en la playa y sacaban todo en un momento: 2000 kilos de cocaína en media hora». La mercancía era trasladada a coches o furgonetas. «Oubiña tenía cuatro todoterrenos —explica el agente— y metía 30 fardos en cada uno. En total podía llevar más de 5000 kilos. Los cargaban y se iban sin encender las luces, conduciendo como locos. Ahí no hay guardia civil que tenga cojones de pararlos. O pones pinchos o no paran. Te llevan por delante». El agente recuerda haber intervenido en plena descarga en dos ocasiones. «Entras y desaparecen, como fantasmas. Se tiran al monte y, como lo conocen tan bien, no los pillas». Otra opción era guardar los fardos en alguno de los numerosos zulos que había en la costa gallega. En Rianxo, en 1990, la Guardia Civil descubrió siete en apenas un mes. Estaban en el monte, recubiertos de *toxos*[9]. «Cuando iba al colegio nos llevaron un fin de semana de acampada a A Illa de Arousa —recuerda Rosaura, una vecina de Vilanova que, como todos en la zona, se topó más de una vez con descargas—. Estábamos por la noche en las tiendas de campaña y empezamos a escuchar ruidos y ver luces. La profesora vino y nos dijo que no saliésemos. Nos quedamos dentro, ya sabíamos que era una descarga. Al día siguiente un compañero encontró un zulo, y jugábamos a ver quién se atrevía a meterse. Supongo que dentro estaban los fardos». Aunque en menor cantidad, los zulos todavía existen. Y los vecinos prefieren no husmear en ellos. Es más, en algunos casos, los zulos están en casas de los propios vecinos. «A uno de ellos le ofrecieron construirle un chalé a cambio de guardar ahí la mercancía. Aceptó, por supuesto», añade el agente.

A veces, si las autoridades estaban muy encima, optaban por la imaginación. En varias ocasiones dejaron fardos de hachís bajo las bateas, rememorando los tiempos del tabaco. Un policía recuerda el chivatazo que le dieron: «Me llamó un armador, muy nervioso, quería colgar todo el rato. Me dio unas coordenadas y me dijo que fuéramos urgente. Llegamos y encontramos todo el reverso de la batea lleno de fardos de hachís, 800 kilos colgados en cuerdas».

Los puntos para bajar la droga estaban concertados y minuciosamente estudiados. Solían ser tres o cuatro, llenos de chavales vigilando cualquier acceso. Cuando la planeadora

[9] Tojos.

se acercaba por la ría buscaba los destellos de luz en tierra. Si no los veía, es que algo fallaba y cambiaba el rumbo al segundo lugar. Así hasta tres o cuatro alternativas. Actualmente estos destellos se han sustituido por teléfonos móviles de usar y tirar. Llamada, confirmación y móvil al monte. Otra opción era llevar la mercancía directamente a puerto. Varios del norte de Galicia estaban prácticamente bajo su control, entre ellos, el de A Coruña, por donde colaron varios alijos. El barco llegaba a puerto sin molestias y descargaba la droga oculta en cajas de pescado.

***

«La primera descarga que hice fue a las tres de la mañana en un acantilado de Baiona». Habla Manuel Fernández Padín, 56 años, nacido en Vilanova de Arousa y que con poco más de 30 comenzó a trabajar para «los Charlines». Años más tarde levantaría el teléfono para contarle toda su experiencia al juez Garzón, convirtiéndose en uno de los primeros arrepentidos de la democracia protegidos legalmente por el Estado. «Yo andaba muy jodido por las drogas. Muchas noches de fiesta en Portonovo, con alcohol, cocaína, LSD… En las rías es que hay mucha droga. Cuando toqué fondo, dejé todo y me puse a buscar trabajo. Estuve meses, pero no había nada. Me acordé de "Manolito" Charlín [hijo de Manuel Charlín, patriarca del clan] y le pedí trabajo. Quería que me llevara a alguna descarga de tabaco». Dos semanas después, en una cafetería, el hermano de Manolo, Melchor Charlín, se acercó a Padín y le dijo: «Vístete con ropa oscura. Esta noche te paso a buscar». Melchor apareció en un Porsche 944 y llevó a Padín a cenar al restaurante Los Abetos, en Nigrán. Allí le explicó cómo iban a hacer la descarga.

De allí se fueron a Baiona y esperaron en un chalé en construcción cerca de una cala. A las tres de la mañana llegaron las planeadoras. «Uno de los jefes nos riñó por fumar. Los de Vigilancia Aduanera podían ver el destello y mosquearse. Cuando empezaron a sacar las cajas de las lanchas me di cuenta de que no era tabaco. Era hachís». Esa noche Padín y el resto metieron en tierra 2000 kilos de hachís. «Era una cuesta empinadísima y yo estaba hecho mierda: gordo, apenas dormía y con depresión. Después de carretear el primer fardo, me tumbé entre unos arbustos. Tenía un dolor de brazos impresionante. Me dije: no vales ni para esto». Nadie se dio cuenta del escaqueo de Padín, y la descarga se completó con éxito.

Dos semanas después la historia se repitió. De nuevo, ropa oscura, esta vez en el Cabo Touriñán de Muxía, en plena Costa da Morte. «Era el verano de 1989. Estuvimos esperando a que llegaran las lanchas en la oficina de una cetárea[10] que hay por ahí y que trabajaba para "los Charlines". Aquella vez nos ayudaron "os Lulús": metieron no sé cuántos chavales por las carreteras a vigilar que nadie se acercara». Cuando llegaron las planeadoras Padín vio que, en lugar de cajas, comenzaban a salir bidones. «Era cocaína. Unos 700 kilos. En una de las planeadoras venía "el Baúlo", que había traído el barco desde Colombia. Y con él, dos colombianos. Me acerqué y les cogí las maletas a los colombianos y se las llevé al coche. Ellos iban callados, muy serios, pero eran muy educados. Años después Garzón me preguntó el nombre de esos colombianos, pero yo no se lo dije. Ni tampoco lo digo ahora. Me da miedo. Eran gente muy importante, el contacto del cartel con "los Charlines"». Cuando los bidones esta-

[10] Vivero, situado en comunicación con el mar, de langostas y otros crustáceos destinados al consumo.

ban en tierra los abrieron y metieron los paquetes de cocaína en un Citroën BX. «Iba el maletero lleno y todos los asientos hasta arriba de paquetes. El conductor iba literalmente aplastado. Si lo para la Guardia Civil, se asustan». Pero no lo pararon. Allí no apareció nadie. Y a Padín le dieron medio millón de pesetas por aquello.

Con el tiempo el futuro arrepentido se convirtió en la mano derecha de Melchor Charlín y se definió como miembro del clan. «Siempre nos quedábamos una parte de la coca y la revendíamos. Charlín tenía una norma: solo vendía de un kilo para arriba. No quería tratar con camellos».

Padín metía diez kilos en su coche y se recorría las rías vendiendo la mercancía. «El resto lo almacenaba en un garaje en Caldas de Reis. Se consumía muchísimo entonces. A veces concertaba una cita para vender algún kilo y me encontraba a un conocido: "¡Coño! ¿Y tú?". Estaba todo el mundo metido. También vendíamos mucho a Madrid y Andalucía. Venían a Galicia a comprar. Éramos el epicentro y lo repartíamos por toda España. Quien quisiese cocaína tenía que venir a Arousa. Estaban muy organizados. Melchor se encargaba sobre todo de las descargas de hachís. Pero no podía estar en todas, porque había muchísimas, así que a veces eran otros. Las de cocaína las dirigían los colombianos y las coordinaban los hijos del viejo Charlín. Contrataban chavales para hacer las descargas».

—¿Se llevaban mal con otras organizaciones?

—No, no se llevaban mal, pero se tenían mucha envidia. Andaban siempre hablando de cuánto dinero tenía este o aquel, y siempre querían más pasta. Querían ser los que más pasta tuviesen. Eran muy codiciosos. Yo creo que por eso los trincaron a todos. Con una sola descarga podías retirarte. Pero ellos siempre querían más.

* * *

Tras descargar en tierra, los gallegos entregaban la cocaína al cartel en Galicia o la transportaban hasta Madrid. Las grandes organizaciones de la ría también contaban con su propia flota de camiones, perteneciente a empresas tapadera, normalmente de pescado o marisco, que llegaban a Mercamadrid directamente de Arousa. Una de estas empresas era la marisquera de «los Charlines», el cocedero de marisco La Baselle, que formaba parte de su entramado empresarial. El cocedero La Baselle tiró los precios por los suelos y arruinó a la competencia legal, que no podía comprender —en realidad, sí— cómo el viejo Charlín podía vender las centollas tan baratas. Hubo una época en la que a Mercamadrid solo llegaba el marisco de «los Charlines». Se envió hasta alguna partida rellena de *fariña* con destino a la oficina del cartel.

Una vez en posesión de la cocaína —nunca antes—, los colombianos pagaban a los gallegos. Llegaron a ir a medias, pero normalmente el reparto era 70% para el cartel, 30% para el clan gallego. Si la operación era especialmente arriesgada podía llegar al 60-40. Los grupos gallegos solían revender su parte a los colombianos, de modo que el pago, casi siempre, era en metálico. Pese a ello, una parte, aunque fuese pequeña, siempre se quedaba en la ría. Y desde ahí se distribuía a vendedores y camellos que inundaron la costa de cocaína. Durante aquellos años, en las Rías Baixas era más fácil conseguir cocaína que cualquier otra droga. Y estaba tirada de precio. Si en Madrid un gramo ascendía a casi 10 000 pesetas (unos 60 euros), en Vilagarcía se encontraba la misma cantidad por menos de 6000 pesetas (unos 35 euros). Casi la mitad. En realidad era sumamente fácil comprar polvo blanco. Demasiado fácil.

Cuando cobraban, las bandas gallegas pagaban a todos los participantes en la operación: armadores, marineros, pilotos de planeadoras, chavales que descargaban fardos, conductores de camiones o coches, recaderos, etcétera. Entonces el kilo de cocaína se vendía a unos 10 millones de pesetas (unos 60 000 euros, de hace 25 años). Si un clan gallego lograba una descarga de 1000 kilos de cocaína y se quedaba con el 30%, lograba por una sola operación casi 20 millones de euros. «Traen riqueza», decían entonces los vecinos. Y tanto.

Por su parte, los colombianos la distribuían a gran escala en España y la exportaban a Reino Unido, Francia, Italia, Holanda, Suecia, Polonia, Letonia, Estonia y Rusia. De Arousa a todos los rincones de Europa. Nunca Galicia exportó con tanto éxito un producto. Ni siquiera el marisco.

En ocasiones el modus operandi cambiaba, y si la costa estaba muy vigilada o la Policía muy mosqueada, los narcos cambiaban de estrategia. Nació entonces en España el fenómeno de «las mulas», personas que se tragaban bolas plastificadas de cocaína para, una vez pasados los controles, deponerlas y recuperar la droga. Ni se sabe cuánta cantidad pudieron meter los carteles colombianos a principios de los 90 y finales de los 80, cuando las fuerzas de seguridad todavía no conocían este método ni tenían medios en los aeropuertos para detectarlo. El madrileño Barajas y el santiagués Lavacolla eran los principales aeropuertos por los que entraban «las mulas». Cuenta Felipe Suárez que de Vilaxoán —localidad del municipio de Vilagarcía— partieron cuatro vecinos que no sabían leer ni escribir rumbo a Brasil en avión. En ese alucinante y novedoso artefacto iba con ellos un capo gallego de Vilagarcía. A los cuatro vecinos les ofrecieron todas las comodidades y lujos cariocas, y después les introdujeron 30 kilos de cocaína en cilindros por el ano. Regresaron a Italia, y de ahí en barco a Vilagarcía, donde lo primero que hicieron fue cagar. A cada uno le habían prometido dos millones de pesetas, pero solo les pagaron la mitad. Uno de ellos amenazó con denunciar a la Policía. Lo encontró un vecino de Vilaxoán semiinconsciente por una paliza que le hizo cambiar definitivamente de parecer.

Esconder la droga no era tarea fácil, y con frecuencia ocurrían accidentes surrealistas. Hubo casos de maletines de dinero extraviados en depósitos de agua y de fajos de billetes que ardieron en un pajar de Vilanova por descuido de un vecino. En Carril, «Romualdo», el apodo de un narco de poca monta que trabajaba para «los Charlines», escondió dos kilos de hachís en su establo. Esa noche su cerdo decidió enchufárselo de cena y amaneció el *porco* tieso entre las gallinas. A «Romualdo» y a su mujer los metió la Policía en la cárcel, y la historia del cerdo con sobredosis ocupó páginas de periódicos gallegos. El vecino se convirtió en una celebridad en la zona. En una ocasión el hijo del porquero tuvo un accidente de tráfico contra el Audi de «Manolo el Catalán». El chaval, acojonado, bajó del coche y se deshizo en disculpas con el capo. Viendo que no se le pasaba el enfado, tiró de su fama: «Joder, que soy el hijo de "Romualdo", el dueño del *porco* que murió por comer hachís».

AROUSA, TERRITORIO NARCO

En Carril, pueblo pegado a Vilagarcía famoso por sus almejas, sabían que cuando a Otero Garride le salía bien una descarga, caminaba con un pie en la carretera y otro en la acera. Se ríe un veterano agente al recordarlo: «Cuando estaba feliz andaba así».

Garrigue no llegó a ser nadie importante en el narcotráfico gallego. Su manía de caminar desnivelado era solo una rareza muy alejada de la ola de ostentación mafiosa que rompió sobre la ría de Arousa a finales de los años 80 y comienzos de los 90. Consolidado el negocio, el despilfarro entró en acción. «Se empezaron a comprar casas enormes, mansiones, y a ir en cochazos. Querían que todo el mundo se enterase de lo bien que les iba». Lo cuenta un agente de la Guardia Civil que siguió muy de cerca aquella primera etapa dorada del narcotráfico gallego. Fernando Alonso, gerente de la Fundación Galega contra o Narcotráfico, también recuerda lo que se vivió esos años. «Campaban a sus anchas. Grandes, medianos y pequeños narcotraficantes. Todos ostentaban al estilo de capos sicilianos. Aquellos años Arousa estuvo a punto de convertirse en Sicilia. Con todo el respeto para Sicilia, pero como paradigma íbamos camino de aquello. Sin ninguna duda».

«Lo primero que hacían los capos —explica Félix García, jefe de la UDYCO de Galicia— era comprarse la mansión. Era automático. Y los chavales de los clanes, el cochazo». «Los Charlines» se hicieron con el pazo de Vista Real, en Vilanova de Arousa, una casona del siglo XVII, con jardín de 24 000 metros cuadrados, considerada por la Dirección de Patrimonio Galego como una pieza arquitectónica de máximo valor. Laureano Oubiña no se quiso quedar atrás y pujó testarudamente por el pazo de Baión hasta que se hizo con él, arrebatándoselo, por cierto, al viejo Charlín. Era una construcción medieval rehabilitada a principios del siglo XX, con 287 hectáreas de viñedos de Albariño. En Vilagarcía, al pazo de Baión lo llamaban Falcon Crest.

Como corresponde a los nuevos ricos, los capos lo querían todo a lo grande. Oubiña hizo cambiar las cristaleras del pazo y diseñó unas horteradas de llamativos colores. Después mandó construir una estatua de mármol suya y otra de su mujer. También ordenó que le instalaran una nevera de piedra. Quería que fuese a juego con el resto del pazo, pero los técnicos insistían en que no era viable. Don Laureano estuvo años tratando de conseguir su nevera de piedra, pero sin éxito.

Marcial Dorado, que en estos años y hasta donde se ha podido demostrar seguía con el tabaco, hizo construir una mansión en la Illa de Arousa e instaló dentro un Buda gigante. Nada comparado con la piscina que había sobre el techo de cristal de su salón. «Sito Miñanco», en cambio, destacaba por sus coches: el capo de Cambados tenía tres Chevrolets Corvettes que paseaba por Arousa acompañado de su sonrisa.

En torno a la ostentación de los narcos nacieron diferentes leyendas. Como la que habla de una red de túneles que Oubiña mandó tejer bajo su pazo de Baión, o los compartimentos que abrió en las vigas del edificio para esconder el efectivo. En Vilanova afirman que una mañana los vecinos se encontraron billetes flotando en los estanques y depósitos porque el día anterior un capo tiró su fortuna por el váter mientras los agentes aporreaban su puerta.

«Estaban obsesionados por el lujo. Acumulaban patrimonio con absoluta impunidad», explica Fernando Alonso. «Compraban propiedades de todo tipo: casas, coches, barcos, yates, naves, empresas, pisos, terrenos…». Los chavales que trabajaban para ellos también dejaban clara su condición: en cuanto participaban en una descarga exitosa acudían a hacerse con un BMW o un Mercedes. Fue en aquellos años cuando Vilagarcía pasó a ser conocida en Galicia como «Vilamercedes».

No descuidaban el ocio. Los jefes de los clanes eran conocidos por frecuentar los mejores restaurantes. Se concedían mariscadas apabullantes, entre otras cosas porque casi todas las empresas mariscadoras eran suyas: las mejores piezas iban a sus mesas —que, como le pasaba a Ray Liotta en «Uno de los nuestros», se preparaban con urgencia si el local estaba lleno— y las acompañaban de los Albariños más exquisitos. Si optaban por ir al casino de A Toxa les preparaban un reservado. Felipe Suárez, periodista arousano, contabilizó 107 visitas de «Sito Miñanco» al casino en 20 meses. También las fiestas eran constantes. «Recuerdo que montaron varias con la Guardia Civil», rememora el veterano agente. Cuando uno de los capos organizaba un sarao, allí no faltaba nadie: ni agentes, ni autoridades, ni políticos. Se llegaron a celebrar hasta en la Cámara de Comercio de Vilagarcía. Era de película, pero así era.

Los periodistas no se quedaban atrás. Especialmente, los deportivos y aquellos que no investigaban sus actividades. Disfrutaban entonces de la generosidad de «Sito Miñanco», gran aficionado al fútbol y mejor anfitrión de comidas en su chalé. Cuenta el periodista Manuel Jabois, en su crónica «Las patas machacadas de la nécora», que a una de esas comidas fue invitada la plana mayor de la prensa deportiva gallega. Hubo grandes vinos, champán y el mejor marisco de la ría. En un momento de la sobremesa empezó a desfilar escaleras abajo una caravana de prostitutas de «alto nivel». Y sigue Jabois: «El capo era capaz de recorrer tres continentes para llegar a tiempo a Cambados a una cita con una chica de 19 años».

Las mujeres constituían el eslabón final en la escalada de lujo y la ostentación. «Cada vez que había una buena descarga veías pasar los cochazos hacia Portugal rumbo a los mejores clubes. Andaban todo el día de putas», cuenta riendo el veterano agente. De entre todos, de nuevo sobresalía «Miñanco», siempre acompañado de bellezas caribeñas. «Recuerdo una novia dominicana que tuvo "Sito", Alejandrina creo que se llamaba», rememora otro agente. «Menudo ejemplar. Un ejemplar de la hostia. Cuando venía a comisaría nos quedábamos todos mirándola. Y no veas los pollos que montaban. Una vez los vi peleándose por la calle rodando por el suelo».

«Se trincaban unos a las mujeres de otros. Cada vez que uno aparecía con una mujer, los otros le tiraban los tejos», recuerda de nuevo el veterano agente. «Sito» llegó a sentar en la mesa para cenar a la mismísima Isabel Pantoja. Fue en el restaurante Posta do Sol de Cambados, y aunque no fue una cena íntima —eran 14 comensales después de un concierto en Pontevedra—, aquella noche corrió por cuenta del capo, quien terminó la velada dando palmas mientras la Pantoja taconeaba con un cántaro sobre la cabeza. Hasta Julio Iglesias se vio rozado, indirectamente, por las redes de los capos arousanos. En 1989 la justicia investigó al que había sido su mánager, Rodríguez Galvís[11], por ejercer presuntamente de intermediario en dos envíos de cocaína. A Rodríguez Galvís —y también a Julio Iglesias— era habitual verlos en Vilagarcía o en el casino de A Toxa.

El empresario Carlos Goyanes, habitual de la *jet set* ochentera, terminó imputado en la Operación Nécora. Lo acusaron de distribuir la cocaína de los gallegos en las fiestas y copetes de Ibiza y Marbella, a las que acudían los propios jefes arousanos. Se enfrentó a una petición de condena de ocho años, pero fue absuelto.

«Eran muy "pailanes"[12] —explica una periodista conocedora del narcotráfico gallego—. Horteras y sin gusto. Iban con la camisa desabrochada para lucir collares de oro y llevaban sortijas y pulseras». Al fin y al cabo, los capos no dejaban de ser empresarios sin formación a los que les llovía el dinero. Era lo *kitsch* del asunto. A ojos de la oficialidad, los narcos de las rías eran mariscadores, tenían un desguace, regentaban un bar o criaban ganado. Todos tenían una ocupación alternativa que era la punta de lanza del blanqueo de su narcofortuna. Así, en las Rías Baixas, se repetían —y repiten— imágenes como la de un paisano conduciendo su tractor por la huerta con el Porsche Cayenne aparcado fuera,

[11] Fue detenido por la Policía al ser el destinatario de un cilindro metálico enviado por una empresa ficticia de Belice, la Caribean Enterprises Corporation. En el cilindro había ocultos tres kilos de cocaína. Entre 1975 y 1981, Ernesto Rodríguez Galvís trabajó como ayudante de prensa y de relaciones públicas de los cantantes Julio Iglesias, Joan Manuel Serrat y Camilo Sesto. «Un presunto traficante trabajó con Julio Iglesias, Serrat y Camilo Sesto», *El País,* 8 de abril de 1989.

[12] El término «pailán» era usado de forma despectiva en Galicia para referirse a los campesinos que emigraban a las ciudades. Actualmente equivaldría a paleto.

o una señora que pone bocadillos de calamares en un chiringuito de playa con un Rolex en la muñeca. En realidad todo el mundo sabía quién estaba en el negocio. El Estado consentía un paisaje en el que algunos elegían el narcotráfico como camino profesional sin mayores impedimentos y convivían a todo tren con otros vecinos que llevaban una vida corriente. En las Rías Baixas se normalizó el ver cómo un chico pasaba de trabajar en una frutería a conducir un deportivo de 200 caballos.

No faltaban nunca los crucifijos y la virgen del Carmen, patrona de los marineros. La mayoría de los capos se jugaban la vida en el mar cada cierto tiempo. Se encontraron estampas de la patrona en las planeadoras y en las casas intervenidas. El día de la procesión del Carmen, cuando las lanchas y barcos de los pueblos costeros de Galicia salen en procesión cargados de flores, las embarcaciones que abrían las comitivas en las Rías Baixas no eran las de los alcaldes. Pertenecían a los narcos.

Los clanes tenían sus códigos y prácticas mafiosas, mucho más cutres de lo que suele retratar el cine. Lo padecieron los periodistas que cubrieron sobre el terreno aquellos primeros años del narcotráfico. «Volvía de llevar a mi hijo al colegio —relata un periodista—, y cuando llegué a casa vi un gato colgado boca abajo junto a mi portal. Era una advertencia típica de ellos». Otro periodista se encontró al regresar a casa una corona de flores. «La habían encargado y llevado hasta allí, con un mensaje amenazante y mi nombre en la banda». Fueron unos años difíciles para los reporteros que investigaban a los clanes. Uno de los más veteranos recibió una paliza que le dejó el rostro maltrecho y amoratado. El autor de los golpes fue el narcoabogado Pablo Vioque, un sujeto del que hablaremos y que suponía uno de los mayores peligros de Arousa.

Puede parecer una broma, o también una evidencia de lo poco que ha reflejado el cine la realidad social de las rías gallegas en aquella época, pero una de las películas que mejor muestran estos años dorados del narcotráfico es la comedia «Airbag». En clave de humor —en ocasiones absurdo y no siempre efectivo— la película presenta a un capo gallego interpretado por Paco Rabal que intenta cerrar un trato con traficantes portugueses. Rabal es un personaje que viaja con chófer, enjoyado, violento, acompañado de mujeres jóvenes y bienvenido en el casino. También es socio y benefactor de políticos. La película está plagada de giros y detalles que parodian lo que eran los capos en aquella Galicia. Y en la parodia hay una carga de realidad que, probablemente, muchos espectadores no creyeron en su momento. En una secuencia del filme, el narco interpretado por Rabal amenaza a los protagonistas que, rodeados y apuntados por armas, intentan calmar los ánimos diciendo: «No puede disparar, hay decenas de testigos aquí». El capo mira a su alrededor y responde: «Son ciudadanos. Y la ciudad es mía. Y por cierto, los jueces también».

Y así era. Gozaban de impunidad. La sociedad de las Rías Baixas los aceptaba, los toleraba y hasta los admiraba. Se repetía ese mantra infalible («traen dinero, traen riqueza») que llevaba escuchándose desde los primeros capos del tabaco del Celta del Marlboro. La mayoría de la gente optaba por ser condescendiente. «Mejor trabajar para los clanes que robar. Algo tendrán que hacer los chavales...». La línea que separaba la delincuencia de la sociedad era difusa, no estaba clara y se emborronaba aún más con las filantrópicas atenciones de los capos. Al igual que hacían los contrabandistas de tabaco desde los años 50, los narcos financiaban todo tipo de iniciativas y beneficencias. Las parroquias recibían inusuales donativos, las fiestas y procesiones eran cosa de los bolsillos de los clanes, y hasta equipos de fútbol e instalaciones deportivas se veían agraciadas con los narcobeneficios. Todo estaba bajo control.

«La aceptación del fenómeno y la cultura delictiva venían del tabaco», explica el periodista Julio Fariñas. «Ahí se enquistó, se toleró. Se aprendió a convivir con cosas manifiestamente ilegales, y eso fue un terreno muy propicio para que la sociedad no pusiera obstáculos al narcotráfico. No querían saber, preferían mirar hacia otro lado como siempre se ha hecho en Galicia».

Todo es silencio tituló Manuel Rivas su novela sobre el narcotráfico gallego. En su título el escritor propone el carácter gallego como abono para que el narcotráfico prendiese. La omertá gallega, costumbre, manía o lastre cultural que pervive en Galicia como un código que impide inmiscuirse en lo que le suceda al vecino. «*Alá cada quen*». Y los narcos, a lo suyo.

«¿Y qué iban a hacer?». Toma la palabra Enrique León, antiguo jefe de la UDYCO en Galicia y natural de Vilagarcía, quien rompe una lanza en favor de aquella sociedad gallega. «¿Que iban a coger y denunciar a los capos? ¿A señalarnos? Nadie quería líos. Nadie se atrevía. Es comprensible». Enrique toca una tecla clave en esta sinfonía sociológica: la gente no hacía nada porque el Estado, las autoridades y cualquier otra institución a la que de verdad le correspondía, no hacían nada. Ante la pasividad, casi ausencia, del Estado, ¿cómo pedirles responsabilidades a los vecinos? La Guardia Civil de entonces causaba tanta o más desconfianza que los narcos, los policías apenas tenían medios, los jueces se encogían de hombros, la Xunta miraba hacia otro lado y en Madrid ni estaban ni se les esperaba. En realidad allí no había nadie para dar el alto a los Chevrolettes de «Sito Miñanco». «La ciudad es mía», que dijo Paco Rabal.

No fue casualidad que la *fariña* entrase por Galicia y no por Asturias o Cantabria. Hubo motivos y factores concretos que ya hemos visto. Y también hubo culpables concretos anestesiados por el dinero, el poder o la falta de medios. «El gobierno gallego —explica Fernando Alonso— estuvo varios años negando la existencia de narcotráfico organizado. No es que no lo combatiesen, es que sostenían que no existía». Y volvemos al paralelismo, salvando las distancias, con Sicilia, donde la mafia campó a sus anchas porque, oficialmente y según el gobierno de Roma, no existía. «Por cada año de los cuatro o cinco que estuvieron negando la mayor les dábamos cinco de ventaja a los clanes en organización y poder», dice Fernando Alonso. «Fue esa pasividad y negación lo que les permitió instaurarse. Fue esa dejadez la que les permitió crecer».

«Era escandaloso», escribe el periodista Felipe Suárez en su libro *Operación Nécora +*. «Durante siete largos años en este país nadie movió un dedo para acabar con la lacra». Basta con recordar lo que les ocurrió a los últimos que decidieron dar un paso al frente. El juez Seoane Spielgelberg y el gobernador Virginio Fuentes emprendieron su propia cruzada contra las mafias del tabaco: el primero acabó en Santander y el segundo en Albacete. El PSOE central había comprendido entonces que desmantelar los clanes no daba votos, algo que el PP sabía desde muchos años antes. No solo eso. Un importante juez gallego que prefiere no revelar su nombre habla más claro: «En Galicia no ha habido un solo partido que no haya sido financiado por los narcos. Ni uno solo».

Si «Miñanco» iba por Vilagarcía con dos caribeñas y un Chevrolet descapotable mientras descargaban cocaína en la playa de al lado es porque a todos les parecía bien. O, como mínimo, a nadie le importaba.

LOS CAPOS

A RÍA DE AROUSA

Fotografías de Vitor Mejuto, cortesía de 'La Voz de Galicia'

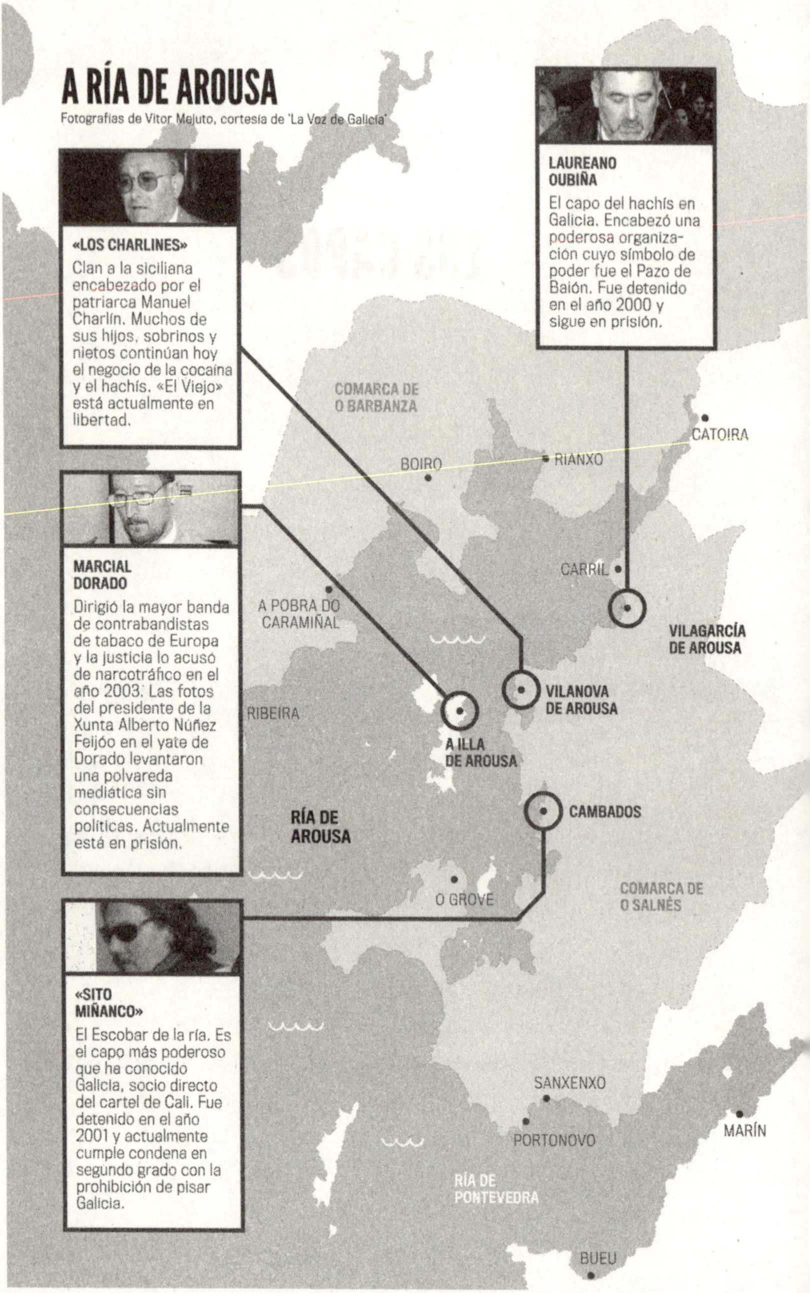

«LOS CHARLINES»

Clan a la siciliana encabezado por el patriarca Manuel Charlín. Muchos de sus hijos, sobrinos y nietos continúan hoy el negocio de la cocaína y el hachís. «El Viejo» está actualmente en libertad.

MARCIAL DORADO

Dirigió la mayor banda de contrabandistas de tabaco de Europa y la justicia lo acusó de narcotráfico en el año 2003. Las fotos del presidente de la Xunta Alberto Núñez Feijóo en el yate de Dorado levantaron una polvareda mediática sin consecuencias políticas. Actualmente está en prisión.

«SITO MIÑANCO»

El Escobar de la ría. Es el capo más poderoso que ha conocido Galicia, socio directo del cartel de Cali. Fue detenido en el año 2001 y actualmente cumple condena en segundo grado con la prohibición de pisar Galicia.

LAUREANO OUBIÑA

El capo del hachís en Galicia. Encabezó una poderosa organización cuyo símbolo de poder fue el Pazo de Baión. Fue detenido en el año 2000 y sigue en prisión.

«"SITO MIÑANCO", PRESO POLÍTICO»

«Menos mal que yo no creo en la violencia, porque si no os mataba a todos».

«Sito Miñanco», a los jueces de la Operación Nécora

En el año 2000 el grupo coruñés Os Papaqueixos sacaba a la luz su mayor éxito musical: «Teknotrafikante». El tema, de acordes *ska* y melodía *folk* no es un despliegue de técnica musical, pero sus letras han pasado a formar parte del imaginario *underground* gallego. Con estribillos como «*"Sito Miñanco", preso político. ¡Aurrerá, aurrerá, aurrerá!*» o «*Moito Sintasol, moito Sintasol. ¿Cantas raias son?*», no pretendían enaltecer la figura de «Miñanco», sino parodiarlo. Sin embargo, el capo gallego más poderoso que hayan conocido las Rías Baixas sí llegó a ser muy respetado. Y hasta venerado.

José Ramón Prado Bugallo «Sito Miñanco» nació en el barrio de Santo Tomé, en Cambados, en 1955. De familia marinera apodada como «os Miñanco», padeció las estrecheces económicas de rigor y creció faltando a más clases de las que asistía. De chaval iba al marisco con su padre, pero sin licencia. Eran furtivos y con alevosía: «Sito» usaba la técnica de *can*[13] para pescar, un arte flagrante para el ecosistema de la

[13] Una técnica de pesca de arrastre.

ría y prohibido por la ley. Comenzó por entonces su peculiar relación con la Comandancia de Marina. Enseguida, harto de nasas (redes) y multas, consiguió un trabajo como recadero pilotando una lancha rápida. Al principio, algunos encargos sueltos. Después, revelada su asombrosa habilidad para pilotar la planeadora, los clanes tabaqueros lo contrataron para sus descargas. Acabó siendo el piloto de la organización de Vicente Otero «Terito». Se convirtió en una leyenda de la ría a los mandos de su planeadora Rayo de Luna, con la que esquivaba bateas y entraba en tierra sin parar motores. Cuando decidió montar su propia banda, la famosa ROS, encargó construir una nueva planeadora, más potente y ligera, y la llamó Sipra II, el mismo nombre que le acabaría poniendo a alguna de sus múltiples empresas tapadera. La ROS, ya lo sabemos, fue como un tiro, y a principios de la década de los 80 ya era una de las organizaciones de contrabando de tabaco más potentes de Europa.

A «Miñanco» siempre le han respetado —mucho— los demás narcos, porque comenzó por el principio, curtiéndose en la ría. Siempre ha contado con la lealtad de sus hombres. Sabía lo que era el mar, lo que era pilotar la planeadora y jugarse la vida en persecuciones. «El cabrón aparecía por el puerto con la cara quemada —recuerda un agente de la Policía Nacional—, y le decíamos: "¿Qué, 'Sito'? ¿Fuiste a descargar?". Y él decía: "Yo no hago nada, hombre"». Miñanco conocía la ría con lupa y contaba con don de gentes: era educado y respetuoso; además, no era violento. Se supo rodear de gente seria, profesional y que lo admiraba. A las familias de sus colaboradores nunca les faltaba de nada: si iban a juicio, "Sito" corría con los gastos y ponía los abogados. Si alguno de sus hombres desaparecía o era encarcelado, "Sito" enviaba una pensión mensual a la familia y pagaba los estudios a los hijos. Cuidaba de los suyos. Por eso tuvo tanto éxito.

Rosa Pouso fue su primera mujer, y con ella tuvo dos hijas. Poco duró la estabilidad en su matrimonio. Si había algo que perdía al capo de Cambados eran las mujeres. Alejandrina —ya hablamos de ella, definida por un policía como «un ejemplar de la hostia»— fue una de sus novias más sonadas. Tenía otra amante de solo 19 años en Arousa y una tercera novia en Barcelona. Hasta se rumoreaba que mantenía otra relación paralela con la hija de un dirigente socialista de Arousa que encabezaba las protestas y denuncias contra el narcotráfico y acabó amenazado de muerte.

En Panamá dio el salto al narcotráfico y comenzó a trabajar para el cartel de Cali. Allí le conocían como «el millonario gallego». En el aeropuerto panameño «Sito» esperaba la maleta en la sala de diplomáticos, y pasaba largas noches en el casino del Marriott. Hacía traer su Mercedes desde Cambados para conducirlo por las calles de la capital panameña. Acabó comprando un piso de lujo en el selecto barrio de Punta Paitilla, que pronto compartiría con Odalys Rivera, hija de un ministro del general Noriega que, por cierto, trabajaba en la sala de diplomáticos donde esperaba «Sito». Con Odalys se casó y tuvo otra hija. Ella acabaría dirigiendo las operaciones del narco cuando el cambadés fue a la cárcel.

A finales de los años 80 «Sito» estaba en todas partes y no estaba en ninguna. Tenía residencia en Amberes y Panamá, y aparecía de vez en cuando por Cambados, donde poseía una mansión. Por si acaso, también mantenía dos *suites* permanentes a su disposición en el hotel Rías Bajas de Pontevedra, donde aún recuerdan sus fiestas. En Madrid tenía varios pisos y un chalé en Pozuelo de Alarcón considerado «de seguridad». Solo conocían su existencia unos pocos hombres de su organización. Entre 1989 y 1990 la Policía comprobó que estuvo al menos dos veces en Estados Unidos, Venezuela, Costa Rica, Perú, República Dominicana y Chile, y muchas más en Panamá, Colombia, Bélgica y Holanda. Su movilidad se multiplicó cuando a mediados de 1990 Garzón emitió orden de busca y captura contra él: la DEA y la Interpol lo incluyeron en sus listas y medio cuerpo de la Policía Nacional se puso el cuchillo entre los dientes. «Sito», de vez en cuando, aparecía por Cambados para pasar la noche con alguna de sus novias y, al día siguiente, largarse de regreso a Panamá, Colombia o sabe dios dónde. En Arousa tenían la firme convicción de que era invulnerable.

Los coches eran la otra perdición: además de los Chevrolettes, el capo conducía un Ferrari Testarossa, un Toyota Supra, dos Mercedes y un BMW. Santiago García Pasín, un hombre de su organización, le preparaba habitáculos en todos los vehículos para esconder dinero o pequeños fardos.

«Sito» vivía a todo tren porque era el jefe de un imperio. La organización del narco arousano, si acaso la más potente de cuantas ha conocido Galicia, contaba con, además de pilotos, recaderos y una constelación de abogados, funcionarios, periodistas, falsificadores de documentos, políticos, agentes de la Guardia Civil, de la Policía, del Servicio de Vigilancia Aduanera y un deprimente etcétera; todos ellos en nómina. A los agentes «topo», por cierto, los denunciaba con filtraciones a la prensa cuando abusaban de su confianza o se pasaban de listos. El 31 de diciembre de 1989, frente a la Illa de Arousa y a los mandos de su planeadora, «Sito» vio cómo una patrullera de la Armada dirigida por el sargento Marcos Corral le daba el alto. El agente y sus hombres se acercaron a la embarcación y comprobaron que estaba hasta arriba de cajas de tabaco. Contaría luego el capo que el sargento

Marcos requisó unas cuantas y se largó de allí. Harto de los «abusos», «Sito» envió una carta firmada a la emisora Radio Arousa, cuya lectura en antena levantó una polvareda que acabaría llevándose por delante al sargento. «(...) Sabrán que el señor Marcos tiene sus propios clientes y que, por supuesto, no es la primera vez que realiza esta maniobra. (...) Al final son mucho más delincuentes que nosotros. A la vez que se hace justicia con nosotros, esperamos también que se haga justicia con estas ratas de alcantarilla».

La organización tenía un infiltrado en la central de Telefónica de Pontevedra, José Manuel Rodríguez Núñez, que le informaba de los pinchazos de la Policía. A veces «Sito», conocedor de que lo estaban escuchando, se inventaba datos y operaciones.

La organización contaba con cinco planeadoras, camiones, remolcadores y hasta dos buques mercantes, además de dos yates. Alrededor del grupo se retorcía un entramado de empresas, cinco de ellas en Panamá. Una se llamaba —nada sospechoso— Inversiones Pontevedra-Panamá S. L., y su presidente era su primo, Manuel López Bugallo. Otra era un astillero donde arreglaba sus embarcaciones, y que acabaron usando los carteles para poner a punto los barcos que enviaban a Florida. En España manejaba, siempre a través de segundos, incontables negocios: astilleros, inmobiliarias, empresas de construcción, de marina, etcétera.

En la periferia de la organización de «Sito» orbitaban varios clanes gallegos que, asociados con él, lo ayudaban en las operaciones y en los contactos. Uno de ellos era el de «os Peixeiros», liderado por José Manuel Chaves Corbacho, que acabaría asesinado en 1991 por Manuel Ozores Parracho «Pincheiro» tras una reunión en Caldas de Reis en la que se iba a discutir sobre una deuda. Muchos años después, en 2006, el hijo del asesinado empotró su coche contra el de «Pincheiro», recién salido de prisión, en un cruce en Vilanova. La Policía nunca creyó la versión del accidente de tráfico, aunque no hubo intercambio de denuncias.

Otro clan que colaboraba estrechamente con la banda de «Sito» era «o grupo da Illa», liderado por Juan Manuel Fernández Costas, conocido como «Karateka» y que en un juicio por blanqueo en 2012 aseguró que su patrimonio venía de un negocio de pedaletas que poseía en la playa de Nigrán. «Os Panarros» era otro clan satélite. Su jefe era José Agra Agra, que acabó detenido en una cafetería de Pontevedra en 2010 a pesar de llevar gafas de sol, barba y una gorra. Fue condenado por haber metido en 2003 en Arousa 4000 kilos de cocaína en una descarga con dos barcos. «Os Pulgos», un clan familiar de Boiro, también estaba asociado. Este clan, encabezado por tres hermanos, nunca ha sido procesado por narcotráfico, aunque sí por contrabando de tabaco. Han demostrado gran habilidad, y eso que los investigadores tienen clara su actividad. En el año 2000 el propio «Sito» acudió a la boda de uno de ellos en Padrón. De todos estos «segundos líneas» hablaremos más adelante, ya que son ellos y otros tantos clanes a la sombra de los grandes los que tomarán el control del narcotráfico gallego con la llegada del siglo XXI.

Dentro de la organización de «Sito» estaban el ya mencionado «Manolo el Catalán» y Danielito Carballo, que acabaría con una bala en la cabeza en 1993. Junto a Carballo, en la cúpula de la organización se encontraba José Alberto Aguín Magdalena, alias «o Rubio», considerado por la Policía como el verdadero número dos del grupo. «O Rubio» era socio de un político del PP de Cambados que tenía una empresa a través de la cual «Sito Miñanco» hizo varias inversiones. Coincidencias que a veces da el azar. José Garrido González

«Fico» y Juan Fernández Sineiro «Machucho» eran otros dos dirigentes del grupo. El segundo acabó acusado por la desaparición del narco José Antonio Pouso «Pelopincho», del que nunca más se ha sabido. El clan tenía hasta un asesor de imagen, el periodista Pedro Galindo Guerra, que había trabajado en TVE y que fue detenido por pertenecer a la organización. Cuando lo detuvieron dirigía la revista *Casinos de España*.

El clan de «Sito» funcionaba engrasado, sin fisuras. Y contaba con un combustible esencial: la aceptación social. También cuidada las formas. Cuando llevaba varios años metido en el narcotráfico, seguía colando tabaco en la ría. Era una maniobra de cara a la galería para presentarse como un señor *do fume* sin conexiones con el narco. Y todos contentos.

Cómo no estarlo. «Sito» pagó varias operaciones quirúrgicas y tratamientos médicos a vecinos que no podían costeárselo. Quiso hasta patentar ideas delirantes, como una supuesta vacuna contra el cáncer. No es broma: la Policía registró varias conversaciones con un catedrático de Hungría con el que negociaba la patente. «Sito» decía que era el negocio que le iba a retirar.

El perfil de gran capo tenía que completarse con el fútbol. El Club Juventud de Cambados no sería uno de los equipos más conocidos de Galicia si no fuera por «Miñanco». Se convirtió en presidente del club en 1986, cuando pululaba por Regional Preferente (quinta categoría). Tres años más tarde lo puso en Segunda B y se quedó a las puertas de jugar el *playoff* de ascenso a Segunda tras acabar la temporada cuarto. Al inicio de cada campeonato «Sito» ponía 30 millones de pesetas (180 000 euros) encima de la mesa y el Juventud planeaba la temporada con salarios para los jugadores superiores a los del Deportivo o el Celta de Vigo. El campo se llenaba cada domingo y «Sito» acudía a veces a algún partido y se daba un baño de masas. Cuando el «presi» estaba en Cambados, el equipo llegaba al campo a bordo de su yate. Cabían de sobra: el Night Mare, de bandera británica, tenía 13 metros de eslora y tres motores intraborda de más de 2200 caballos. En A Pobra do Caramiñal, al otro lado de la ría, dicen los vecinos que cuando «Sito» encendía los motores de su barco, ellos lo escuchaban.

Todo salía de su bolsillo. En pretemporada «Miñanco» se llevaba al equipo de gira a Panamá —sufragó parte de la campaña política del general Noriega con 12 000 dólares— y Costa Rica, y a las fiestas de Cambados traía las mejores orquestas búlgaras. El ayuntamiento no pagaba un duro. Tan agradecidos estaban que el 7 de mayo de 1989 el alcalde, Santiago Tirado (PP), nombró al capo hijo predilecto de Cambados y le otorgó una placa de honor. Ese día Tirado se peleaba para salir en la foto. Un año más tarde, en junio de 1990 y con «Miñanco» buscado por la DEA, Tirado fue a una manifestación contra las drogas celebrada en O Grove y organizada por las madres de la generación perdida. Esta vez la pelea fue para huir de allí en medio de una lluvia de insultos.

Cuando el CJ Cambados logró el ascenso a Segunda B, «Sito» accedió a acudir a Radio Arousa para conceder una entrevista en la que solo hablaría de deportes. Lo entrevistó Felipe Suárez, que de sobra sabía en qué andaba metido el capo. Cuando terminó la intervención, Felipe llevó a un aparte al narco y le hizo algunas preguntas incómodas. «Te juro por mis hijas, que es lo que más quiero en este mundo, que nunca he puesto una mano en la droga. Es más, esta mano derecha que tú ves y que no podría vivir sin ella, que la pierda si te engaño». Escenas así, a veces aderezadas con ojos húmedos, se repetían cuando al capo lo inquirían sobre la cuestión. «Sito» mantuvo su enroque incluso cuando el juez Garzón, en junio de 1990, emitió una orden de busca y captura contra él. La orden pasó a la DEA y a la Interpol, y el cambadés se convirtió en 24 horas en uno de los narcotraficantes más perseguidos del mundo. Su leyenda se acrecentó: el 24 de junio de 1990, con la orden de busca y captura ya emitida, concertó un encuentro con el coronel de la Guardia Civil Arsenio Ayuso[14]. Se reunieron en el hotel Péntax de Lisboa, y «Sito» acudió a la cita rodeado de guardaespaldas. Allí, con lágrimas en los ojos —tal y como contaría después el propio coronel Ayuso—, repitió lo estipulado: «Reconozco que llevo años introduciendo cajas de tabaco, eso lo sabe todo el mundo, pero en mi vida he tocado ni un solo gramo de hachís o cocaína». Un rato después se despidieron y «Sito» volvió a desaparecer. La Guardia Civil sabría años después que ese mismo mes había colado un alijo de 2,5 toneladas de cocaína por Arousa.

El capo cayó el 19 de enero de 1991 —medio año después de haber evitado la Operación Nécora—, tras el éxito de la operación Andrés (el nombre en clave de «Sito» para la Policía), dirigida también por Baltasar Garzón. Tras un año de profunda investigación y estrecha vigilancia sobre la banda, la Policía, encabezada por el jefe del grupo cuarto de la Central de Estupefacientes, Rodríguez Simons, asaltó el chalé de seguridad de la banda en Pozuelo justo cuando estaban dirigiendo un desembarco. Cuentan que los GEO pillaron a «Sito» sobre unas cartas náuticas y con un teléfono satélite en la oreja. «Hostia, ahora sí que me trincasteis», dijo el capo cuando vio a los agentes.

[14] El coronel Ayuso explicó que el juez Garzón le había dado permiso para este encuentro. Garzón siempre lo ha negado.

«Sito» se mosqueó, y mucho. Sabía lo que había fallado. Lo trincaron porque lo vendieron los colombianos. Semanas antes de su detención los agentes habían arrestado también en Madrid a Cristina Osorio y a Jorge Isaac Vélez, del cartel de Cali, con 200 kilos de cocaína en el maletero. Llegaron a un acuerdo con los investigadores y salió a la palestra el nombre del capo gallego. El 18 de enero, dos días antes de que lo detuvieran, «Sito» llamó a Fabio Ochoa, uno de los jefes del cartel, y la conversación fue interceptada por la Policía:

—Estoy jodido con tus amigos, no se portan a la altura.

—¿Qué pasa?

—No, no, que no se portan a la altura. No puede ser que tenga yo el camión ahí tres meses y que se rían de mí.

La traición la remató un narco libanés que participaba en la operación. Resultó ser un confidente de la DEA que reveló lugar, hora y detalles de la descarga. «Miñanco», explica un agente de Policía, «tiene obsesión por dirigir él mismo sus operaciones. No sabe delegar. Es como si quisiera rememorar su época de piloto de planeadoras».

Con «Sito» fueron detenidas 13 personas más de su organización, entre ellas, José María Díaz Lavilla, hijo de un magistrado del Tribunal Constitucional, y Eugenio Díaz, pariente de «Terito». En el chalé, con «Sito», estaba García Pasín, el que le hacía los apaños en los coches, y «Machuco», además de tres prostitutas caribeñas.

La historia de «Sito», por supuesto, no terminó aquí. Garzón lo condenaría tres años después por narcotráfico, pero el capo todavía escribiría páginas sorprendentes cuando recobró la libertad. En realidad, para no pocos agentes, las sigue escribiendo a día de hoy.

LAUREANO OUBIÑA Y SUS ZUECOS

> «Mire, señoría, yo no soy traficante, pero aunque lo fuera, yo no voy casa por casa vendiendo la droga».
>
> Laureano Oubiña

En la primera vista del macrojuicio de la Operación Nécora celebrado en la Casa de Campo de Madrid, Laureano Oubiña apareció calzando unos zuecos. El capo del hachís llevó al extremo su estrategia de aparentar ser un aldeano analfabeto incapaz de dirigir una organización de narcotráfico. No valía la pena el esfuerzo. Después de tres preguntas le soltó al juez: «Yo nunca he invertido dinero en drogas, ni en casas, ni en fincas, ni en hostias».

«Era un "arrebatado". Un bruto. Un maleducado», lo define un periodista. «Un bocazas con muy mal carácter. Se le iba la fuerza por la boca», añade otro. «Embestía a la gente», dice un guardia civil. «Era todo mal genio. Un ignorante, un burro», completa un policía. Los zuecos, cabe pensar, no eran necesarios. Oubiña jugaría siempre ante los jueces el papel de paisano de pueblo víctima de un negocio que se le había ido de las manos. En una entrevista que concedió a la revista *Vanity Fair*, realizada por el periodista David López en el año 2011, don Laureano afirmaba sin inmutarse: «Espero que el Estado me rehabilite como lo hace con los drogadictos, porque esto de ser contrabandista no deja de ser una droga como otra cualquiera».

Oubiña nació en Cambados en 1946 y aprendió el arte del contrabando casi a la vez que el de caminar sobre dos piernas. Con 15 años ya conducía la furgoneta del ultramarinos de sus padres y hacía los repartos. Con 17 no sabía apenas leer ni escribir, pero montó su propia banda de estraperlistas. De la furgoneta pasó al camión y del café al Winston de batea. Con 18 años ya era uno de los contrabandistas más reconocidos de las rías. Fue entonces cuando se casó con Rosa María Carro, con la que tuvo nada menos que ocho hijos. Pero en 1983 se enamoró de su secretaria, Esther Lago, que se convertiría en su segunda mujer y en el verdadero cerebro de la organización que estaba por venir.

La relación de este hombre con la justicia es digna de contar. Más bien de enumerar. Hay pocos años en los que don Laureano no haya tenido intercambios de pareceres con las autoridades. Quienes lo conocen hacen un diagnóstico claro: su carácter ha sido su perdición. Se estrenó ante el juez en 1967, después de darle una paliza a un vecino de Cangas. Un año después desfiló por la Audiencia de Pontevedra por no pagar la multa. En 1977 la Guardia Civil hizo una propuesta de sanción porque el capo se había reído de una pareja de la benemérita por la calle. Se desconoce cuál fue el motivo de mofa. Ese mismo año, sin rubor, intentó sobornar al comandante del puesto de O Grove. El agente no pasó por el aro y lo detuvo. En 1978, solo un año después, registraron todas sus propiedades. Lo hicieron con motivo de una descarga de tabaco en la que las autoridades creían que estaba implicado. Al año siguiente lo juzgaron por el supuesto soborno al comandante honrado, pero fue absuelto por falta de pruebas. En 1981 se reabrió el caso y volvió a la celda hasta 1982.

Cuatro días después de salir en libertad, el juez lo acusó de pertenecer al clan tabaquero de «os Servandos». Se tomó un respiro y en 1987 volvió a lo grande: fue detenido en Girona por intentar colar 700 cajas de tabaco. Un año después, en un registro a su casa, le pegó una patada inesperada a un agente. Lo metieron en la cárcel, donde le pegó una paliza a Ricardo Portabales, arrepentido de la Operación Nécora. Recobró la libertad en 1990 y, semanas después, Garzón lo volvió a emplumar. Seguiremos con la lista más adelante, los 90 fueron, sin duda, sus años grandes.

Con Esther Lago tuvo dos hijas, Lara y Esther, y los cuatro se instalaron en un chalé en A Laxe (Vilagarcía) en 1984. Cuatro años después, en 1988, el capo del hachís hizo realidad su gran ambición: comprar el pazo de Baión, que al final sería su perdición. La finca, de 286 hectáreas de Albariño de primera calidad, fue adquirida a través de una sociedad que recibió un préstamo de 138 millones de pesetas (830 000 euros). Algo fallaba flagrantemente: el préstamo lo concedió Luisa Castela Fernández, una viuda de un operario de Renfe que vivía en una casita de alquiler en Cáceres por la que pagaba 200 pesetas mensuales. Resulta que esta señora era la tía de Pablo Vioque, ex abogado de Oubiña, fundador de AP en Vilagarcía, presidente de la Cámara de Comercio de Arousa y narcotraficante.

El pazo se lo compró Oubiña a unos empresarios de la Compañía de Jesús, y se convirtió en su empresa tapadera más bestial. El latifundio era la mayor plantación de viñedos de Albariño del sur de Galicia. Don Laureano se erigió como un poderoso vinicultor que ponía en las mesas de los mejores restaurantes el vino Albariño Pazo de Baión. Tal ostentación le saldría cara. La propiedad se transformaría —y todavía hoy lo es— en el símbolo de la época dorada del narcotráfico. Fue el lugar elegido por las madres para poner su grito en el cielo y por Garzón para hacer aterrizar el helicóptero, gabardina al aire, en la redada de la Operación Nécora. La justicia le arrebató definitivamente el capricho a Oubiña en 1995.

Oubiña es el único narco de las Rías Baixas —que se sepa— que nunca tocó la cocaína. Don Laureano solo traficaba con hachís. Lo ha repetido hasta la saciedad. Y aunque algunos agentes de la Policía lo ponen en duda, nunca se ha podido demostrar que mintiese.

Su primera descarga la llevó a cabo en 1989, cuando introdujo 23 garrafas de hachís en Baio. Tenía en nómina a al menos 16 hombres que trabajaban exclusivamente para él. Disponía, además, de una flota propia de pesqueros con los que traía el hachís de Marruecos. El encargado de este transporte era el marroquí Moustapha Boulaich, alias «Gustavo». Victoria A, Estimada, Thais, Honey Moon, Verónica, Turia, American y Katie eran los nombres de los barcos del capo. Tenían, además, una planeadora llamada Seagull de bandera liberiana.

El clan transportaba la mercancía por carretera a Alemania, Holanda e Inglaterra. Lo hacía a través de la flota de camiones de las empresas Penedo y Transgalicia, pertenecientes a Oubiña, claro. Vital Nuñez Carvalho, conocido como «Vital», era el encargado de que el hachís llegase con éxito al norte de Europa, y Manuel López Mozo, el que coordinaba la flota de camiones. En una entrevista que concedió en el año 2011, Oubiña afirmaba: «Me gustaría resaltar, y que quede muy claro para siempre, que yo nunca compré ni vendí un solo gramo de hachís. En alguna de las tres operaciones frustradas por las que fui condenado simplemente lo transporté por mar y tierra».

Alrededor del grupo, como en el caso de «Miñanco», se movían algunos clanes satélite que colaboraban con la organización de Oubiña en algunas operaciones. Uno de los más recurrentes era el de Manuel González Crujeiras, más conocido como «o Carallán», histórico capo de Ribeira y tal vez el narco más importante que haya conocido la comarca de Barbanza[15].

La organización estaba acorazada por el que tal vez fue el entramado más espeso que Hacienda haya conocido en Galicia. Era una obra de ingeniería fiscal llevada a cabo por una *all star* de abogados panameños pagados a precio de oro. «Lo desangraron», cuenta un oficial de la Guardia Civil. «Le cobraban auténticas barbaridades, pero como era medio analfabeto, aceptaba». Sus tres principales empresas eran Pitville Ranger Corporation, Fashion Earrings y Norwich Cresti Panamá. En Galicia destacaba Oula S. A., una empresa de construcción e inmobiliaria mediante la que poseía 16 fincas y varios pisos. Ninguna de estas sociedades estaba a su nombre, todas pertenecían a testaferros. La farsa iba tan lejos que, a ojos del Estado, Oubiña era pobre de solemnidad. No tenía posesiones ni ingresos. Se metió tanto en el papel que en 1989 acudió a la oficina del INEM de Cambados a solicitar el subsidio por desempleo, asegurando que lo habían cesado como gerente de Oula S. A. Se lo denegaron y el capo los denunció. Fijaron la vista para el 11 de junio del año siguiente, 1990, víspera de la Operación Nécora. Oubiña no apareció por el juzgado.

[15] «O Carallán» era el encargado de dirigir las descargas en la ría. Él mismo llevaba los barcos y pilotaba las planeadoras. Con los años se convertiría en un experto narcotransportista, y con el desmantelamiento de la organización de Oubiña dio el salto a la primera línea. Lo trincaron en 2001, cuando los GEO abordaron en alta mar el pesquero que tripulaba con 1800 kilos de cocaína a bordo. En 2011, en el primer permiso en diez años que le concedían para salir de prisión un fin de semana, se escapó a Colombia sin mirar atrás.

El tipo que le llevaba todas estas lides legales y fiscales era Pablo Vioque, el narcoabogado, ayudado por otro letrado que siempre se situaba al calor del narcotráfico gallego, Francisco Velasco Nieto. Antolín Ríos Janeiro «Tolín» era el encargado de, una vez entregado el hachís en los países de destino, traer de vuelta el dinero. Era un hombre de máxima confianza de Oubiña.

A los mandos de todo estaba su mujer, Esther Lago, auténtica jefa de la organización. «Esa sí que era lista», dice un policía ya retirado. «Pero lista de la hostia». Esther se mató en 2001 al estrellar su coche contra una casa en Corbillón, a la entrada de Cambados. Eran las dos y media de la madrugada; iba a buscar a su hija a la salida de una discoteca. Al parecer, según la investigación, Esther se quedó dormida al volante. Cuando la ambulancia llegó, estaba todavía viva, pero murió de una parada cardiorespiratoria cuando la llevaban al hospital. A Oubiña, que en ese momento estaba en prisión, le concedieron un permiso para asistir al entierro. «Fue un accidente tremendo», rememora un agente. «Un golpe frontal contra la esquina de una casa». La casa, por cierto, y no es broma, era el centro de escuchas telefónicas de la Brigada de Estupefacientes de la Policía Nacional. La jefa de una de las organizaciones de narcotráfico más importantes se estrelló contra ellos.

Oubiña fue detenido por el juez Garzón en la Operación Nécora, llevada a cabo en junio de 1990. Primero lo buscaron por el pazo, pero no vivía allí, así que se dirigieron a su chalé de A Laxe. Los agentes llamaron a la puerta y trincaron al capo en pijama.

Saldría de rositas de aquella redada, y durante la década de los 90 continuaría en el negocio hasta su caída, de momento definitiva, en el año 2000. Su hijastro, David Pérez, ha seguido sus pasos. Los Oubiña todavía no han dicho su última palabra.

«LOS CHARLINES», UN CLAN A LA SICILIANA

«¿Que si tengo fincas? Hombre, señoría, dese cuenta de que, en Galicia, a 20 metros cuadrados le llamamos finca».

Manuel Charlín Gama

El agente miró a través de la ventana y vio a «el Viejo» en su cocina, vestido con un pijama de posguerra. Dio la señal a sus compañeros y llamaron a la puerta. Abrió Josefa Pomares, su mujer. «No, Manolo no está».

Era el 3 de noviembre de 1995, y un día antes el juez Baltasar Garzón había decretado prisión incondicional para el capo de «los Charlines», que había salido en libertad sin fianza tras la Operación Nécora. Así que, basándose en las pruebas de otro alijo, mandó a los agentes para allá.

Los policías no creyeron a Josefa, obviamente, y entraron en la casa. No había ni rastro del viejo Charlín. Inspeccionaron el chalé con saña, mientras se recreaban en los lujos de la vivienda, como el enorme gimnasio de la planta de abajo. Después de un rato, un oficial vio una marca en la pared: era la puerta camuflada de un zulo de seguridad de diez metros cuadrados. La intentaron abrir, pero sin éxito. Le gritaron, le explicaron que no tenía escapatoria, y al cabo de un rato el patriarca abrió la puerta y, todavía en pijama, se entregó.

Manuel Charlín Gama nació en Vilanova de Arousa hace 82 años. Es un hombre que mide las palabras. No regala ni una y las que concede suelen ir codificadas con sarcasmo, como punzones defensivos del desconfiado innato. De niño trabajaba con sus padres en una granja de almejas que permitía sobrevivir a la familia. Eso de llegar justo a fin de mes no iba con él, así que siendo todavía chaval montó su propia empresa de compraventa de marisco, camarón y nécora. Ya se le intuían maneras: con 26 años fue detenido por pescar con dinamita. A pesar de ello le fue razonablemente bien y levantó una fábrica marisquera. En ella comenzó a inyectar el dinero que se sacaba con el estraperlo en Portugal: penicilina, cobre, alcohol… Y enseguida, de la mano —cómo no— de Vicente Otero «Terito», pasó al tabaco. Fue en esta época cuando estrechó sus lazos con las autoridades. En 1960 tuvo su primer encuentro con la ley cuando lo pillaron con una furgoneta cargada con un alijo de Winston.

«El padrino», como lo llegaron a conocer en Vilanova, es el único de los narcotraficantes históricos que, a día de hoy, está en libertad. Y también fue el primero en traficar con droga. Sus hijos le dieron el aviso de que había que vender hachís y «el Viejo» no perdió el tiempo. Traficaba con esta sustancia cuando la Guardia Civil todavía perseguía cajas de tabaco.

Al igual que «Sito» en Carabanchel, Charlín saltó a la cocaína mediante los contactos que hizo en la cárcel Modelo de Barcelona, después de que lo condenaran por la paliza que le dio a Celestino Suances, aquel contrabandista de Valladolid que acabó metido en la cámara frigorífica por una deuda. Comenzó entonces su carrera como narcotraficante a gran escala y, en su periplo, arrastró a toda su familia. El de «los Charlines» es un clan verdadero, en el que casi todos sus miembros son familiares entre sí. O dicho de otro modo: es una familia en la que casi todos sus miembros se hicieron narcotraficantes. «Y, además, animados por el patriarca», explica una periodista. «A Manuel Charlín no parecía importarle el bienestar de sus hijos o sobrinos. Los metió a todos en el negocio (sus dos hermanos, seis hijos, dos nietos, yernos y sobrinos) y expuso sus vidas. Uno de sus familiares estaba muy enganchado y "el Viejo" decidió que fuera él quien manejase una operación que tenía muchas probabilidades de fracasar. Si salía mal perdía la pieza más débil del clan. Lo único que le importaba era el negocio». Era, además y sin ninguna duda, la organización más violenta. Ajustaban cuentas sin pestañear, y en su camino han dejado algún cadáver.

José Benito era el hermano más discreto del patriarca. Logró mantenerse impoluto, sin una sola condena, ni siquiera un juicio, hasta el año 2000, cuando el SVA de Algeciras interceptó 3000 kilos de hachís en un camión cisterna procedente del puerto de Tánger. El camión transportaba aceite de pescado. Hay que reconocerle al perro el mérito de detectar el hachís[16].

El segundo hermano de «el Viejo», José Luis Charlín Gama, porta el honor de haber recibido la mayor condena por narcotráfico en España hasta la fecha: 36 años por intentar colar 1000 kilos de cocaína en 1991 a bordo del buque Rand[17]. José Luis solicitó el tercer grado en el año 2002.

[16] Junto a José Benito, fue detenida su mujer, María Pilar Paz Santórum. Años después caería su hijo. Benito quedó a la espera de un juicio que nunca se celebró: en el año 2007 moría de un infarto mientras conducía por As Sinas, al lado de Vilanova.

[17] El barco navegaba por el Caribe cuando una avioneta colombiana tiró al mar decenas de fardos de *fariña*. La tripulación los recogió y los embarcó. Cerca de allí, otro buque alquilado por «los Charlines», el Del Sur, hacía de guardaespaldas y le suministraba combustible y víveres. Un mes después, cuando estaban arribando a Portugal, el SVA los interceptó navegando sin bandera. Aquella sentencia también castigó a la compañera de José Luis, Carmen Oubiña Rodríguez, acusada de coordinar la recepción de la carga en tierra, y a su hija, Rosa María Charlín Martínez, quien vio atenuada su pena porque el juez consideró que su padre la había obligado a participar en la operación. Aun así, cumplió nueve años. Así son «los Charlines».

Alegó que tenía una oferta para trabajar en una zapatería de un centro comercial de Las Rozas, en Madrid. El Tribunal se mostró receptivo: «Su conducta en prisión es adaptada y, a sus 56 años, tras más de diez ininterrumpidos en prisión, ha tenido tiempo para reflexionar sobre la fortaleza del Estado de Derecho». Pero José Luis no reflexionó ni por asomo. A las pocas semanas el Tribunal descubrió que la oferta de zapatero era falsa.

Otra hija de José Luis, Yolanda Charlín, acabaría también en prisión tras el alijo del Rand. Muchos años después, en 2013, volvería a ser detenida por su relación con un laboratorio de heroína de Valladolid dirigido por narcos turcos.

En cuanto a los hijos del patriarca, la lista es larga y suculenta. La mayor, Josefa Charlín Pomàres, en libertad desde 2012 tras cumplir 11 años de cárcel por narcotráfico y blanqueo, era considerada la mano derecha del patriarca. De hecho, tomó el mando de la organización cuando su padre fue encarcelado. Casi siempre ejerció a distancia: en 1994 Garzón emitió una orden de busca y captura, y Josefa se esfumó. Estuvo siete años prófuga, hasta que las autoridades portuguesas la encontraron en Oporto, a 170 kilómetros de Arousa.

Manuel Charlín «Manolito» y Melchor Charlín eran los siguientes en el organigrama. Melchor logró meter 4000 kilos de hachís por Baiona en 1989. Cuando Garzón fue a por ellos, los dos hermanos se esfumaron. Melchor se cogió un vuelo a Chile y estuvo cinco años fugado, hasta que lo agarraron en Rabat. «Manolito» también eligió Latinoamérica para poner tierra de por medio, y en 1993 tenía tres órdenes de busca y captura y la Interpol lo rastreaba con ansia. Con ese panorama se lo encontró un día de noviembre un vecino de la Illa de Arousa que vendía su casa. «Manolito» cogió un avión, se acercó a Arousa, preguntó el precio y se largó otra vez a Sudamérica. El vecino, por cierto, le dijo que no estaba en venta.

Adelaida Charlín era la hermana discreta y tímida. No se dejen engañar: en 1991 dirigió la descarga de 800 kilos de cocaína, y ese mismo año coordinó el transporte por tierra de otros 1000. Por ambos casos fue procesada y, cómo no, arrastró con ella a su familia. Por la primera operación fue condenado su primer marido, Antonio Acuña Rial, y por la segunda, su novio, el italiano Pasquale Imperator.

Cuando los mayores fueron encarcelados, tomaron las manijas del clan los siguientes hermanos. La parte financiera la comenzaron a coordinar Óscar Charlín y Teresa Charlín, y ambos acabarían condenados en el año 2007 por blanqueo y delitos fiscales en la conocida como operación Repesca. En este juicio también fue condenada una nieta, la hija de Josefa Charlín, Noemí Outón, que acortó la pena de siete años tras pagar a tocateja 30 000 euros de fianza. Natalia Somoza, otra nieta, también fue procesada por blanqueo. La detuvieron cuando el Estado estaba subastando los bienes incautados al clan y se le ocurrió pujar por ellos con 800 000 euros.

«Los Charlines» trabajaban hombro con hombro con el clan de «os Caneos». El jefe de este grupo era Manuel Baúlo Trigo, un tipo o muy valiente o muy inconsciente al que encontramos involucrado en numerosas operaciones, siempre en compañía de su familia: sus tres hijos (Daniel, Anselmo y Ramón) y su esposa, Carmen Carballo Jueguen (hermana del capo Manuel Carballo), quien llevaba las cuentas del clan.

Durante aquellos años fueron dos grupos casi fusionados en los que, incluso, había lazos de sangre: Daniel Baúlo, hijo de Manuel, estaba saliendo con Yolanda Charlín, hija de José Luis y sobrina del patriarca. La relación amor-odio de la pareja marcará la colaboración entre ambos clanes.

Como buena historia de pasión que se precie, acabó en tragedia.

En octubre de 1989 «os Caneos» y «los Charlines» todavía celebraban haber metido 600 kilos de cocaína por Muxía cuando les propusieron otro alijo. Entonces el patriarca estaba en la cárcel, y tuvieron que esperar a su autorización para llevar a cabo la nueva operación. «El Viejo» dio luz verde, y el día de Navidad de 1989 el pesquero Halcón II partió de Santa Cruz de Tenerife rumbo a Colombia, donde esperaba el cartel de Bogotá, con el que normalmente trabajaba el clan. Frente a Guajira se encontraron con una embarcación colombiana. Ellos les dieron 535 kilos de cocaína, y los gallegos entregaron como fianza a Daniel Baúlo. Después emprendieron el regreso con los fardos pegados al ancla, lo más cerca posible del mar por si había que soltarlos. Y hubo que soltarlos. Nada más salir avistaron una patrullera estadounidense y tiraron la cocaína al mar como si fueran bombas con la cuenta atrás a punto de llegar a cero. Los colombianos no se creyeron la historia y plantearon un ultimátum: o pagaban 60 millones de pesetas (360 000 euros) o Daniel Baúlo regresaba a Arousa en una caja. «El patriarca» se negó a desembolsar la cantidad íntegra, y la madre del rehén habló con su sobrino, Danielito Carballo —entonces socio de «Sito Miñanco»—, para que la organización de «Sito» pusiera el resto. Finalmente se reunió el dinero y Baúlo regresó a Galicia. Después comenzó la rumorología: que si en realidad no había aparecido ninguna patrullera, que si faltaban fardos, que si alguien se quedó parte de la carga... Fue una más en la larga lista de sospechas entre ambos clanes. La desconfianza venía de lejos: «los Charlines» debían mucho dinero a «os Caneos». El cóctel lo completaban los líos de faldas que se deslizaban en la relación entre Daniel y Yolanda, que salpicaban los ánimos del resto. Todo junto y bien revuelto desembocó en 1992 en una amenaza de Daniel de colaborar con la justicia. Lo anunció cuando su amada, Yolanda, lo visitó en prisión acompañada de un ex novio.

En aquella ocasión el colaboracionismo no llegó a concretarse, pero sí lo hizo en 1994, cuando los dos clanes fueron procesados por los alijos del Rand y el Halcón II. Hartos de impagos, jugarretas y traiciones sentimentales, «os Caneos» se encontraron con la oportunidad de reducir sus condenas y, de paso, vengarse de «los Charlines». Manuel y Daniel —padre e hijo— le dijeron al juez Garzón que querían colaborar. Se unían así a Ricardo Portabales y Manuel Fernández Padín, los otros dos arrepentidos. Este último se cruzó un día con los Baúlo en el pasillo de la Audiencia Nacional. «Recuerdo que los vi y me preguntaron: "¿Tú no eres el Padín?" Yo les dije que sí. "¿Y vosotros?" De Cambados, me dijeron. Luego les pregunté: "¿No tenéis miedo?" Y recuerdo que Manuel me dijo: "¿Miedo a quién? ¡Qué va, hombre! *Si eles teñen mans, nós temos mans!*[18]"». O muy valiente o muy inconsciente: cuatro días después Manuel Baúlo apareció muerto en su casa.

Ocurrió el 12 de septiembre de 1994. Baúlo estaba leyendo la prensa en el comedor de su casa en Cambados. Eran las diez y cuarto de la mañana. Tres jóvenes colombianos, Luis Aldemir, de 20 años, John Salcedo, de 24, y Abel de Jesús Vázquez, de 25, entraron en el jardín de los Baúlo. Después uno de ellos llamó a la puerta y dijo que eran policías y que venían a hacer un registro. Carmen abrió y vio al joven con una pistola en la mano. Trató de cerrar, pero era demasiado tarde. Manuel se lanzó al teléfono para avisar y ese fue el último

[18] «Si ellos tienen manos, nosotros tenemos manos».

gesto que hizo en su vida. Le dispararon a quemarropa. A Carmen también, para acallar los gritos. Después buscaron al hijo, Daniel, pero no estaba en casa. Sí estaban otros dos hermanos, quienes lograron dejar herido a uno de los colombianos. Esa herida fue la que les impidió regresar inmediatamente a Colombia y permitió a la Policía detenerlos.

Manuel Baúlo murió en el acto. Carmen, con una bala incrustada en la médula, pasó el resto de su vida en silla de ruedas. Acabaría confesando el ataque el más joven de los sicarios, pero los otros dos siempre han mantenido su inocencia.

Hasta donde ha podido averiguar la Policía, los pistoleros fueron enviados por el cartel de Bogotá a petición de «los Charlines». No estaban dispuestos a permitir la traición. Meses después del asesinato arrancó el juicio por las descargas del Rand y del Halcón II. Con el testigo clave eliminado, la plana mayor de «los Charlines» fue absuelta. No solo eso: el clan implicó a Manuel Baúlo y «el Viejo» aseguró ante el tribunal que nunca había tenido ningún problema con él. La sentencia recayó finalmente sobre Baúlo. El muerto cargó con todas las culpas.

Meses después, ya postrada en la silla de ruedas, Carmen Carballo explicaría que su marido y su hijo Daniel ya habían sido amenazados por un colombiano días antes en el puerto de Cambados para que frenasen su declaración. Incluso Danielito Carballo, su sobrino y socio de «Sito», les había pedido que no colaborasen o tendrían serios problemas. Siguieron adelante «os Caneos» y la tragedia se consumó. Lo curioso de esta historia es que, años después, Daniel Baúlo, que se libró de las balas por no estar aquella mañana

[19] Un doble intento de meter 8000 kilos de cocaína por la ría en yate que terminó con la droga tirada por la borda mientras eran perseguidos por la patrulla del SVA. Dos semanas más tarde, los vecinos verían llegar con las olas cientos de fardos a la arena.

en casa, fue detenido en la Operación Destello[19]. Junto a Daniel Baúlo, en esa operación cayó también José Benito Charlín Paz, sobrino de «el Viejo». «Los Charlines» y «os Caneos» trabajando de nuevo juntos. El amor venció una vez más al odio.

Otro narco que orbitaba alrededor del clan era Antonio Castellano Plasencia, que también participó en el alijo del Rand. A Plasencia lo condenaron en 1995 por esta operación, pero el año siguiente, antes de entrar en la cárcel, se escapó. Aterrizó en Colombia y allí decidió hacerse la cirugía estética y cambiar de rostro. Después se trasladó a Suecia, donde se casó y rehízo su vida. En 2011, 15 años después, la Guardia Civil lo localizó y lo detuvo en Barcelona, donde al parecer se había trasladado para visitar a un amigo. Exceso de confianza: a Castellano Plasencia le faltaban tres meses para que su delito prescribiese.

«Los Charlines» blanqueaban el dinero con una fabulosa red de empresas. La principal era la conservera Charpo, situada en Vilanova, y la ya mencionada marisquera A Baselle. La lista se engrosaba con una depuradora, varias bateas, una piscifactoría, un criadero de rodaballo, una empresa constructora, otra vinícola y una más agraria. La joya de la corona, sin embargo, era el pazo de Vista Real, que «los Charlines» adquirieron tras haber pujado sin éxito por el de Baión. Además, en aquella época el clan tenía 29 fincas, un monte y decenas de pisos. Contaban con su propia flota, con cuatro pesqueros y seis planeadoras: La Nómina, Navela y las cuatro Gavilán. Tan fabuloso despliegue no cerraba las puertas a la suerte: a «los Charlines» les tocó la lotería 18 veces. «Les solía tocar antes de hacer una inversión grande», explica el abogado Luis Rubí, que investigó su patrimonio. «De hecho, fue la lotería una de las cosas que nos permitió deshacer el entramado. Vimos que dos o tres billetes habían sido comprados en un supermercado a las afueras de Córdoba. Obviamente, no encajaba».

A día de hoy, una tercera generación de «Charlines» sigue ocupando páginas de periódicos y salas de tribunales. El clan vive y su lucha sigue. «El Viejo» lo contempla todo desde su retiro en Vilanova, donde se le puede ver todas las mañanas tomando café y leyendo el periódico. Serio, desconfiado. Midiendo las palabras.

MARCIAL DORADO, EN SU YATE CON EL PRESIDENTE

«No sé de qué color es la coca ni el chocolate, nunca los vi en mi vida. Ni quiero verlos».

Marcial Dorado, al periodista Felipe Suárez

«Fue en el año 2006 y lo supimos por un confidente. Un narco que estaba allí aquel día. Pero nunca pudimos pillarlos, y la justicia tampoco ha podido demostrarlo nunca». El agente que habla ruega discreción. «Fue en la playa de Foz, en Lugo. Llegaron dos planeadoras, una con los fardos de cocaína y otra con combustible. Sacaron la mercancía y la metieron en dos todoterreno. Había por lo menos 2000 kilos. Los coches fueron hasta una nave cercana, y allí sacaron los fardos con una excavadora roja. Después se los llevaron. Todo les salió perfecto. Nosotros llegamos más tarde, pero no mucho más, porque aún recuerdo las marcas que dejaron las planeadoras en la arena». Lo que el agente describe es, probablemente, una de las cientos de operaciones de descarga que ha habido en Galicia de las que jamás tendremos noticia: solo trascienden las que salen mal. Aquella operación la dirigía José Antonio Creo Fernández, un narco de perfil bajo que, semanas después de aquello, desapareció. «Pudo haber algún problema con la carga o una deuda. Algo pasó, porque él se fugó a Portugal». Allí le iba a visitar su mujer hasta que hace unos meses lo dieron por muerto.

La historia sigue rodeada de enigma y, tal vez, el mayor de todos sea lo que el confidente explicó al final de todo: junto a José Antonio Creo estaba, coordinando la descarga, Marcial Dorado Baúlde. «Estaba allí, este informador lo vio. Y, créeme, no miente».

La revelación merece el suspense narrativo, porque el debate sobre si Marcial Dorado se ha dedicado al tráfico de drogas o solo ha trabajado con tabaco es recurrente en Galicia. La justicia solo lo ha podido implicar en un caso en 2003, cuando fue condenado por vender el barco South Sea, que se usó para una descarga de cocaína. Cumple sentencia por ello actualmente. «Cometió un error en aquella ocasión y se la jugaron. Está pagando como narcotraficante cuando nunca lo ha sido». Lo explica un veterano guardia civil convencido de que Marcial nunca ha pasado de «señor *do fume*». «Yo creo que este hombre nunca entró en el narcotráfico, no lo necesitaba», afirma. Un periodista que conoce bien la trayectoria de Marcial coincide: «Creo que nunca fue narcotraficante, cometió ese error en 2003 y fue empapelado como colaborador necesario. Pero todo el dinero que sacó fue del tabaco». Otros, en cambio, creen que el capo sí trabajó con los carteles, pero fue más listo que el resto. En febrero de 2015 la Audiencia Nacional condenó a Marcial a seis años de prisión por blanqueo, tras meses buceando en su escandaloso patrimonio. En su sentencia, el tribunal expresa: «Es verdad que Marcial Dorado ha sido un contrabandista de tabaco, pero esto no quiere decir que no se dedicase al narcotráfico». Los jueces consideraron probado que el capo movió 106 millones de francos suizos (69 millones de euros) en la década de los 90. Más de 50 fueron ingresados en efectivo en cuentas suizas (¿se acuerdan de Joseph Arrieta llevando el dinero de los capos a Suiza en el maletero de su coche?).

El tribunal estimó «imposible que los movimientos bancarios procedieran solo de la venta de tabaco» y admitió como indicio de que Marcial era narcotraficante un envío de madera desde Togo, en el año 2000, en el que uno de sus contenedores transportaba cocaína. El envío estaba vinculado a dos empresas de Marcial.

«Marcial es un tío con una inteligencia innata», afirma un policía nacional. «No estudió, pero es muy muy listo». El periodista Julio Fariñas coincide en el diagnóstico: «Muy hábil para los negocios, para cualquier tipo de negocio». El debate está vivo. Y las revelaciones del confidente y de la Audiencia Nacional lo alimentan.

Aunque Marcial nació en Cambados, en 1950, siempre ha pertenecido a A Illa de Arousa, adonde se trasladó de niño. Entonces su madre trabajaba como limpiadora en casa del capo tabaquero Vicente Otero «Terito» (ni un gran jefe sin su correspondiente contacto con «Terito»), y, fruto de la necesidad, envió a Marcial y a sus dos hermanos a vivir a casa de Narciso Suárez, un millonario dueño de la flotilla de lanchas que unían A Illa con el continente. Esa fue la única forma de conectar ambos lados hasta 1989, cuando se construyó el actual puente. Marcial comenzó de crío a pilotar las lanchas del señor Narciso, y enseguida despuntó como uno de los más veloces de la ría. «Terito» lo llamó a filas y, en pocos años, Marcial ya estaba metiendo rubio americano en Arousa. A finales de los 80 —apodado ya como «Marcial de la Isla»— era el amo y señor del tabaco en las Rías Baixas, con un imperio que resistió la investigación del entramado de blanqueo en Suiza. Se casó con María del Carmen Fariña y tuvo dos hijas, a las que envió a estudiar a Inglaterra. Les dio la mejor educación y trató de mantenerlas al margen del negocio. No lo conseguiría del todo: María Dorado, abogada, fue condenada en la sentencia de febrero de 2015 por blanqueo. Colaboraba en la gestión de los negocios familiares. Junto a ella también cayó Otilia Ramos, la actual pareja del capo.

El tabaco lo hizo multimillonario, pero a diferencia de sus contemporáneos, no le gustaba hacer ostentación de su fortuna. Mandó construir una mansión en A Illa que resultó una metáfora de sí mismo, por fuera parece una buena casa sin más, de esas que no te hacen bajar la ventanilla del coche al pasar. Por dentro tenía una piscina interior con suelo de cristal, bodega, sala de juegos, pista de tenis iluminada. Que fuera más discreto que sus compañeros de negocio no quiere decir que fuera austero. Marcial era un fijo en los mejores restaurantes de las rías, donde siempre invitaba al mejor marisco y al vino más potente de la carta.

De sobra conocido en Galicia, la fama de Marcial cruzó rauda la meseta en marzo de 2013. Unas fotos en su yate publicadas en el diario *El País*, en las que está acompañado del actual presidente de la Xunta de Galicia, Alberto Núñez Feijóo, devolvían a la vida al fantasma de la narcopolítica gallega. La sacudida fue tremenda: el presidente del gobierno gallego en el barco de uno de los mayores capos de las rías. Las fotos datan del verano de 1995. Feijóo y Marcial, tal y como explicaba *El País* acompañando las imágenes, se conocieron ese año cuando el dirigente del Partido Popular era el número dos de la Consellería de Sanidade. La amistad entre ambos se estrechó, y el prometedor alto cargo popular comenzó a acudir con frecuencia a la mansión del capo en A Illa, donde se celebraban copiosas comidas y reuniones en las que, según el mismo diario, charlaban, entre copas, hombres de la organización de Marcial y mandos uniformados. «A Marcial le encantaba relacionarse», explica Julio Fariñas.

«Estaba obsesionado con eso. Tenía amigos en todos los sitios, y especialmente en la política».

Político y contrabandista también se iban de viaje juntos. Estuvieron en Cascais, Andorra e Ibiza, donde Marcial tenía amarrado el yate Oratus. También pasaban días en la casa que el capo tenía en Baiona, donde, por cierto, tenía otro yate.

Feijóo, tras hacerse públicas las fotos que dejaron boquiabierta a Galicia, tuvo que dar explicaciones. Aseguró que su relación con Marcial se limitó al ámbito personal, y reconoció que estuvo en su barco y en su casa, y que hizo al menos un viaje con él. «Pero siempre acompañados de más amigos». El presidente negó tajantemente que tuviera ningún lazo económico con el capo y que estuviera al tanto de sus negocios. Esto último fue un poco chirriante, porque en 1995 Marcial era más que conocido en Galicia y ya había desfilado dos veces ante los tribunales: una en 1984, por el macrosumario 11/84 contra el tabaco, y otra en 1990, cuando fue absuelto de la Operación Nécora. Feijóo se excusó explicando que en aquel momento confió en la palabra de los amigos comunes, quienes le aseguraron que Dorado ya no se dedicaba al contrabando. En 1997, según explicó en su día el dirigente gallego, cortaron la relación después de que la Audiencia Nacional abriera una investigación al contrabandista. Pero años después el presidente tuvo que admitir, tras conocer la existencia de una grabación policial, que siguió hablando esporádicamente con el capo hasta el año 2003. Tras ello dio por zanjado el asunto, y actualmente sigue en la presidencia. Incluso su nombre ha llegado a sonar en los mentideros políticos como posible aspirante a la sucesión de Rajoy.

En realidad las fotos ya las conocía Feijóo desde 2004, cuando la Policía las requisó en un registro en casa de Marcial.

Supuestamente alguien se las filtró al PSOE gallego, y estos amenazaron con difundirlas si el PP no rebajaba el tono de sus ataques. Todo *fair play*.

Poco ayudó Marcial a la imagen del presidente gallego cuando, desde la cárcel, decidió pronunciarse. «Es un buen muchacho, muy trabajador. Siempre intuí que llegaría lejos, transmitía honradez y pasión por el trabajo». Y completó: «Estoy seguro de que él sabe que no fui, ni soy, ni seré un narcotraficante».

Marcial vive aferrado a su discurso. Siempre que le dan la palabra la emplea para desvincularse del narcotráfico. Hace unos años la pareja de Dorado llamó a un policía de Arousa para preguntarle si podía ir a testificar a la Audiencia en favor del capo, para explicar que solo se dedicaba al tabaco. Lo cuenta el propio policía: «Yo le dije: "si Marcial se dedica solo al tabaco, eso yo no lo sé. Además, ¿usted sabe lo que me está pidiendo? Que vaya a la Audiencia Nacional a declarar a favor de su marido. Pero, mujer, yo tengo mi dignidad. Búsquese la vida por otro lado"».

Contrabandistas o narcos, el de Marcial era un grupo poderosísimo, con infraestructuras y trabajadores a la altura de cualquiera de los clanes del narcotráfico. Uno de sus hombres de confianza era José Luis Hermida Paz «Calabrote», quien compaginaba su pertenencia a la banda de Marcial con trabajos junto a «los Charlines». «Calabrote» fue uno de los socios de la Operación del barco Rand, y le cayeron 14 años por ello.

Manuel Prado López era otro de los hombres de Marcial, y también acabó en el narcotráfico cuando la banda se deshizo en 2003. Y de qué manera: Prado López acudió una vez más al calor de «los Charlines», y se acabaría convirtiendo en uno de los enlaces entre el clan gallego y el cartel de Bogotá.

Lo pillaron a finales de 2006 en la Operación Destello, esa en la que los fardos cayeron al mar y llegaron a la orilla.

Como no podía ser de otra manera, Marcial también edificó una fortaleza financiera y empresarial. El contrabandista manejaba una de las fortunas más amplias de Galicia, y guardaba su dinero en cuentas de Suiza, Portugal y Bahamas. Contaba con varias inmobiliarias y gasolineras. En Portugal tenía una potente empresa vinícola, con una enorme plantación, y en Marruecos invertía en una productora de aceite de oliva. Llegó a gestionar un trust de 28 sociedades españolas y extranjeras. Hasta que el mazo de Hacienda cayó sobre él en el año 2009, Marcial tenía cuatro fincas en Portugal, seis pisos en Galicia, diez locales comerciales en Santiago de Compostela y una fábrica en Vilanova. Tenía también pisos en Ávila, Madrid, León, Sevilla y Málaga. A través de su emporio, contaba con otras 208 propiedades. Por si fuera poco, en 1998 —otro afortunado— le tocó la lotería.

El debate sobre si Marcial dio el salto o no demuestra que, aunque pasaran desapercibidos, los contrabandistas de tabaco siguieron existiendo en Galicia hasta hace pocos años. Protegidos por la mediática sombra de los narcos, decenas de «señores *do fume*»[20] siguieron viviendo hasta hace bien poco a todo tren gracias al Winston de batea.

[20] Otro «señor *do fume*», José Ramón «Nené» Barral, alcalde de Ribadumia, siguió su actividad tabaquera hasta, al menos, el año 2003, y a día de hoy está imputado y a la espera de juicio por fraude a Hacienda. Con él, sus tres hijas. Para todos ellos el fiscal pide ocho años de cárcel. Otro que siguió con el tabaco fue Manuel Suárez «Manolito», hijo del millonario de A Illa con quien vivía Marcial. «Manolito» siguió con el rubio americano hasta el año 2002, cuando lo trincaron junto a su esposa. Con él cayó también el considerado último «señor *do fume*» de Galicia: Juan Manuel Lorenzo Lorenzo, alias «Ferrazo». En 2008 puso fin a su carrera tabaquera tras firmar un acuerdo con la Fiscalía Anticorrupción: el Estado cobró un millón de euros en multas, y él, junto a otros 30 contrabandistas que formaban parte de su banda, se libró de la cárcel. Con el acuerdo cayó la última gran banda de «señores *do fume*» de las rías. Se cerró una etapa.

MAREA BLANCA

«¿De verdad está pasando todo esto?».

DEJADNOS VIVIR

No fue fácil convencerlos para que montaran el equipo. A ninguno de «los porreros» —como los conocían en Vilanova— le apetecía jugar al fútbol. En realidad a ninguno le apetecía hacer nada más allá de tirarse en el *xardín* (como se llama al parque de Vilanova) a fumar porros o probar anfetaminas. Lo único que les podía mover era la propuesta de ir a Cambados o a Vilagarcía, apalancarse en un bar y ponerse hasta arriba de todo. Cualquier otra actividad era malgastar fuerzas. Por eso aquel verano de 1982 no fue fácil convencerlos para que montaran un equipo de fútbol.

La historia del equipo de fútbol Dejadnos Vivir es la historia de cómo el narcotráfico hirió profundamente a la juventud de las Rías Baixas. ¿Qué consecuencias puede tener para una pequeña comarca albergar la más activa organización de tráfico de cocaína de Europa? La pregunta se la hacía el narrador del documental «Marea Blanca», un riguroso y contundente trabajo galardonado en el año 2001 con el Premio Reina Sofía contra las drogas. El documental muestra cuáles fueron las secuelas de que en un puñado de kilómetros se concentraran los mayores capos de la droga del continente. Toda una generación, la nacida en los años 60 en la ría de Arousa, se vio arrasada. La diferencia entre estos chavales y los pioneros —aquellos Chis, Chema, Tati o Dámaso de la Vilagarcía de los 70 que abrieron los ojos a «los Charlines»— era que esta nueva generación no se conformó con el hachís. Estaban en medio, entre los carteles y los clanes gallegos, y pagaron por situarse en el momento equivocado en el sitio equivocado. En Galicia se los conoce como la generación perdida: cientos de chavales murieron o quedaron marcados para siempre por la onda expansiva de alijos, planeadoras, descargas, mansiones y descapotables.

La idea de montar el equipo fue de Manuel Fernández Padín, uno de los arrepentidos de Garzón. En 1982, y con apenas 20 años, colaboraba con la asociación cultural Onuba, que organizaba las fiestas de Vilanova. En ellas había todo tipo de actividades deportivas, entre ellas, un campeonato de fútbol en el que participaban decenas de equipos y que nunca había interesado lo más mínimo a los desaliñados chavales del *xardín*. Padín tuvo que hacer un enconado trabajo de captación para sacar a sus colegas del bar y calzarles unas botas. Empezó hablando con Nito «Sopitas» y «Gelucho», los mayores. El primero le dijo que sí, pero unos días antes de que arrancara el campeonato decidió jugar con otro equipo. El segundo aceptó el puesto de entrenador: no tenía la mínima noción de fútbol. Ambos eran los encargados de suministrar hachís, anfetaminas y finalmente heroína al resto de la pandilla. Ambos están hoy muertos.

* * *

«Mi primer recuerdo de las drogas lo tengo de niña», interrumpe Verónica, vecina de Vilagarcía. «Volvía del colegio y vi a dos chicos hablando, y uno le daba al otro unas bolsas que yo pensaba que eran de azúcar. En una calle del centro de Vilagarcía, ¿eh? No en un callejón oscuro. La semana siguiente lo volví a ver. A veces eran más chicos, cuatro o cinco, y varias bolsas de azúcar. Un día pregunté a mis padres ¿qué es eso que se intercambian? ¿Azúcar? No, no era azúcar, evidentemente». Verónica vivía entonces cerca de la calle Baldosa, una céntrica vía de Vilagarcía, al lado del puerto. «Eso era terrible. Estaba llena de yonquis. Pasabas por allí y estaban todos tirados, había muchísimos». María, otra vecina, también recuerda bien la Baldosa. «Era la representación de lo que estaba pasando. Todos los chicos como zombis en pleno centro de Vilagarcía». También el puerto, a escasos 100 metros, estaba poblado por chavales desesperados por su dosis. Aquellos años Arousa estaba en permanente síndrome de abstinencia.

El problema se presentó en casi toda España: cientos de barrios y pueblos perdieron a decenas de chavales por la entrada descontrolada de la heroína en los 80. El mismo fenómeno tuvo lugar en Arousa, pero en contra de la creencia popular, la heroína no entraba por Galicia. La adicción a esta sustancia pudo haber sido más acusada en Vilagarcía por la facilidad con la que se conseguía cocaína y por la aceptación social hacia las drogas. Se tejió un hábito que tendió una alfombra roja a cualquier sustancia que llegase a la costa. Hay que tener en cuenta que muchos de los chavales que ayudaban en descargas o recados cobraban en especie.

La incidencia del sida en España entre 1984 y 1986 —época en la que la mayoría de casos provenía del contagio entre toxicómanos— era de 105 casos por cada 100 000 habitantes.

En Galicia, la media era de 72 personas, pero en comarcas como O Salnés ascendía a 147[21]. En 1995, un tercio de los colegios gallegos admitían que se vendía droga en sus alrededores. Solo ese año, en Galicia murieron 53 personas de sobredosis. La tasa de consumo de cocaína de O Salnés era la más alta de España[22].

***

Después de convencer a «Gelucho», Padín logró enredar a alguno más. Fue fácil con su hermano, Rafael Padín, que jugaba en el equipo de Vilanova y llegó a competir en Tercera División. Desde el minuto uno se erigió como estrella del equipo. Rafael es de los pocos que quedan vivos de aquella pandilla, tras haber sido sometido a un trasplante de hígado.

El resto del equipo bajaba el nivel futbolístico. Manolo «Panadero», que jugó casi todos los minutos colocado de hachís, era el capitán. Murió años después por una sobredosis de heroína. Manolo «Macuta» era defensa, y también murió por culpa de la heroína. De portero jugaba «Pacheco», quien acabaría muerto quemado en un incendio provocado por su propio cigarrillo, tras muchos años sumido en un ermitaño y profundo alcoholismo. José Lorenzo era delantero. También está muerto: sufrió un ataque epiléptico en la playa y a sus amigos se les quedó grabada la imagen de su perro en la orilla tratando de sacar el cuerpo fuera del mar. Adolfo Reigosa y Paulino Bareta fueron los últimos en animarse a participar.

21 Según datos del Servizo Galego de Saúde.

22 Según datos de la Encuesta Domiciliaria sobre Alcohol y Drogas de 1995, realizada por el Plan Nacional sobre Drogas. A la pregunta ¿has consumido cocaína en los últimos seis meses?, un 1,4% respondía que sí en España. En O Salnés era el 3,3%, la tasa más alta del país. Si la pregunta se refería a heroína, el afirmativo en la ría llegaba al 2,3%. La siguiente comarca en Galicia era Ourense, pero bajaba hasta el 1%.

Los dos murieron años después por culpa del sida. Padín hizo un último fichaje antes de que arrancara el campeonato y se trajo a Jesús María Carnicero, que no era de su pandilla. Ellos tres —Carnicero y los hermanos Padín— son los únicos de Dejadnos Vivir que siguen vivos a día de hoy.

El nombre del equipo nada tenía que ver entonces con una poética llamada de auxilio desde las miserias de la adicción. Lo escogieron simplemente porque todo el pueblo los odiaba y ellos odiaban a todo el pueblo. Dejadnos Vivir significaba dejadnos en paz. Dejadnos estar aquí tirados, consumiendo lo que nos plazca y viendo la vida pasar. Solo años después el nombre transmitiría otro mensaje más propenso a la literatura. Casi todos ellos eran hijos de marineros y obreros. Casi todos habían dejado los estudios y sus familias hacían los tradicionales malabares económicos de la España ochentera. Algunos tenían la opción de salir al mar con sus padres, pero —una vez más— pasaban. La consigna era no hacer nada más allá de beber, consumir y escuchar música punk. La camiseta que eligieron para el campeonato portaba una A de Anarquía en el pecho. Hicieron también banderines con el mismo símbolo que entregaban a los equipos rivales. Para sorpresa de todos, y mientras «Gelucho», el entrenador, apuraba una litrona de cerveza en el banquillo, ganaron el primer partido.

El árbitro en aquel campeonato era Manolo Fariña, que saludaba solemnemente a los capitanes como si de una final se tratase, y después pitaba lo primero que se le pasaba por la cabeza. Hubo partidos en los que antes del comienzo ya había tres expulsados. El segundo encuentro, para incredulidad general, también lo ganó Dejadnos Vivir. Lo mismo pasó con el tercero, hasta que llegaron a la sonada final. Enfrente estaban los favoritos, un equipo formado por chavales de

Vilanova que jugaban en categorías *amateurs.* Era el equipo, por cierto, al que se había fugado Nito «Sopitas», y contaba en sus filas con Coco, Laureano o Mengoa, peloteros de nivel en la ría. Fue el propio «Sopitas» quien, entre risas, recibió de sus colegas el banderín con la A anarquista antes del pitido inicial. Existe una foto de tan histórico momento en la que hasta a Manolo Fariña, el árbitro, se le intuye la sonrisa en la cara.

Alrededor de la cancha se reunió más público del habitual: que los porreros hubiesen llegado a la final era un acontecimiento. Y ocurrió que, ante tal imprevisto, la gente se puso de su lado. Y en aquella final la hinchada apoyó a los débiles.

Desaliñados y raquíticos debajo de sus camisetas anarquistas, Dejadnos Vivir aguantó el marcador a cero todo el partido. Sudaban entre la polvareda que levantaban las patadas y el trote de muslos delgados en pantalones cortos. En la recta final, a cinco minutos de que acabase, José Lorenzo —aquel chaval que acabaría inerte en la orilla del mar— metió el gol de la victoria.

Lo celebraron en una piña como nunca pensaron que podrían celebrar nada. Y esa misma noche, en la verbena, «Gelucho», el entrenador que nada sabía de fútbol, recogió el trofeo ante los aplausos de los vecinos.

Años después aquellos chavales se unirían a la larga lista de la generación perdida en Galicia. Siguieron con las anfetaminas, con el LSD y con la heroína. Y cayeron. Fueron los primeros en una juventud —la de las Rías Baixas y, por extensión, la gallega— que desde entonces, y todavía hoy, porta el estigma de la convivencia con las drogas.

Dejadnos Vivir, por cierto, fue campeón sin recibir un solo gol en contra.

LEVÁNTATE

Una mañana de 1994, dos guardias civiles uniformados llegaron en coche a la puerta del pazo de Baión, propiedad de Laureano Oubiña. Su misión era vigilar una concentración de las conocidas como «Madres contra la droga». No tenían orden ni intención de disolver la reunión. Nada más llegar los agentes se encontraron a un grupo enfurecido de madres (también había padres) zarandeando las puertas del pazo, entre gritos y rugidos. Cuando vieron a los guardias civiles, se echaron encima de ellos. La pareja trató de controlar la situación, pero acabó huyendo de la escena a la carrera. «No veas cómo corrían ladera arriba. Porque antes ahí había una ladera. Los recuerdo a los pobres corriendo por ahí. Yo intentaba calmar a la gente, pero ese día... Ese día era imposible. Y creyeron que los guardias civiles venían a reprimir. Ay, mi madre, la que se organizó ese día». Habla Carmen Avendaño, portavoz y cara visible de la Asociación Érguete (Levántate, en castellano), que crearon un puñado de madres viguesas, y todavía mantienen en pie, para pelear contra aquellos que, con casi total impunidad, vendían a precio de ganga lo que estaba matando a sus hijos. «Nos decían: "Cuidado, que dentro hay gente armada". Y la había. Esther Lago iba rodeada de unos chulos con metralletas, pero ese día a la gente le daba igual».

Luis Rubí, abogado y administrador judicial del pazo cuando fue expropiado a Oubiña, también recuerda aquel día. «El pazo de Baión tuvo que intervenirse, porque las madres estaban a punto de asaltar aquello», explica. «Ellas precipitaron las cosas porque les resultaba insoportable ver cómo estos señores disfrutaban de sus bienes mientras los chavales morían por las cunetas».

Las concentraciones a las puertas del Pazo de Baión permanecen como el símbolo de la lucha que parte de la sociedad gallega —despojándose de sambenitos e incrustados códigos de silencio— emprendió contra el narcotráfico. Madres desesperadas contra capos que entraban y salían de sus pazos rodeados de guardaespaldas armados. Galicia se jugaba ser un narcosantuario, y un sector de la población lo impidió. La presión social que asociaciones como Érguete o la Fundación Galega contra o Narcotráfico llevaron a cabo es la explicación última —o primera— de por qué arrancó por fin la lucha policial y judicial contra los «señores de la droga».

Como siempre, al principio eran pocos. «Estaban solos», dice Fernando Alonso, actual gerente de la Fundación Galega contra o Narcotráfico. «Eran Felipe Suárez, Pastor Alonso y tres vecinos más de Vilagarcía. El resto no quería saber nada». Cuatro valientes, si acaso, cuatro inconscientes, levantaron la voz contra las organizaciones que engordaban sin obstáculo en la Galicia de la segunda mitad de los 80. Su primera medida fue establecer la sede de la Fundación en el corazón de Vilagarcía. Ahí sigue hoy desafiante en la plaza de Galicia, con su cartel visible en el balcón de un primer piso. Dentro, en una pequeña sala de reuniones por donde se cuela el sol de la ría, Fernando saca pecho: «Estamos aquí, en el centro, y gritamos y lo decimos bien claro: en Galicia no queremos droga ni narcotraficantes. Y se lo decimos a la cara».

El problema de los primeros pasos fue que, si sacabas pecho, podían hundírtelo. «Eran un puñado, nadie los apoyaba, nadie decía nada. Nadie acudía a los primeros actos que organizaban». Una de estas primeras iniciativas del escuálido grupo de vecinos fue organizar la «bandera blanca», una actividad festiva copiada de Sicilia para recabar firmas contra las organizaciones mafiosas en una enorme bandera de color blanco. «Y en blanco quedaba los primeros años. No firmaba nadie».

Estaban solos Felipe, Pastor y los demás, porque nadie quería saber nada de semejante desafío. Porque el narcotráfico, como ya hemos visto, estaba enquistado, tenía un poder enorme, y porque, que se supiese hasta ese momento, no estaban haciendo nada malo. Al revés, daban trabajo y metían mucho dinero en una zona abandonada por el Estado. ¿A santo de qué aparecían estos señores ahora intentando desmantelar la única industria que funcionaba en las rías?

«Anda con ollo». Las primeras amenazas por teléfono no tardaron. «El problema —cuenta Fernando Alonso— es que se denunció, y se denuncia todavía, a criminales que también son tus vecinos. Ese primer paso, la primera vez que se hizo, fue muy duro. Y se necesita un plus de valentía porque estás sobre el terreno».

A Carmen Avendaño, portavoz de Érguete, la intentaron matar al menos tres veces. «Venía con mi padre en coche. Yo conducía. Estábamos a la altura de Arcade, que hay una recta muy larga. Toqué el freno y vi que no respondía. Pisé más veces, pero nada. Mi padre me debió ver la cara y me preguntó qué pasaba, pero le dije que nada. Conseguí mantener la calma y aminorar hasta dejarlo en la cuneta. Me lo llevaron al taller y me dijeron que me habían desmontado la rueda izquierda de atrás y sacado el líquido de frenos. Desde ese día siempre pruebo el freno». Dos veces más sabotearon el coche de Carmen. «Pero nunca consiguieron nada. Tienen pocos reflejos».

La historia de Carmen Avendaño es de película. De hecho, hay una película. Se titula «Heroína» y la dirigió Gerardo Herrero en el año 2005. El personaje de Carmen —en la película, Pilar— lo interpreta Adriana Ozores, que fue nominada al Goya por ese papel. «Estuvo conmigo un montón de tiempo. Nos hicimos amigas. Y yo les ayudé con el guion». Desde el punto de vista cinematográfico la película no entusiasmó y la crítica no fue demasiado bondadosa. Su mayor virtud es que refleja con acierto la lucha que consolidaron aquellas madres. «Yo creo que está bien, aunque también te digo que yo no la puedo ver. Hay una parte en ella en la que yo digo algo de mi hijo que me destroza escuchar. Yo lo acepté en el guion porque fue así, pero me niego a revivirlo. No puedo». Es probable que Carmen se refiera a una secuencia del filme en la que su personaje, Pilar, dice refiriéndose a su hijo enganchado: «A veces pienso que es mejor que se muera. Sufrimos un año o dos y luego la vida vuelve a ser normal». Carmen es una de tantas madres españolas que a finales de los 80 y principios de los 90 experimentaron cómo las drogas entraban como un ciclón en casa, engullían a sus hijos sin explicaciones y destrozaban la convivencia. A veces, para siempre.

Todo empieza —la historia real de Érguete, no la película— en el barrio vigués de Lavadores, un barrio popular, humilde y muy castigado por las drogas en la década de los 80.

Entonces Carmen, que en realidad se llama María del Carmen y casi todos la conocen como Mari, pertenecía a la Asociación de Vecinos de Lavadores. En las reuniones se trataba, de vez en cuando, el tema de las drogas, que comenzaban a llegar al barrio. «Pero se veía como un tema de bandas, de delincuentes, no como un problema social que podía afectar a cualquiera y que tenía culpables». El asunto cambió cuando los hijos de muchas de aquellas madres de la asociación cayeron en la adicción. En el caso de Carmen fue Jaime, el segundo de sus cinco hijos, que sufriría dos embolias cuyas consecuencias arrastra hoy y seguirán con él para siempre. «Entonces le dimos la vuelta al asunto. Estos chicos no eran delincuentes, eran enfermos. Lo comprendimos, nos informamos, leímos mucho… Pero lo difícil era hacer entender esto al resto de la sociedad. Los propios psiquiatras y psicólogos rechazaban a los toxicómanos. Todos empezábamos de cero». Como el guardia civil que no sabía lo que era el hachís cuando los chavales de Vilagarcía ya lo traían de Marruecos. Como los vecinos que no sabían ni querían saber qué era aquello nuevo que se descargaba. Como, en general, toda España, que tardó en comprender qué estaba pasando.

En 1986 las madres de Érguete convocaron a medios y políticos locales para su presentación. Se suponía que iba a ser una rueda de prensa convencional, pero en pocos minutos aquella reunión explotó y ese vago y genérico «luchar contra las drogas» adoptó un guion imprevisto. Carmen, Dora y el resto de madres sacaron una lista y empezaron a recitar, en voz alta y clara, los 38 nombres de bares que estaban vendiendo drogas duras en Vigo. «Sabíamos que nos podía crear un problema importante, pero era esta gente la que estaba llenando la ciudad de droga. Eran ellos los que estaban matando a los chavales. Y nosotras éramos sus madres».

No quedó ahí la cosa. En la siguiente convocatoria repitieron el listado. Esta vez, entre los asistentes estaban algunos de los dueños de estos bares. «Sabíamos que había narcos ahí, escuchándonos. También había policías, que estaban compinchados con ellos, así que teníamos que andar con cuidado. Porque, además, esa segunda vez dimos los nombres de los narcos. Con apellidos».

Uno de los nombres que ese día Carmen hizo público fue el de un legionario que tenía un bar en la calle de la Herrería, en el casco viejo de Vigo. Además de heroína, traficaba con armas y se dedicaba al negocio de la prostitución. «Y lo dijimos. Lo dijimos todo. Decir eso allí fue la bomba». Al día siguiente Carmen fue con su hijo pequeño al mercado. Aparcó y tuvo que pasar por la Herrería. Allí estaba el tipo, en la puerta, fumando. «Yo temblaba. Pensaba en mi hijo, si mataban a mi hijo. Pero me mentalicé, seguí caminando y lo miré. Le mantuve la mirada hasta llegar a su altura y él, ¿sabes lo que hizo?, bajó la vista. Aquel día supe que habíamos ganado». Un año y medio después al legionario-traficante lo mataron a balazos en Portugal cuando salía de un club de alterne.

La Fundación Érguete cobró prestigio rápido. La valentía hizo ruido. Fue un bofetón en la conciencia social de Vigo. Los políticos locales —hasta ese momento, y como casi todos los cargos políticos gallegos, complacientes y complacidos con el narcotráfico— enseguida se alinearon con aquellas madres. El asunto tomaba forma. Y justo cuando empezaban a organizar filiales para recorrer Galicia, el cuarto hijo de Carmen, Abel, cayó en la heroína. «Fue muy duro. Me hundí. Cerraba los ojos y no me lo quería creer. Pensé que no iba a soportarlo, me derrumbé totalmente». A punto estuvo de terminar ahí la carrera justiciera contra el narco de Carmen. Pero remontó, gracias a las demás madres. «Recuerdo que Dora me dijo: "Bueno, mira, pues lo dejamos. Que lo arregle esto quien lo tenga que arreglar, que son los jueces y políticos". Y eso me hizo reaccionar. ¿Cómo íbamos a dejarlo ahora?».

«Cuando empezamos a viajar por la costa, para dar charlas y reunirnos con vecinos, empezaron a llegar amenazas muy serias. Mis compañeras iban superlanzadas, yo iba con precaución porque sabía que nos podían hacer mucho daño». A las primeras reuniones en Arousa apenas acudían vecinos. Era llegar a terreno virgen. A una sociedad anquilosada. Como abrir con escándalo la ventana de un zulo cerrado durante décadas. Los que asistían guardaban prudente silencio y se acercaban después a Carmen y al resto de madres para, discretos y desesperados, preguntar qué podían hacer con sus hijos. Con el tiempo las reuniones fueron a más. «Se llenaban, venía un montón de gente. Y fue entonces cuando los clanes empezaron a enviar a gente. Primero a saboteadores. Nos dejaban hablar durante la reunión. Nosotras decíamos: "Sabemos que están utilizando a vuestros hijos para las descargas. Y vosotros no decís nada. Vale, ya sabemos que no están poniendo industrias aquí y que no hay dinero, pero está muriendo mucha gente. Y vosotros estáis en silencio". ¿Sabes lo que es llegar allí, a Arousa, y decir eso? Entonces empezaban los tipos enviados por los clanes: que de qué hablábamos, que en las descargas solo había tabaco, que si éramos unas locas de plancha en el bolso, que aprendiéramos a educar a nuestros hijos... Alguna vez nos tuvimos que poner chulas, pero nunca llegó a haber altercados. Yo creo que porque éramos mujeres. Si fuéramos hombres nos hubieran pegado». Del boicot se pasó a otro tipo de intimidación, más escabrosa. Cuando las reuniones ya eran conocidas, empezaron a acudir algunos capos en persona. «Vino a una "Sito".

A otra Oubiña. Con sicarios. Se dejaban ver, nos miraban y se iban».

Enseguida, además de las reuniones, llegaron las manifestaciones y concentraciones. Llegó el combate. Lejos de amedrentarse, las madres comenzaron a desfilar y a cantar por Vilagarcía, y Cambados. «Tabaco sí, droga no», gritaban. «Asesinos, a prisión», «No somos locas ni terroristas, que somos madres muy realistas». Todo un repertorio que se completó con una campaña de acoso y derribo a los capos. Las madres empezaron a llevar a cabo escraches cuando la palabra ni siquiera existía en España. Uno de los primeros que lo padeció fue Luis Falcón «Falconetti». El capo fue trasladado a la antigua cárcel de A Parda, en Pontevedra, condenado a 12 años de prisión por un alijo de hachís a finales de los 80. Allí estaban esperándole las madres entre gritos, insultos y empujones… «Falconetti» fue finalmente destinado a otra prisión. Cada vista, juicio o detención de un narco, contaba con el imponente ataque de las madres. Un valor inaudito, tal vez nacido del sufrimiento materno, les hizo ponerse cara a cara con las organizaciones de narcotraficantes más poderosas de Europa. El estruendo fue total. Despertaron a Galicia. Levantaron a Galicia.

Es probable que, más que el hecho de ser mujeres, lo que mantuvo a distancia a los narcos de aquellas madres fue el ruido que hicieron. Un ruido que enseguida les concedió altos contactos políticos y la consecuente reacción mediática. Las «Madres contra la droga» se convirtieron pronto en una institución en la costa, y los narcos, aunque las despreciaban, preferían no ahondar en el alboroto. Estos contactos generaron —y todavía hoy lo hacen— cierto recelo entre algunos periodistas y autoridades, que se muestran críticos con el rol de Carmen. «Tenía carné de un partido [Carmen es afiliada al PSOE]. Y al partido le interesaba que se hiciese ruido, que alguien organizara todo ese follón para que el narcotráfico saliese en los medios y quedase claro que había un problema que la Xunta no estaba sabiendo resolver. Ella luchó, pero lo hizo politizada», afirma un periodista. Carmen acepta. «Yo sé que hay gente que me critica, y lo respeto, pero yo hice esto porque siempre estuve en luchas sociales. Y me daba igual izquierdas que derechas mientras me encontrase con gente honesta y concienciada. Mira, yo con Fraga me llevaba estupendamente. Nos respetábamos muchísimo. A mí me adoraba. Me llamaba y me decía: "Doña Carmen, ¿dónde hay que presionar ahora? ¿Qué debemos hacer?"».

En 1988 tuvo lugar la primera reunión entre Avendaño y Fraga, con este todavía en la oposición pero ya perfilado como próximo presidente de la Xunta. «Yo llevaba 13 puntos importantes para desarrollar que explicaban lo que estaba sucediendo en las rías. Le dije: "¿Se los digo uno a uno?" Y él me dijo: "No, no, dígamelos todos seguidos". Empecé a leer, él estaba sentado con la mano en la frente y la cabeza agachada. No se movía. Cuando terminé, levantó la cabeza y vi que estaba llorando. "¿De verdad está pasando todo eso?"». Carmen asegura que los políticos no tenían la certeza, la información necesaria sobre lo que estaba ocurriendo. Es discutible, claro. Ya hemos visto las conexiones que había entre la política y el contrabando. Especialmente, las relaciones entre el propio Fraga y el *capo di tutti capi* del tabaco, Vicente Otero «Terito», amigo personal y afiliado al PP. Cuesta creer que los gobernantes gallegos ignoraran la metamorfosis. Tal vez infravaloraron lo que estaba sucediendo. Tal vez el poder de los clanes era tan grande que preferían no meter mano en un negocio que, en aquellos años, repartía mucho dinero a mucha gente. «En Galicia no ha habido un solo partido que no haya sido financiado por los narcos. Ni uno solo», cuenta un juez gallego. Y lo dice sin rodeos. Sin dudas al respecto.

«Eso es verdad —dice Carmen—, pero estoy convencida de que era a niveles más bajos. Los altos cargos no sabían la gravedad del asunto. Uno que luchó muchísimo contra los narcos fue Mariano Rajoy, cuando estaba en la Xunta. Se oponía a que Barral, Vioque, "Terito" y el resto entrasen en el partido. Y eso le costó el puesto. Ya de ministro del Interior, cuando detuvieron a "Sito Miñanco", nos vimos y me dijo: "El día que mis trabajadores (él llamaba así a los policías) detuvieron a 'Sito' fue el más feliz de mi vida"». Carmen pone otro ejemplo: «Cuando Fraga ya era presidente de la Xunta nos dio muchísimos medios. Me contaron que se reunió con Romay Beccaría cuando era conselleiro de Sanidade y le dijo: "Dele todos los medios a esta asociación". Beccaría le respondió: "Presidente, yo no sé si usted sabe que esta señora es de izquierdas…". Me contaron que Fraga gritó: "¡Ya sé que es de izquierdas! ¡Y ojalá tuviéramos muchas como ella en el partido!"». Carmen sonríe.

Un agente de la Policía también se revela crítico. «A Avendaño le encantaba la fama y salir en la tele. Y se hizo famosa y salvó a sus hijos por eso, que estaban hasta el cuello de antecedentes. Yo no digo que no tuvieran mérito, pero se apuntaron muchos tantos que no tienen. A veces parece que ellas resolvieron el narcotráfico». Lo de los hijos y los antecedentes es un tema que no le gusta tocar a Carmen. Mira la grabadora, piensa y toma aire. «Bueno, mira, ahora ya da igual». Y cuenta que en 1991 a su hijo Abel lo condenaron a dos años por un delito cometido en pleno síndrome de abstinencia. El chaval se fugó a Portugal y pidió ayuda a su madre, que se puso en contacto con un abogado y, sin rodeos, le pidió un pasaporte para su hijo. Lo consiguió y se lo hizo llegar. Pagó por él 150 000 pesetas (unos 900 euros). Siguió moviendo hilos, y después de hablar con un tal Luis Felipe, representante del gobierno de Cuba en España, logró un puesto de trabajo en La Habana para Abel. Allí voló el chico y se puso a trabajar acompañado de la novia. Fue ella quien, cinco meses después, llamó a Carmen para contarle que Abel había sido detenido por la Interpol. «Fue Charlín. Después lo supe. Dio los datos a la Policía portuguesa. Yo tuve que volar a La Habana, y finalmente conseguimos que lo extraditaran. Ese día juré que por cada una que Charlín le hiciera a mis hijos, yo le haría dos». Luego Carmen respira. «Yo entiendo que hay gente a la que no le gustamos. Pero la mayoría creo que entiende lo que hicimos».

Después de Galicia, empezaron a llamar a algunas puertas en Madrid. En 1989 las madres se reunieron con Felipe González en la Moncloa. Al año siguiente lo harían con el jefe de la oposición, José María Aznar. «A Felipe González le dijimos que era imprescindible aumentar la dotación. Se mostró muy sorprendido con la cantidad de información que teníamos». Además de políticos, visitaron a jueces y fiscales, entre ellos, a Baltasar Garzón y Javier Zaragoza. Avendaño y el resto de madres pusieron el foco donde nunca había estado antes. La agenda política tuvo que hacer hueco a lo que estaba sucediendo en Galicia, y los medios de comunicación empezaron a dedicarles portadas de periódicos y aperturas de telediarios. «Creo sinceramente que solo la Policía y los jueces, sin los movimientos sociales, no hubieran podido. Esto sería Sicilia. Era fundamental que la sociedad reaccionara y los rechazara. Y lo hicimos».

Para muchos, este alboroto, estos gritos, lamentos, desafíos e incluso asaltos a los pazos, fueron la bofetada y el cubo de agua en la cara a una política aletargada y conformista que convivía entre pasiva y cómplice con el narcotráfico. Solo dos años después de las primeras reuniones y algaradas de las madres, el juez Garzón llevaría a cabo la Operación Nécora, el primer gran movimiento del Estado contra los clanes gallegos. «Hasta ese momento los narcos se reían de nosotras. Nos llamaban las locas, las putas. No nos tomaban en serio».

Durante el macrojuicio de la operación que se celebró en la Casa de Campo de Madrid, las madres estuvieron en primera fila. Carmen fue llamada como testigo por Laureano Oubiña. Cuando le tocó declarar entró en la sala, se sentó y, cuando levantó la cabeza, su vista tropezó con la de Manuel Charlín. «El Viejo» le clavó los ojos y se llevó el dedo a la garganta como si se rebanase el cuello.

«Casi todos salieron absueltos, pero la Operación Nécora les bajó los humos. Dejaron de creerse intocables. Y nosotras nos vinimos muy arriba». Aunque estaban enfadadas por las absoluciones, valoraron el cambio de situación. Ahora los capos estaban en el punto de mira de todos; tocar a alguna de aquellas madres les podía salir carísimo. Y lo sabían. No les quedó otra que aguantar el chaparrón. Los escraches se multiplicaron.

En la prisión de A Parda trabajaba Carmen como voluntaria. Un día, dentro de la prisión, se cruzó con Manuel Charlín, condenado justo después de la Operación Nécora. «Él iba todo chulo con una raqueta, porque no era tan viejo, pero en los juicios se lo hacía. Yo lo miré y le dije: "Asqueroso, jódete". Y él se fue andando sin decir nada». En otra ocasión Carmen se topó con Esther Lago, la mujer de Laureano Oubiña, en el aeropuerto de Vigo. «Iba con un vestido de leopardo y zapatos también de leopardo. Parecía un maniquí. Estaba esperando a alguien, así que yo me acerqué y le empecé a decir de todo: "Hija de puta, asesina. ¿De dónde sacaste el dinero para vestirte así?". Ella ni se inmutaba. Ese día, si me llega a responder, le cruzo la cara. Te lo juro. Ese día le pego».

«Se dieron cuenta de que la mentalidad de la sociedad había cambiado. Que ya no eran adorados. Y se achantaron. Sabían que teníamos fuerza. Cuando llegaban a los juicios, los periodistas y el juez les daban igual. Solo decían: están ahí las locas de Érguete».

Carmen recuerda el día que el viejo Charlín tuvo que subir las escaleras de prisión a gatas. «Estábamos muchísima gente esperando en A Lama, en Pontevedra. Fíjate si éramos gente que dieron la vuelta. Así que nos fuimos. Pero sabíamos que lo iban a traer (trasladado desde Carabanchel), y, como teníamos buenos contactos, nos avisaron cuando ya estaban en Pontevedra. Regresamos a toda prisa y se montó una ahí impresionante. Rodeamos el coche, zarandeándolo. Era incontrolable. La Policía hizo un cordón y Charlín salió del coche a rastras y subió las escaleras a cuatro patas. Como un reptil». Y repite: «Como un reptil».

«La satisfacción de haberlos visto a todos, uno a uno, desfilar por prisión, hizo que todo el miedo y el sufrimiento merecieran la pena», dice Carmen. Érguete sigue hoy activa. Tiene su sede en el mismo barrio de Lavadores donde arrancó todo. De aquellas madres que hicieron posible lo inimaginable solo quedan vivas Carmen y Dora, aunque esta última ya no pertenece a la fundación. Siguen prestando ayuda y servicios a los toxicómanos y vecinos en situación de marginalidad en la ciudad.

En un reportaje emitido por la Televisión de Galicia a finales de los años 80, un reportero entrevista a una madre de Vilagarcía asomada a una ventana. Su hijo es toxicómano. La voz de la madre está rota. Es la imagen de toda aquella generación de madres gallegas que no solo veía caer a sus hijos, sino que acto seguido se cruzaba con los narcos. «*E que facemos as nais? Cos brazos cruzados mirando como venden droga e como venden todo. Só unha nai coma eu sabe o que é ter o problema das drogas na casa. Que os leven. E que lles fagan pagar as desgracias que estamos pagando as nais cos nosos fillos*».[23]

[23] «¿Y qué hacemos las madres? Con los brazos cruzados mirando cómo venden droga y cómo venden todo. Solo una madre como yo sabe lo que es tener el problema de las drogas en casa. Que se los lleven. Y que les hagan pagar las desgracias que estamos pagando las madres con nuestros hijos».

OPERACIÓN NÉCORA

«Trincarlos en pijama».

EL ROMPECABEZAS

«No dormimos ese día. Estábamos en el Hotel Compostela de la Plaza de Galicia, en Santiago. A las cuatro de la mañana me pegué una ducha, me vestí y fuimos a la comisaría de la Policía Nacional. Tengo grabada la imagen: cientos de policías por todas partes, algunos de uniforme, otros de paisano. Estaba llenísimo: cuartos, pasillos, habitaciones... Todos de pie, esperando, en silencio. Unos contra otros. Llegamos y se nos quedaron mirando. Se cortaba el aire en ese momento, todos esperando a ver qué decíamos. Garzón me dio un codazo, me miró y dijo: "La que hemos liado"».

Era el 12 de junio de 1990. Arrancaba la Operación Nécora.

* * *

Una mañana de enero de 1988, el gobernador civil de Pontevedra, Jorge Parada Mejuto, se presentó en Madrid con un informe entre los dientes. Aupado y presionado por los movimientos sociales de Érguete y demás asociaciones, entró en el despacho del secretario de Estado para la Seguridad,

Rafael Vera, y le explicó lo mismo que meses después le explicaría Carmen Avendaño a Felipe González, y lo mismo que la DEA y la Interpol llevaban tiempo advirtiendo. Lo mismo que los políticos gallegos ya sabían: que por Galicia fluía cocaína colombiana, que decenas de clanes con enorme poder organizaban las descargas y que la infraestructura y los contactos provenían del impune contrabando de tabaco.

Un día después Vera convocó a la Comisión Nacional de Lucha contra la Droga. Allí acudieron los peces gordos de la Policía, Guardia Civil, Delegación del Gobierno, Aduanas y Fiscalía. Estaban todos, y entre todos moldearon la base de una investigación a gran escala que bautizaron como Operación Pontevedra, que posteriormente se dividió en varias operaciones más. Una de ellas, por cierto, se llamó operación Depende. Cuenta un veterano guardia civil de Madrid que el nombre nació por lo obvio: cada vez que se desplazaban a investigar a Galicia y preguntaban a algún vecino, la respuesta oscilaba sin definirse. Cientos de dependes después, tenían claro cómo bautizar la operación.

Estos primeros movimientos desembocaron en algunas detenciones a principios de 1989, como la de Laureano Oubiña o «Manolito» Charlín. Pero la justicia sabía que no tenía nada para retener a los capos. A Oubiña, por ejemplo, lo encerraron en A Parda por dar una patada a un agente durante un registro. Pocas semanas después estaría en la calle operando. Ese mismo año, tras pasar por prisión, «Manolito» Charlín coordinó una descarga que introdujo 4000 kilos de hachís por Baiona.

Las filtraciones, además, eran continuas. Cualquier cosa que se planeara en Madrid alcanzaba Galicia con días de ventaja. El Estado llegaba tarde. Para romper esa dinámica era necesario planear un golpe masivo y coordinado como nunca antes se había visto. Y eso solo fue posible gracias al testimonio de dos arrepentidos: Ricardo Portabales y Manuel Fernández Padín.

* * *

Portabales trabajaba con José Paz Carballo, un potente segundo línea de Rubiáns (parroquia de Vilagarcía) que empezó como tratante de ganado y acabó en la cocaína previo paso por el hachís. En 1988 coló 80 toneladas de cannabis por Arousa, y un año después se forró con un alijo de 100 kilos de cocaína que introdujo en Marín. Portabales —según su propio testimonio— se convirtió en su mano derecha, una suerte de aprendiz protegido en el que llegó a confiar.

En sus memorias, recogidas por su hijo en el libro *El diario de mi padre,* el arrepentido recuerda el primer día que Paz Carballo le llevó a presenciar un recuento de dinero después de una descarga. Se fueron en coche a un monte cercano a la ría, donde entraron en un cobertizo conducidos por una mujer que hacía de vigía. En el suelo había paja, la apartaron y la mujer golpeó el suelo dos veces con el pie. Se alzó una trampilla que daba a un sótano. Allí abajo estaba Albino Paz Diz, primo de Paz Carballo, y dos hombres más del clan contando billetes como empleados de banca con prisa. «Me quedé pasmado al ver tanto dinero junto y de tan diferentes tipos —relata Portabales—. Allí había dólares, pesetas, marcos, francos, libras... Todo metido en cajas de cartón y sacos. Lo contaban encima de la mesa, que estaba repleta de fajos». Portabales se dio cuenta de que uno de los hombres era «Manolo el Catalán», de la organización de «Sito». El otro era el director de una entidad bancaria de Arousa. Afuera, escondido, estaba otro tipo vigilando quién se acercaba con un *walkie-talkie* en una mano y una escopeta en la otra. Paz Carballo y Portabales se pusieron a contar billetes con los demás durante 46 horas, solo interrumpidas por mínimas salidas a comer, y con el apoyo de las rayas de cocaína que los mantenían despiertos. Tuvieron que recontar tres o cuatro veces, por otros tantos errores en los que faltaban 10 o 15 millones. Cuando terminaron, sobre aquella mesa había 1800 millones de pesetas (10 millones de euros).

Portabales se convirtió en pocos meses —otra vez según su propia versión— en un miembro importante del clan. En una ocasión viajó a Colombia con la delicada tarea de reunirse con los miembros del cartel de Cali para quejarse por la falta de calidad de los últimos envíos de cocaína. Desde Bogotá, puso rumbo a la selva: atravesó 200 kilómetros en furgoneta, después continuó en mula y, tras hacer noche bajo el húmedo calor, remató la ruta en helicóptero. Llegó por fin a una mansión en medio de la espesura donde los recibió un tal señor Gacha, cabecilla del cartel. Alfonso le explicó el problema. Gacha respondió:

«La mercancía que sirvo es tan buena que estoy dispuesto a pelearme por ella… También me dices que si no me vales, que te despida. Pues te diré algo que tú no sabes: ni tú me dejas ni yo te despido. Porque sé que tú no me engañas, ¿verdad, Alfonso? […] Mira, Alfonso, yo sé que hay personal de la competencia intentando quitarme clientes, y sé que te fueron ofreciendo material de otros campos que no eran de Colombia, sino del Perú y Bolivia. También que la mercancía era más barata y tu comisión en los transportes, más elevada. Pero esos cabrones ya no volverán a meterse en el campo de trabajo de los demás. […] Mañana, queridos amigos, veréis un pequeño espectáculo dedicado a toda mi gente y a vuestro deleite».

El espectáculo tuvo lugar en un laboratorio, en otra zona de la selva, en el que se producía coca base. «Amigos, ahora vais a saber lo que yo regalo a los que no se enteran de que esto es una familia y no un nido de colaboración con los enemigos que nos quieren joder». Junto al río, sobre un árbol, vio a un supuesto confidente atado de pies y manos en forma de equis. Estaba destrozado por los golpes. «Esto solo le pasa a los que juegan con las vidas de sus compañeros. Este desgraciado estaba a punto de embarrarnos a todos, porque los gringos de la DEA le prometieron un montón de cosas, y aquí todo se sabe... El que crea que puede escapar vendiéndonos, juro por mis muertos que tarde o temprano lo cogeremos y no habrá sitio en el que se pueda ocultar». Ataron a aquel hombre boca abajo sobre una puerta de bambú con un agujero, por donde introdujeron su pene con un pequeño corte. Después colocaron la puerta flotando sobre el río. Las pirañas hicieron el resto. El tipo, según recuerda Portabales, suplicaba que lo mataran. Después regresaron a la mansión y se despidieron. La escena permite no perder la perspectiva de quiénes eran los socios de los clanes gallegos.

A Portabales lo detuvieron en una de aquellas primeras operaciones que puso en marcha Rafael Vera. El 4 de febrero de 1989 la Policía le dio el alto en Marín mientras conducía. En el coche llevaba 38 gramos de cocaína, 230 de hachís, 64 000 pesetas y una pistola Taurus del 38. Fue de cabeza a la prisión de A Parda, donde, tras seis meses encarcelado, tomó la decisión de colaborar con la justicia. Él siempre ha sostenido que lo hizo por conciencia, después de ver a presos desquiciados por el mono, tirándose de los pelos o comiéndose la cal de las paredes. Sin poner en duda la punzada de culpa que asegura haber sentido, lo cierto es que a Portabales se la jugaron mientras estaba dentro. Su socio y mentor, Paz

Carballo, le debía siete millones de pesetas (42 000 euros), y Portabales se los reclamó desde la celda. Pero Carballo solo le dio 800 000 pesetas (menos de 6000 euros) y le dijo que el resto se había perdido. Nada como un desengaño económico para aflojar la lengua: el 22 de agosto de 1989 llamó al juez de instrucción número 3 de Pontevedra, Luciano Varela, y se desahogó. El informe de la confesión llegó a la Audiencia Nacional, donde cayó en manos de un joven juez lanzado al estrellato meses antes gracias a la investigación sobre los GAL. Se llamaba Baltasar Garzón.

Portabales aseguraría años más tarde que las autoridades lo obligaron a colaborar ofreciéndole condiciones que después no cumplieron y amenazándolo con largas penas de prisión si se negaba. Sus quejas por todo aquello se multiplican a día de hoy, con constantes entrevistas, quejas en su blog y hasta una página de Facebook que gestiona su hijo. Es imposible conocer la letra pequeña de aquellos acuerdos. Lo que sí está claro es que Portabales realizó estas denuncias después de que el Estado le retirara la escolta, en 2011, al considerar que ya no estaba bajo amenaza. Él, por si acaso, vive en Portugal y evita hacer público su rostro. Con el paso del tiempo la credibilidad de su testimonio se ha desgastado, fruto de sus salidas de tono. Hay hasta quien asegura con firmeza que se inventó casi todo, que se trata de un mentiroso compulsivo. Pero por aquel entonces tanto Garzón como Javier Zaragoza comprobaron que lo que el narco arrepentido decía cuadraba con las investigaciones.

Su colaboración no gustó mucho al resto de capos con quienes compartía cautiverio. Allí estaban, recordemos, Oubiña y «Manolito» Charlín, entre otros. Una mañana, estando Portabales en la enfermería, escuchó la puerta cerrarse. Cuando quiso mirar, una toalla le cubrió la cabeza y comenzaron a lloverle golpes. Le pegaron hasta el aburrimiento. Le dejaron dos vértebras lesionadas y la nariz rota. Antes de irse, lo amenazaron de muerte. Desde el suelo, encogido, reconoció la voz de «Manolito» Charlín y vio los botines blancos con cordones negros de Laureano Oubiña.

«Me escribe asustado. Yo tengo todas las dudas del mundo. Me da pavor la fragilidad de una investigación basada en el testimonio de un coimputado, por muy arrepentido que se muestre. Así que, a medida que Portabales acarrea datos, la Policía los va comprobando: una casa, un sótano, un zulo, una cabaña donde esconden documentos, armas, dinero y bolsas de cocaína; una mejillonera, una lancha que hace maniobras extrañas, un bar... Es creíble», cuenta Garzón en el libro de Pilar Urbano *El hombre que veía amanecer.* El juez interrogaría durante ocho meses a Portabales. El testimonio, al principio frágil, fue cogiendo forma. Y se consolidó cuando entró en escena el segundo arrepentido, Manuel Fernández Padín.

* * *

Padín vive hoy en la periferia de Madrid, oculto pero visible.

«Tengo miedo, sí. Siempre lo he tenido», cuenta sentado en la terraza de una cafetería. La espalda tensa, la mirada fija, el cuerpo echado hacia delante. Hace años que el Estado le retiró la escolta. «Yo no sé si ellos ["los Charlines"] siguen planeando cosas. Le das vueltas a la cabeza. Ahora es "el Viejo" el que controla el tema, pero cuando los nietos y sobrinos tengan el control total pueden volver a por mí. Ellos no olvidan».

Padín vivía las 24 horas acompañado de tres policías nacionales. «Cuando iba a Galicia eran el doble. Y no me dejaban salir de noche. En una de mis primeras visitas amaneció mi coche quemado. Y las pintadas en casa de mis padres eran constantes. Ahora sigo yendo, pero lo paso mal. No me fio».

Manuel trabajó para el clan de «los Charlines» y participó en al menos dos descargas. El lector tal vez lo recuerde: es ese tipo que en su primera descarga se escaqueó agotado y se tumbó entre unos arbustos. Sus excesos nocturnos en Portonovo le pasaron factura en forma de psicosis maniaco-depresiva. Hastiado, decidió contar lo que sabía, pero no lo hizo ante la ley, sino que prefirió tomar un camino más arriesgado. «Fui al programa "Corazonadas" de la Televisión de Galicia. Preparamos una entrevista en la que yo tenía que salir sombreado y con la voz distorsionada. El día que lo emitían, fui a verlo al bar Arco da Vella, en Vilanova. Antes de empezar llegó un nieto de "los Charlines" y se sentó a mi lado a ver el programa. Y cuando empezó, se echó a reír. "Ese eres tú", me dijo. Yo le dije que no. "Mira los rizos de detrás, las piernas. Cómo vocalizas. Eres tú". Y yo pensé: "Hostia, me acaba de descubrir"».

El clan de «los Charlines» decidió darle un escarmiento en forma de trampa. Días después de la emisión del programa, le pidieron a Padín que llevara a Pontevedra, escondido en el motor del coche, un paquete de cuatro kilos de cocaína. A mitad de camino un coche de Policía le dio el alto. «Me acordé del dichoso programa. Estaba muy mosqueado», dice Padín. Aquel agente, enviado por «el Viejo», no encontró nada porque Padín había escondido extraordinariamente bien la carga. Continuó conduciendo hasta un centro comercial pontevedrés donde, se supone, debía hacer la entrega. Pero allí no había nadie. El nerviosismo de Manuel se disparó, alimentado por un guardia de seguridad que no le quitaba ojo. «Estaba sudando, así que decidí abandonar el paquete entre unos palés. Nada más dejarlo, el guardia fue a rebuscar, lo encontró y avisó a la

Guardia Civil. Encima yo al tipo lo conocía. Era portero con mi cuñado de Espacio Azul, una discoteca de Barrantes. Me dijo más tarde que pensaba que el paquete era una bomba».

Padín fue ingresado en los calabozos del juzgado de Pontevedra. Allí lo interrogaban «diez veces al día, y yo solo decía mentiras. Después de varios días me hicieron la oferta: si colaboraba, me prometían poca cárcel, protección para mi familia y trabajo en el extranjero». A Padín se le pusieron los dientes largos, pero se negó. «Sabía que no podían cumplir eso». Lo enviaron a la prisión de Valladolid, donde estuvo tres meses, y de ahí lo trasladaron a Carabanchel, donde pidió protección porque había varios miembros de «los Charlines». Su estancia en Madrid le hizo cambiar de parecer. Y más cuando recibió la visita en persona de Garzón, acompañado de Ricardo Portabales. «Declaré sin abogado. Dije todo lo que sabía. Estaba harto, no podía más».

El croquis encajaba. Garzón comprobó que Padín corroboraba lo que antes había contado Portabales.

* * *

En mayo de 1990 el juez Garzón reunió en una comida al fiscal Javier Zaragoza y a varios mandos policiales, ninguno de Galicia. Pusieron sobre la mesa un plan descomunal que exigía uno de los mayores dispositivos policiales de la historia de la democracia, con una redada simultánea contra más de cincuenta imputados. Era el germen de la Operación Nécora, que en un principio fue bautizada como Operación Mago. Atrás quedaban meses de investigación, de datos, de confidentes, de escuchas.

Por poco no sale adelante. Cuando todo estaba a punto, Padín recibió una sorprendente visita de Jorge Argote, abogado del Ministerio del Interior en el caso de los GAL, el otro rompecabezas que Garzón investigaba por entonces[24]. Según la versión de Padín, Argote fue a visitarlo a prisión. «Yo no lo esperaba. Ni lo conocía. Nos sentamos y me ofreció un cheque en blanco. Así, me lo puso delante», gesticula. «Me dijo: "¿Estás dispuesto a colaborar? Solo tienes que contar la verdad"». Lo que Argote quería era que Padín dijera que todo lo que había confesado era falso. Pretendía así destruir la investigación y dañar a Garzón, de forma que el caso de los GAL también se viese frenado. «"Pon tú la cantidad", me dijo. Yo cogí y escribí 20 000 millones de pesetas (120 millones de euros en 1989). El tipo miró el cheque y me dijo: "¿Tú estás loco?". "Bueno, pues 200 millones", le dije. Y firmamos». Padín ya estaba preparado para denunciar a Garzón por irregularidades cuando saltó a la palestra el procesamiento de Amedo y Domínguez. «Ya no les fui útil, así que perdí la oportunidad de solucionar la vida».

Semanas después Padín se lo contó al propio Garzón. Lejos de enfadarse, la respuesta del juez fue entre curtida y deprimente. «Ya, ya —le dijo—. Hay un montón de maniobras de este tipo. No te preocupes».

[24] El letrado Argote acabaría imputado por el juez, acusado de un delito de encubrimiento, por haber pasado datos confidenciales al secretario de Estado para la Seguridad, Rafael Vera. El tribunal absolvería a ambos.

LA GRAN REDADA

Cuenta el fiscal jefe Javier Zaragoza, sentado en el sillón de su despacho de la Audiencia Nacional con las piernas cruzadas y un brazo estirado sobre el respaldo, que ni siquiera los policías que subieron a los furgones aquella noche sabían a dónde se dirigían. Los conductores creían que iban a Andalucía a participar en una operación contra el tráfico de hachís en el Estrecho. Cada uno de ellos se encontró un sobre junto al volante. Solo al abrirlo supieron que su destino era Galicia. Tal era el secretismo que la Operación Nécora precisaba. Y aun así, hubo quien se escaqueó.

En 1988 el gobierno reformó la pueril ley contra el blanqueo de capitales[25] que hasta ese momento regía en España. Desde ese momento, y a través de sucesivas reformas[26], los grandes capos han ido cayendo como lo hizo el mismísimo

[25] Como consecuencia de la Convención de Viena de 1988, España aprobó la Ley Orgánica 1/1988 por la que se tipificaba, por primera vez en el país, el blanqueo de capitales circunscrito a los bienes provenientes del tráfico de drogas.

[26] En 1995 se acometió una nueva reforma de la ley, ampliando los supuestos de blanqueo y lavado a más tipos de actividades.

Al Capone: derrotados por el fisco. Un año después, en 1989, el Estado creó la Fiscalía Antidroga de Galicia, y se aprobó un decreto ley que regulaba la construcción y posesión de lanchas planeadoras. Se atisbaba una reacción. Y la Operación Nécora, planeada durante meses por Garzón y Zaragoza al calor de las confesiones de Portabales y Padín, fue la culminación. Fue el primer movimiento serio que el Estado hizo contra el narcotráfico gallego.

«Lo que más nos sorprendió cuando Portabales y Padín nos empezaron a contar todo, fue que había una serie de clanes muy organizados y muy poderosos que campaban a sus anchas», explica Javier Zaragoza. «Estuvimos meses tomando declaraciones. Haciendo informes. Investigando. Nos dimos cuenta de hasta qué punto había un problema en Galicia. El narcotráfico estaba enquistado y aceptado. Hablamos de lo que ahora se suele decir siempre, que aquello iba camino de ser Sicilia. Yo no sé si tanto, pero el Estado no estaba llegando allí como tenía que llegar».

Cuando la investigación mostró la solidez suficiente, Garzón tomó la decisión de llevar a cabo una macrorredada contra los principales clanes de Galicia. La fecha elegida fue el 12 de junio de 1990. La primera orden fue clara: ni una palabra a los mandos en Galicia. Nadie fuera de Madrid sabía lo que se gestaba. Incluso entre los implicados, eran minoría los que conocían el alcance de la operación.

La idea era asaltar de forma simultánea las casas de los jefes de las organizaciones. Había que hacerlo de madrugada. «Trincarlos en pijama», sonríe Javier Zaragoza.

«Nosotros volamos la tarde anterior a Galicia, a Santiago de Compostela, en un vuelo regular», narra Zaragoza. En aquel avión iban, además del fiscal y de Garzón, el jefe de Policía de la Unidad Central de Estupefacientes, Alberto García Parras, y el comisario general de la Policía Judicial, Pedro Rodríguez Nicolás. Los cuatro cenaron en un restaurante del Franco, la zona noble del casco viejo de Santiago. «Decidimos que la comisaría de Santiago fuese la sede operacional. En la cena ultimamos los detalles: horas exactas, quiénes, cómo... La cena se alargó hasta el amanecer. No dormimos ese día. Nos dimos una ducha y nos fuimos a la comisaría». Allí se encontró Zaragoza la estampa ya descrita: cientos de policías hombro con hombro, nerviosos tras una humareda de tabaco. En total, 217 agentes que, en su mayoría, no tenían ni idea sobre de qué iba aquello. «Venían muchos agentes de apoyo, sin información de por qué estaban allí. Podías verles la cara de tensión». Garzón les explicó en qué consistiría la operación, los mandos les dieron los detalles, y la caravana de furgones arrancó a las cinco de la mañana dirección a Vilagarcía. «Íbamos una retahíla de vehículos. Sin sirenas ni luces». Con aquella cabalgata se cruzó, en sentido contrario, Vicente Otero «Terito». El capo del tabaco tenía que coger un vuelo temprano en Santiago. Después confesaría que cuando vio el despliegue, pensó que se trataba de una redada contra el marisqueo furtivo. El improbable razonamiento de «Terito» no impidió que el capo se personase días después en el despacho de Garzón para decirle, a voces, que el Oterito del que hablaba Portabales no era él. Que él era «Terito», sin la o. Don Vicente acabaría absuelto y sin cargos.

Garzón y Zaragoza instalaron el mando de operaciones en la comisaría de Vilagarcía. Cuando entraron en la comarca, los furgones se dividieron. Sobre el cielo de Arousa el ruido de un helicóptero a baja altura despertó a los vecinos. Algo estaba pasando. Algo importante.

El primero que cayó fue Laureano Oubiña, tras echar abajo con una maza la puerta de su chalé de A Laxe, en Vilagarcía. Lo esposaron tal y como deseaba Zaragoza, en pijama (de rayas, en concreto), sentado al volante de su todoterreno al ralentí. Al lado, en Rubiáns, arrestaron a José Paz Carballo, y en Vilanova cayeron «Manolito» y Melchor Charlín, los hijos del patriarca, que no sería detenido hasta meses más tarde, cuando lo trincaron en el zulo de su gimnasio. También en pijama, por cierto. En Arousa comenzaban a comprender. Algunos vecinos salieron a la calle, y a esa hora las «Madres contra la droga», encabezadas por Carmen Avendaño, se agolpaban entre vítores y aplausos frente a la comisaría de Vilagarcía. Otros tanto vecinos, hay que decirlo, se quedaron en casa. En silencio.

De A Illa de Arousa se llevaron a Marcial Dorado, que volvería a casa a los pocos días. Un importante juez gallego asegura que Marcial ya sabía que se iba a producir la redada, y que decidió entregarse. Tiempo después su calificación pasaría de imputado a testigo y saldría de rositas de todo aquello. «Marcial es muy listo —dice el juez—, y se reunió en el despacho con Garzón. Consiguió salir impoluto». Ahí lo deja.

El otro revés, el más gordo, fue el que se encontraron en Cambados. Mejor dicho, el que no se encontraron. Allí tenía que estar «Sito Miñanco», pero el capo se escurrió. Dicen que se fugó aquella misma madrugada gracias a una veloz filtración. Sí estaba allí su socio, Danielito Carballo. También «Manolo el Catalán» y Narciso «o Parido», de la organización de «Sito».

De forma paralela, en Madrid, la Policía detuvo a los empresarios Carlos Goyanes y Celso Barreiros, que pondrían la guinda mediática a la operación. El despliegue lo remató el propio Garzón cuando concedió al respetable un aterrizaje en helicóptero en el pazo de Baión. El Estado había golpeado. Se escucharon bombas de palenque y aplausos. Las madres cantaron. La jornada se cerró a media mañana con 18 detenidos de una lista de 22 nombres. Aunque, sin un gramo de droga. La operación se completaría en los meses sucesivos, con más detenciones, hasta 48, y con la apertura de lo que se convertiría en un macrojuicio celebrado en la Casa de Campo de Madrid. La más sonada de esas detenciones posteriores fue la de «Sito Miñanco», que cayó, como ya hemos visto, en su chalé de seguridad de Pozuelo de Alarcón después de que los colombianos del cartel de Cali lo traicionaran. Fue juzgado en una pieza separada.

Todos los grandes nombres claudicaron. Y a pesar del aparente éxito, aquella majestuosa operación era solo un primer puñetazo contra un saco. Según las estadísticas de 1990, las detenciones por narcotráfico en Galicia hasta ese año implicaban, directa o indirectamente, a 18 000 personas. La lucha se presentaba larga. Tanto que hoy en día aún no ha terminado.

En un primer momento los jefes fueron encerrados por separado en los calabozos de la antigua comisaría de Vilagarcía, y enseguida los trasladaron a Madrid, a la prisión de Alcalá-Meco. «Los siguientes días —prosigue Zaragoza— apenas dormimos. Una o dos horas al día. Estábamos todo el día tomando declaración. Y pendientes de que nada fallara, de que no hubiera filtraciones ni estrategias coordinadas de defensa». Pero sí hubo fallos graves. En aquellos días de interrogatorios era fundamental que los capos no hablasen entre sí; Garzón ordenó que los detenidos fueran sometidos a incomunicación. Tenían que estar aislados, sin ver la televisión, escuchar la radio ni leer prensa. Tampoco debían saber qué otros jefes habían sido arrestados aquella mañana. La prisión de Alcalá-Meco recibió instrucciones precisas. Instrucciones que fueron ignoradas de una forma casi bochornosa.

Una semana después de la redada, el diario *El País* reveló que, nada más ingresar en prisión, los funcionarios de Alcalá-

Meco colocaron en las puertas de las celdas los nombres de los capos que las ocupaban. La primera vez que salieron a ducharse supieron quiénes habían caído. Cuenta *El País* que los jefes empezaron a hablar a gritos, de celda a celda. Si estaban demasiado lejos, iban enviándose mensajes en cadena. También se encontraron notas escritas escondidas en libros o ropa. De esta forma coordinaron los puntos esenciales de sus declaraciones, y se informaban mutuamente después de cada interrogatorio.

Garzón montó en cólera. Pidió explicaciones al entonces director general de Instituciones Penitenciarias, Antoni Asunción, que abrió una investigación para determinar qué había ocurrido. Los tentáculos de los capos, su tremendo poder, cogió desprevenidos a los investigadores. La prisión, por su parte, negó la información de *El País* y aseguró que los nombres de los presos estuvieron colgados en las puertas solo unas horas, y que no se comunicaron en ningún momento entre ellos.

El escándalo de Alcalá-Meco fue uno de los muchos contratiempos con los que Garzón y Zaragoza se tropezaron durante la instrucción. La defensa hizo bien su trabajo y logró que Portabales cayese en contradicciones. No ayudó que el arrepentido comenzase a desfilar por los medios, incluido aquel memorable programa de Julián Lago llamado «La máquina de la verdad». «En general —dice Zaragoza—, los testimonios fueron sólidos, aunque el de Padín era mucho más coherente y sin fisuras. Muy válido. Lo que pasa es que había mucha gente interesada en que eso no saliese adelante. Hubo muchas críticas y había políticos en Galicia a los que no les gustaba lo que veían. Nos criticaban a todos y fueron mucho a por Portabales. Pero la operación había que hacerla así, tal vez estilo italiano, si quieres, pero era la única manera».

En febrero de 1992 concluyó el sumario, y en julio se decretó la apertura del juicio oral. «En realidad paramos porque no podíamos más», explica Zaragoza. «Era tanta la información que o poníamos un punto y final a aquello y arrancábamos el juicio, o podíamos estar años investigando. Era descomunal». Meses después se inició el macrojuicio en la Casa de Campo.

Para la historia de aquel proceso, que se prolongó hasta julio de 1994, quedarán algunas declaraciones de los capos gallegos. También imágenes como la de Oubiña en zuecos respondiendo con desaire. «Era indomable —recuerda Zaragoza—. No contestaba con educación ni una sola pregunta».

Menos bruscas eran las rocambolescas respuestas de «Patoquiño». Manuel Abal Feijóo, alias «Patoco», era entonces un lanchero casi imberbe que trabajaba para «Sito Miñanco». Acabaría siendo el jefe de los narcotransportistas que tomaron el relevo del narcotráfico gallego en el siglo XXI, pero entonces no era más que un chaval de Arousa que acudía al juicio en chándal y zapatillas deportivas. En una de sus declaraciones, Zaragoza mostró una foto en la que se veía a «Patoco» en Viana do Castelo (Portugal) al volante de una planeadora. Respondió «Patoco», al momento, que eso tenía «una sencilla explicación». Y, entre sonrisas de los presentes que devinieron en carcajadas, narró cómo había ido a la localidad portuguesa a pasear con su novia, quien le pidió una foto. «Otros se la hacen en un Porsche o desde la ventanilla de un tren, señoría», añadió. «Patoco» acabaría absuelto.

Las respuestas de los capos eran, a veces, surrealistas. Sobre todo cuando negaban la evidencia sin despeinarse. Con pasmosa tranquilidad, José Paz Carballo, el jefe de Portabales, no se molestó en justificar un viaje que hizo en coche desde Galicia hasta Algeciras. Cuando le preguntaron respondió que había ido «para tomar unas copas». El tema no terminó ahí.

Paz Carballo llevaba un escáner en su vehículo. La conversación entre Zaragoza y Paz Carballo fue como sigue:

Zaragoza: «¿Y por qué tenía ese escáner?».

Paz Carballo: «Yo no sé lo que es un escáner. Yo en el coche tenía un aparatito pequeño que cuando vas por la carretera, de vez en cuando, te pita, "pipipipí", y nada más».

Zaragoza: «¿Y qué utilidad tiene?».

Paz Carballo: «Pues no lo sé. Yo no lo compré. Lo puso mi hijo, porque le gustaría verlo».

Zaragoza: «En su casa también tenía dos *walkie-talkies*, ¿para qué los quería?».

Paz Carballo: «Los usábamos cuando íbamos entre Soutelo y A Estrada, para comunicarnos mi suegro y yo cuando íbamos a comprar ganado».

En septiembre de 1994 se dictó sentencia. Meses antes había sido absuelto el viejo Charlín. El resultado, después de tan apabullante trabajo, fue descafeinado. De los 48 imputados solo hubo 33 sentencias de cárcel. Los otros 15, entre los que se encontraban los principales capos, como Oubiña, Paz Carballo, Alfredo Cordero o Charlín, salieron absueltos. En un primer momento regresó con virulencia la leyenda de la invulnerabilidad de los narcos. Duró poco. En los siguientes años irían cayendo todos, en ramificaciones de la Operación Nécora, que no se cerraría definitivamente hasta el año 2004, y cuyo resultado global no deja lugar a dudas: prácticamente todos los grandes capos gallegos acabaron en prisión. Y, menos el viejo Charlín y «Sito Miñanco» (que en abril de 2015 obtuvo el segundo grado penitenciario por el que solo deberá acudir al centro carcelario los fines de semana), todos siguen dentro hoy en día.

Más allá de sus ecos legales, la Operación Nécora mostró por primera vez que los narcos no eran intocables. Sacudió

Galicia y destrozó la sensación de impunidad en las Rías Baixas. Fue una bocanada de aire. Félix García, jefe de la unidad UDYCO en Galicia, lo resume así: «En vez de una, tenían que haber sido 100 operaciones, con centenares de condenados. Pero fue un punto de inflexión, un toque. Les afectó mucho». El escenario había cambiado.

EL NARCO VIVE, LA LUCHA SIGUE

«Mientras hubiera alguien al otro lado,
los carteles seguirían enviando mercancía.
Y al otro lado siempre había alguien».

POST-NÉCORA

«Se acabó la ostentación. Se acabó Laureano Oubiña gastándose un millón de pesetas en una noche de copas». Así sintetiza un agente de la Policía Nacional los efectos de la Operación Nécora. Las sentencias de 1994, con todos los grandes capos absueltos, supusieron una decepción legal, pero un aviso meridiano que redibujó el paisaje de la ría. Las orejas que jamás había mostrado el lobo se presentaron amenazantes ante los clanes, hasta ese momento inmunes. El Estado había avisado.

Los capos decidieron que ya no querían pasear en descapotable. Siguieron con su actividad, pero eligieron la discreción. Salir en las televisiones —el telediario de TVE abrió el día de la redada con esa noticia—, que toda España les viera las caras y leyese sus nombres, fue algo con lo que no contaban. No esperaban tanta reverberación mediática. Comprendieron la dimensión de sus excesos. Recularon. Se volvieron más reservados y discretos.

Eso higienizó el paisaje de la costa gallega. Se alivió la sensación de santuario, de tierra abandonada por las autoridades y dirigida por los «señores de la droga». Desde ahora, quien quisiera seguir en el negocio debía medir los pasos, ya no se podía correr a cara descubierta. Hoy puede parecer poco, pero fue un gran avance. Se perfiló mejor la línea que separaba narcotráfico y sociedad, una línea hasta entonces aguada que salpicaba a toda la comarca.

Pero lo demás siguió igual. O peor. La autopista atlántica entre los carteles colombianos y la costa gallega se hizo más ancha que nunca en los 90. Mientras hubiera alguien al otro lado, los carteles seguirían enviando mercancía. Y al otro lado siempre había alguien. No desapareció el dinero que la cocaína y el hachís derramaban por arte de magia en la zona. No se logró erradicar el silencio ni la complicidad. «Aquí ha habido un cáncer, y la metástasis permanece», declaraba en una entrevista para la televisión el entonces alcalde de Vilanova, José Vázquez. «Ni siquiera creo que haya rechazo social ahora —añadía—. Se ha perdido el sentido ético. La gente, además, olvida pronto». Quienes conocían de verdad el fenómeno, eran pesimistas. Y —suele pasar— el tiempo les dio la razón.

Solo un año después de la mediática macrorredada, el 23 de febrero de 1991, el Servicio de Vigilancia Aduanera apresó El Bongo, un pesquero sin bandera que llevaba en el tanque de agua de popa 35 fardos de cocaína que pesaban 1200 kilos. La mayor cantidad interceptada en alta mar hasta ese momento. Acostúmbrense a este epíteto, porque se repetirá constantemente a partir de ahora; el de las descargas es un campeonato de títulos efímeros. Los agentes del SVA abordaron el barco unos 300 kilómetros al sur de las Islas Canarias y se toparon con una escena lamentable: los tripulantes, nueve colombianos del cartel de Cali y un peruano, estaban al borde de la desnutrición tras un mes fondeados con el motor del pesquero averiado. Para combatir el hambre habían extraído cocaína de uno de los fardos. Los agentes se hicieron pasar por los intermediarios gallegos y los colombianos les mostraron la mercancía. Fue entonces cuando los arrestaron y los trasladaron a un hospital de Las Palmas[27].

El golpe a El Bongo estaba enmarcado en la Operación Santino, que se tradujo en numerosas detenciones mientras se juzgaba a los capos en la Operación Nécora. Con Garzón ocupado en el macroproceso, el juez Carlos Bueren se puso manos a la obra y se unió a la lucha contra la avalancha de descargas en la costa gallega, ajena aparentemente al devenir de los jefes investigados. La Santino ni tuvo ni tiene tanto renombre como la Nécora, pero supuso muchas más detenciones, decomisó toneladas de droga e incluyó tantos abordajes y redadas que es imposible describirlos todos sin convertir el libro en una enciclopedia.

La Operación Santino abortó algunos golpes muy llamativos, como el intento de descarga de 1100 kilos de cocaína en pleno puerto de A Coruña[28]. La descarga fue planeada en

[27] Debería haber salido al encuentro de El Bongo Abraham Jorge López «o Enano», un lucense de Portomarín, contrabandista de tabaco, que quiso probar suerte con la cocaína. Mientras los colombianos cruzaban el Atlántico, «o Enano» intentaba contratar un barco para recoger los fardos, pero todos los contactos fallaron por distintos motivos. Finalmente encontró el pesquero Javier y Capote, que resultó ser un señuelo del SVA. Así se detuvo a Abraham y a su esposa colombiana. En su casa de Lugo encontraron cartas náuticas y teléfonos satélite. Fueron condenados a 15 años.

[28] La droga que Piñeiro y Treus querían introducir por el puerto de A Coruña iba a ser recogida por otro pesquero, el Brydon-Eider, que esperaba en el muelle coruñés. La operación la coordinaban Fernando Vidal Pan y Antonio Rodríguez Caridad, segundos líneas, viejos conocidos de Oubiña, que decidieron dar un paso al frente. El 13 de mayo se truncaron sus planes por una redada que terminó con 56 detenidos. Además de Vidal Pan y Antonio Rodríguez, cayeron reconocidos empresarios gallegos, como Juan María Martínez Vidal y Juan Carlos Caeiro Martínez, dueños de Pescarosa, empresa pesquera de Vilagarcía. O Jesús María Carro, industrial del transporte en Cambados. Hasta la directiva del puerto de A Coruña se vio salpicada por todo aquello. Otros detenidos eran viejos conocidos de la Policía, como Ramón Cores Caldelas —que se libró de la Nécora— o Ramón Bugallo, primo de «Sito Miñanco».

abril de 1992 por los narcos Jesús Piñeiro e Ildefonso Treus Castelo, antiguos socios de «Sito Miñanco», que ahora intentaban volar por libre. Ambos se habían desplazado a Colombia para cerrar el acuerdo con el cartel de Cali, pero fueron interceptados por la Marina estadounidense (la DEA y los investigadores españoles compartían información) en aguas de Venezuela[29]. Piñeiro volvería a las portadas en el año 2014 cuando, pendiente de una condena de cuatro años por una descarga de 250 kilos de cocaína en Vigo, en 2011, acudió a la comisaría de Boiro para renovar el DNI. Los agentes, algo estupefactos, se dieron cuenta de quién era aquel hombre cuando introdujeron sus datos en el sistema. Fue detenido allí mismo para sorpresa de no pocos vecinos, que explicarían más tarde que Piñeiro llevaba años viviendo y paseando por Boiro con total naturalidad.

Solo unas semanas antes de esta operación, un pesquero vigués había recuperado involuntariamente con sus redes un alijo de 445 kilos de hachís frente A Guarda. Meses antes, no lejos de ese punto, otro pesquero levantó otros 1000 kilos de hachís. Si algún día la tecnología permite escanear con detalle todo el litoral gallego, la sorpresa será mayúscula.

En diciembre de 1994, tres meses después de que los principales capos fueran absueltos de la Nécora, cayó el Alza, un arrastrero que llevaba a Fisterra 10 000 kilos de hachís procedente de Marruecos. El pesquero fue de nuevo avistado por el SVA cuando estaba a 20 kilómetros de A Illa de Ons, en la ría de Pontevedra. Comenzó entonces una persecución con helicóptero que duró siete horas, hasta que los narcos decidieron encallar el barco a la desesperada, frente a la playa

[29] Los capos, acompañados de otros ocho narcos gallegos, arrojaron los fardos al mar, pero no pudieron evitar ser detenidos. El juez Bueren envió a 20 policías nacionales a Puerto Rico para extraditar a los arrestados y juzgarlos en España.

de O Sardiñeiro, entre Fisterra y Corcubión. De ahí, sin tiempo que perder, saltaron a tierra y fueron socorridos por algunos vecinos que creían estar ante marineros en apuros. Uno de ellos, incluso, llevó en su coche hasta Muros a uno de los cabecillas de la operación, Ramón Cores Caldelas —el mismo que estaba implicado en el intento de descarga en el puerto de A Coruña—, quien logró huir. Cores Caldelas se fugaría después a Portugal con medio cuerpo de la Guardia Civil detrás. Finalmente, fue detenido y encarcelado en el país vecino. Pero incluso entre rejas siguió en el negocio. Eso sí, con trágico final: en 1998 Caldelas apareció carbonizado y con tres tiros en una cuneta de Caldas de Reis, muy cerca de Vilagarcía. No hubo ningún condenado por aquello, y la investigación hablaba de deudas contraídas en prisión.

En aquella desbandada del Alza[30] también cayó el otro cabecilla de la descarga, Humberto Rodríguez, capo de Vilagarcía relacionado con la organización de «Sito Miñanco». De hecho, y aunque no fue procesado por ello, los investigadores creen que aquella descarga fue coordinada desde prisión por el capo de Cambados. Su socio y guardaespaldas, Hernando Gómez Ayala, fue sorprendido hablando por un teléfono móvil desde su celda cuando se preparaba el alijo. Años antes, Oubiña había sido descubierto con un ordenador portátil en su celda. Aquel asunto llegó hasta el Congreso. Izquierda Unida denunció en sesión parlamentaria los numerosos casos de narcos gallegos encarcelados que contaban con comunicación exterior.

El 8 de julio de 1997, la Operación Amanecer frustró la descarga de 3000 kilos de hachís en la playa de Patos, en Ni-

[30] La operación contra el Alza terminó con 18 detenidos más, entre ellos, José Luis Torrado, otro viejo guardia de la banda de «Sito» y el armador coruñés Rafael Fernández «Lucho».

grán, escondida en la orilla sur de la ría de Vigo. Dos agentes del Servicio de Vigilancia Aduanera (SVA) avistaron, a las seis de la mañana, una planeadora que se dirigía como un balín hacia la arena. Iba cargada con tres toneladas de fardos de hachís que acababa de recoger en el buque nodriza Wendy. Los agentes interceptaron la descarga cuando la lancha se disponía a regresar al buque a por otras cinco toneladas.

La Amanecer es, tal vez, el mejor ejemplo de que, pese a la Nécora, allí nadie —ni siquiera los capos históricos, ahora con el foco mediático sobre sus cogotes— tenía intención de alejarse del negocio. La Policía Nacional llevaba meses vigilando a Oubiña y a algunos de sus socios, y sabía que ese día iba a tener lugar la descarga. A don Laureano lo detuvieron en su coche mientras conducía hacia Vigo para recibir todo el alijo y organizar la distribución por tierra. Cuando los agentes le dieron el alto y lo esposaron, el capo les dijo: «Mi mujer me va a matar». La Policía, además, tras el arresto lo vinculó con otro alijo incautado en 1994 en Martorell (Barcelona), de 15 000 kilos de hachís, en una descarga que el capo arousano había coordinado con el mafioso corso Jacques Canavaggio.

Con Oubiña, ese día también fueron detenidos José Manuel Vázquez Vázquez «o Piturro», Juan Ramón Fernández Costas «Karateka» y Juan Mouta Tourís. Algunos de estos nombres ya los conocemos. Otros los conoceremos pronto. Son esos segundas líneas, esos clanes satélites que, a medida que aumentaba la presión sobre los capos históricos, iban haciéndose más grandes, más fuertes, y llegaban más lejos. A los cuatro detenidos los llevaron inmediatamente a Madrid y les obligaron a escuchar las diez horas de pinchazos telefónicos. En ellos se hablaba, siempre en clave, de la operación. Los abogados llegarían a declarar que en esas conversaciones no había una sola palabra que se pudiera interpretar como un plan para alijar droga.

Días después la Fiscalía involucró, en un giro casi nostálgico, a «Sito Miñanco» en la descarga. «Sito» estaba entonces en Alcalá-Meco, pero los investigadores descubrieron que había hecho al menos cuatro llamadas desde su celda a través de un teléfono móvil, una de ellas realizada a «o Piturro» a la misma hora en la que se estaba produciendo la descarga. «Sito» sería absuelto y pudo salir de prisión al año siguiente. A un veterano agente de la Guardia Civil que siguió aquella operación no le cabe ninguna duda de su culpabilidad. «"Sito" estaba detrás de todo eso, hombre, claro. Pero se libró por temas legales». Se refiere el agente a irregularidades en las escuchas cometidas por Garzón. Quien sí pringó fue Oubiña, que decidió fugarse a Grecia después de ver la condena que se le venía encima.

Ese mismo año de 1997, José Pérez Rial «o Cabezón» coordinó con el cartel de Bogotá el envío de 3000 kilos de cocaína. La mercancía la recogería el pesquero Segundo Arrogante, que partió de Vilagarcía en julio de ese año. Lo curioso es que en esta ocasión el capitán del buque iba engañado: creía que iban a recoger cajas de tabaco. Cuando el 7 de agosto se encontraron en alta mar con el nodriza colombiano, el capitán se negó a embarcar los fardos, pero fue rápidamente convencido por los colombianos. Tenía razón el patrón: cuando el Segundo Arrogante regresaba a Marín, fue interceptado por el SVA y se decomisaron casi tres toneladas de cocaína. Lo que faltaba lo habían intentado tirar por la borda sin mucho éxito. Aunque no fue procesado por ello, algunos veteranos agentes sostienen que detrás de esta operación estaba el viejo Charlín. «O Cabezón», que coordinaba la descarga, era entonces el marido de Paula Charlín, sobrina del capo.

Otro ejemplo de que los 90, a pesar de la repercusión mediática de la Nécora, fueron una orgía contrabandística en Galicia, fue la Operación Temple, llevada a cabo en junio de 1999 en colaboración con varios países europeos. El objetivo era interceptar al Tammsaare, un arrastrero que traía la segunda mayor cantidad de cocaína interceptada nunca en alta mar: 14 000 kilos. Más de la mitad del cargamento iba a ser introducido en las rías por el clan de «os Madereiros», así llamados porque su cabecilla, Manuel Lafuente «Nelo», era el presidente de la asociación de comuneros de Silván de Armenteira, en Arousa. Compaginaba sus idas y venidas al monte a cortar leña con el narcotráfico. Del resto se iba a encargar la camorra napolitana y las mafias del Este, los otros ilustres destinatarios del cargamento.

La madrugada del 4 de junio los GEO y agentes del SVA abordaron en alta mar el Tammsaare y detuvieron a sus tripulantes, que provenían de Colombia. El cerebro de la operación era Alfonso León, alias «Antonio», jefe en aquella época del cartel de Cali en España. Hubo detenciones en Madrid, Alicante y Canarias. Cayeron 14 miembros del clan de «os Madereiros», en Meis. A Manuel Lafuente «Nelo» le cayeron seis años. También su hermano, José Lafuente, acabaría entre rejas después de un ajuste de cuentas, por un impago de cocaína, en el que terminó atando a otro narco a un árbol en Meis para demostrarle que una cala eléctrica es tan efectiva para cortar leña como manos.

Además de «os Madereiros», la descarga del Tammsaare estaba siendo coordinada por José Manuel Vila Sieira, alias «o Presidente», un narco de Boiro que también quiso dar un paso al frente en los 90. Lo apodaban así por haber sido el presidente del Sporting Lampón, club de fútbol de Boiro. Una vez detenido, «o Presidente» se convirtió en arrepentido y le contó a Garzón que tenía 5000 kilos de cocaína escondidos en un zulo en A Pobra do Caramiñal. A cambio, su pena fue reducida al mínimo. Lo curioso es que años después volvería a las andadas. La justicia lo detendría en 2009 por un cargamento de cinco toneladas de cocaína a bordo del pesquero Doña Fortuna. La sorpresa, sobre todo, fue comprender cómo este hombre logró el perdón y la confianza de los carteles después de haberse pasado al enemigo. «Es solo negocio, nada personal», que diría Vito Corleone. Todo vale para que el tinglado siga adelante.

En los años posteriores a la Operación Nécora, hubo decenas de operaciones y cientos de descargas de las que nunca sabremos nada más. En un reportaje emitido en 1992 en el programa «Línea 900» de TVE, un reportero entrevistaba a Robert C. Bonner, entonces director de la DEA estadounidense. Le preguntaba sobre la situación en Galicia dos años después de haberse llevado a cabo la Operación Nécora. La primera respuesta del señor Bonner no animaba al optimismo: «El cartel de Cali recluta ciudadanos españoles para que les presten ciertos servicios, como por ejemplo descargar barcos con grandes cantidades de cocaína para llevarlas a Galicia o a otras zonas de España». Que el jefe de la DEA nombrase específicamente a Galicia no parecía una buena señal. Después continuó por el mismo derrotero: «El año pasado se capturaron en Europa, aproximadamente, 14 toneladas de cocaína. La mitad de ellas en Galicia. Pero, según mis cálculos, entraron en Europa entre 100 y 200 toneladas de cocaína sin ser detectadas. Una tercera parte de la cocaína que produce el cartel de Cali está dirigiéndose a Europa, y lo hace principalmente a través de España».

Los carteles colombianos seguían encantados en las rías, y ahora contaban —además de con los capos históricos—

con el resto de narcos gallegos, que se mostraban dispuestos a dar un paso al frente aprovechando el foco de atención que soportaban los grandes jefes. Eran los otros. Tal vez, menos conocidos. Sin duda, igual de sorprendentes.

LOS OTROS
(MÁS ALLÁ DE «MIÑANCO», OUBIÑA Y «LOS CHARLINES»)

«Os Lulús»

Algo no encaja en la Costa da Morte, pensó el director del Servicio de Vigilancia Aduanera (SVA), Luis Rubí, en 1995. Unos jóvenes hermanos conducían porsches rojos, hacían carreras en motos de agua y vivían en chalés «acojonantes» —adjetivo elegido por el propio Rubí— sin justificación económica alguna para tan desmedido tren de vida. Eran «os Lulús», el clan que dominaba, y todavía domina, el narcotráfico en la Costa da Morte. Rubí decidió acercarse a Muxía y charlar con el cabecilla del clan, Fernando García Gesto, que entonces ni llegaba a los 30 años. «La primera vez que hablé con él, había cambiado unos días antes 600 000 florines holandeses en pesetas en una sucursal de Muxía. Le pregunté de dónde sacaba tanto dinero, y me respondió: "Del longueirón de fondo". Yo no sabía ni lo que era un longueirón[31].

[31] El longueirón es un molusco muy parecido a la navaja, algo más grande y con la concha más dura.

Me quedé callado y añadió: "Y del percebe. ¿Quiere usted que le enviemos unos percebes?"».

«Las explicaciones eran espectaculares —recuerda Rubí—. Eran unos críos y hacían cambios millonarios en florines, tenían descapotables… Les enseñábamos los justificantes de los bancos y les daba igual. Siempre tenían respuesta para todo».

«Os Lulús» fueron uno de los clanes que en la década de los 90 compartía negocio con los históricos, pero a los que el foco mediático (al menos fuera de Galicia) no iluminó con tanto empeño. Y eso que su historial nada tiene que envidiar a «Miñanco», Oubiña o «los Charlines».

En enero de 1993 metieron 3300 kilos de hachís por Muxía, a bordo del pesquero Carrumeiro. Fueron condenados en primera instancia a ocho años, pero finalmente fueron absueltos. Nacía su fama de dueños de la Costa da Morte. «Nada se mueve ahí sin permiso de ellos», resume un veterano agente de la Guardia Civil. «Empezaron dando apoyo logístico a los históricos, pero enseguida se organizaron por su cuenta, con Fernando como cabecilla. En mi opinión son el clan más eficaz y difícil de combatir de todos los que ha habido. Muy cerrados, muy buenos». «Os Lulús» siempre han contado con una enorme red de contactos en la Costa da Morte que les ha permitido prosperar sin apenas filtraciones. «Tienen a un montón de chavales trabajando para ellos», continúa el agente. «Cada vez que hay descarga ponen a varios "estacas" [chicos encargados de avisar si alguien se acerca al punto de descarga], y tienen muchos vecinos que les ayudan con escondites, naves industriales y chivatazos. Si alguien quiere hacer algo en esa zona, tiene que pasar por ellos».

En octubre de 1998 la Guardia Civil recibió el soplo de que iba a producirse una descarga en la playa de Os Muíños, no muy lejos de la casa de «os Lulús». Cuando llegaron solo quedaban marcas en la arena, dos sacos de pan y cajas con fruta. Días después localizaron a Fernando en una carretera al volante de su Golf GTI y le dieron el alto. El capo pisó el acelerador y, entre disparos de los agentes, se marcó varios tramos de *rally* por las carreteras de la Costa da Morte. Consiguió escapar, pero la Guardia Civil localizó ese mismo día el alijo: 526 kilos de hachís escondidos entre la paja de un cobertizo en Dumbría. Los había escondido José Manuel Franco Noya, un vecino del que nadie sospechaba.

Tres años tardaría la justicia en encontrar al jefe de «os Lulús». Lo increíble es que durante todo ese tiempo apenas salió de Muxía. Vivió oculto y protegido por algunos vecinos. «Entre 30 y 40 personas fueron sus cómplices, amigos, soplones y leales camaradas», explicaría la Guardia Civil. Los agentes asediaron la zona durante meses, con controles en carreteras y pistas forestales, pero García Gesto siempre se escabullía «auxiliado por sus fieles camaradas».

No perdió el tiempo mientras estaba prófugo. Ese mismo año, 1998, «os Lulús» metieron casi diez toneladas de hachís por la playa de Nemiña, también en Muxía. «Hacían operaciones casi todos los meses. Era algo bestial», recuerda un agente de la Guardia Civil. Terminó a la carrera un equipo de Televisión Española cuando, meses después, se acercó al pueblo para hacer un reportaje sobre el clan. Uno de los hermanos García Gesto se lanzó a por el cámara y el redactor con un garrote en la mano, y ambos acabaron refugiados en el cuartelillo de la Guardia Civil. En la puerta de las dependencias esperaban «os Lulús» al completo. Los periodistas huyeron esa noche de Muxía escoltados por la Guardia Civil.

Fernando está actualmente en libertad, y su brazo derecho, su hermano Andrés, permanece en prisión.

Alfredo Cordero

A Alfredo Cordero, alias «Engarellas», le perdía el póquer. En Vilanova eran famosas sus timbas, y todavía se recuerda la torcida noche en la que dilapidó más de 11 millones de pesetas. Cordero fue otro de los capos veteranos que, en los 90 y más allá de la frontera gallega, vivió a la sombra mediática de Oubiña y compañía. Solía trabajar para «los Charlines», y con ellos cayó en la redada de la Nécora. También fue absuelto. Se buscó después la vida por su cuenta, hasta que en 1997 lo sorprendieron alijando 5000 kilos de cocaína en una cala de Tapia de Casariego, en Asturias. Un vecino vio lo que estaba ocurriendo y avisó a la Policía. Los peligros de trabajar fuera de casa.

Cordero logró huir de la emboscada. La justicia lo estuvo buscando durante tres años, aunque el fugitivo no se había ido lejos; estuvo escondido en un pequeño piso en Vila de Cruces, a pocos kilómetros de Santiago de Compostela. Fue condenado a 18 años de cárcel, aunque salió antes. Desde entonces, se suponía que llevaba una vida tranquila, retirada del negocio, regentando un bar de playa en su Vilanova natal con su familia. En marzo de 2015 se demostró —de nuevo— que los capos gallegos no saben dejarlo: la Policía lo detuvo tras una descarga de diez kilos de heroína. Acabó absuelto, pero «Engarellas», con 62 años, volvió a los narcotitulares de prensa.

«Falconetti»

La última vez que Luis Falcón «Falconetti» desfiló ante el juez fue en 2012. Castigado por los años, el viejo narco tuvo que dar explicaciones sobre su fortuna. El fiscal no se creía que su patrimonio saliese de la hostelería. «Falconetti» se defendió durante el juicio: «Mi dinero viene de un chiringuito de la playa de As Sinas de Vilanova, de dos restaurantes y de una barra americana atendida por chicas negras», le dijo al juez. Lo absolvieron y la Fiscalía no recurrió. Hoy, con 73 años, parece retirado definitivamente del negocio.

«Falconetti» es otro veterano curtido en el tabaco (ya hablamos de él, fue el que puso la pistola encima de la mesa de un concejal de Arousa que no le aprobaba un permiso para su casino y le dijo: «traer a un sicario de Portugal me cuesta solo un millón de pesetas»). Tan veterano que en los mentideros de Arousa se disputa con el viejo Charlín el honor de haber introducido en 1987 el primer alijo de droga en Galicia.

Si en los 90 no alcanzó la fama de los históricos fue porque lo trincaron antes de la Operación Nécora: en 1988, en Hondarribia, Guipúzcoa, cuando intentaba descargar 1200 kilos de hachís en la playa. Lo condenaron en 1991 a 18 años, pero solo cumplió seis. «Después siguió», comenta un agente de Policía. «Pero nunca lo trincaron como para poder juzgarlo. Fue listo. Sabemos que metió 8000 kilos por la costa de Lugo poco después de salir de prisión, pero nunca se ha podido demostrar». El capo se movió durante los 90 a la sombra de los históricos, y la jugada, según creen algunos agentes, le salió bien.

«Franky Sanmillán»

Javier Martínez Sanmillán, «Franky Sanmillán», se cambió las huellas dactilares y se hizo una leve cirugía estética en el rostro en 1994. El veterano capo, nacido en León pero criado en Pontevedra, fue procesado en la Nécora, y un día antes de que le comunicaran la sentencia (le iban a caer 12 años), se evaporó. A diferencia de sus colegas gallegos, «Franky» decidió alejarse algo más (no mucho más). Se fue a Dénia, en Alicante, donde se instaló en un chalé de 12 000 metros cuadrados, consiguió una nueva identidad con documentación falsa y siguió al tema. «Lo que no podíamos imaginar —contaba un agente de Policía el día de su detención— es que se había cambiado las huellas dactilares, porque eso no lo habíamos visto antes en España. Sí sabíamos de casos en Colombia y Estados Unidos». Durante su evasión, que duró 14 años, la Policía lo incluyó entre los 15 prófugos más buscados. Y él, mientras tanto, participó en al menos dos grandes descargas de cocaína sin que le echaran el lazo. Una, la del buque Tammsaare, que ya hemos visto, y otra, en Tapia de Casariego (Asturias) en 1997, en la que los agentes creen que coló 5000 kilos junto al nombrado Alfredo Cordero. A punto estuvieron de cogerlo en esta segunda operación por la voz de alarma de aquel vecino, pero volvió a escabullirse. «Yo creo que "Franky" fue muy listo. Debió meter 20 o 30 toneladas de cocaína en total, y nunca lo pillaron», cuenta un agente de la Policía Nacional. Cayó en 2006, cuando a un guardia civil destinado en Alicante le resultó familiar su expresión. Se acercó a él por la calle y le preguntó si era «Franky Sanmillán». Respondió que no, pero se lo llevaron a las dependencias para tomarle las huellas dactilares. La paradoja: la Policía Científica comprobó que eran huellas operadas, y gracias a eso identificaron a uno de los narcos más listos que han dado las rías. Fue condenado en 2009 a 13 años de cárcel.

Jacinto Santos Viñas

Jacinto Santos Viñas transportaba la droga en sus remolcadores de alta mar. Tenía dos, el Pitea y el Clarinda H. El primero estaba en el puerto de Vigo, y el segundo en el de Oza, a las afueras de A Coruña. Cuando no estaban remolcando cargueros, los barcos de Santos Viñas remolcaban cocaína y hachís tierra adentro. Saltó a la fama en 1996, cuando se le ocurrió intentar meter, ocultos en el pesquero Volga I, 35 000 kilos de hachís por la ría de Pontevedra. De alguna manera lo consiguió: el barco llegó a atracar en el puerto de Marín, pero lo detuvieron y estuvo cuatro años en la cárcel. En cuanto salió a la calle, sus remolcadores se pusieron otra vez manos a la obra. «Descargó un montón —cuenta un agente de la Guardia Civil—, sobre todo, en A Coruña y Ferrol. Después vendió sus remolcadores en Sudáfrica y creo que ahí hubo algún lío, porque lo acabaron traicionando». Algo salió mal en aquel acuerdo. En julio de 2004 el capo marroquí para el que Santos Viñas trabajaba lo vendió a la justicia española. Cuando su Pitea navegaba frente a la costa de Togo fue asaltado por la Armada francesa, que halló en el remolcador medio kilo de cocaína. Un año antes había caído el Clarinda H en el sur de Portugal, más cerca de su destino final y también proveniente de África. Por aquellas dos operaciones le cayeron al capo gallego 12 años de prisión.

Junto a él fue condenado su mano derecha, Eulogio Pérez Refojo, un narco de Oia que ya había sido detenido en la Nécora y condenado a ocho años. Esta vez, por reincidente, lo castigaron con 19. Refojo era el encargado del mantenimiento y puesta a punto de los remolcadores. Comenzó su carrera con «los Charlines» y —presuntamente— colaboró en el ajuste de cuentas que acabó con la vida de Manuel Baúlo «o Caneo», el capo que había colaborado con Garzón y al que mataron a tiros en casa mientras leía el periódico. Fue él quien alquiló el apartamento en el que se alojaron los sicarios colombianos.

Manuel Carballo

En aquel tiroteo con Manuel Baúlo las balas alcanzaron también a Carmen Carballo, la mujer de Baúlo, que quedó postrada en una silla de ruedas. Carmen era la hermana de Manuel Carballo «o Gavilán», un viejo tabaquero al que le costó mucho dar el salto a las drogas. Tal vez fue el que más se resistió. A base de balas la vida le demostraría que sus dudas estaban justificadas. «O Gavilán» (también lo conocemos de su época de contrabandista: fue el que empujó a un guardia civil al mar en el puerto de A Pobra do Caramiñal), nacido en Vilanova, además de ver cómo su hermana era tiroteada, perdió a un hijo, Danielito Carballo (lugarteniente de «Sito Miñanco», asesinado, como ya veremos, en un pub de Vilagarcía), y se libró de una baleada tras una operación de descarga en la que hubo de todo menos nobleza. Comenzó como «señor *do fume*» y siempre presumió de dedicarse solo a eso. Fue de los que estuvieron huidos en Portugal, y allí asistió a aquella reunión con el presidente de la Xunta en la clandestinidad. Dicen que fue su hijo Danielito Carballo quien lo presionó para dar el salto al hachís. No se fiaba el padre, como casi ninguno de los viejos contrabandistas, pero acabó sucumbiendo a los millones que lucían los otros capos de la ría. Del hachís a la cocaína: en 1991 lo trincaron por un desembarco de 2000 kilos en Cedeira, en el que iba a medias con el narcoabogado Pablo Vioque. Aquel desembarco terminó mal, aunque Carballo se libró de la disciplina de plomo de los colombianos.

Tras seis años de dura investigación, fue condenado por aquella descarga a 17 años. Unos días antes de que se dictara sentencia, en el año 2003, se fugó a Latinoamérica aprovechando su libertad condicional. Los vecinos de Vilanova dicen que regresaba constantemente al pueblo, donde paseaba sin demasiado temor por las calles. En 2006 se agotó, y él mismo llamó a la cárcel de A Lama para entregarse. Estuvo dos años entre rejas, hasta que su corazón comenzó a fallar. Murió en casa, en el año 2009.

LA CAÍDA DEL IMPERIO OUBIÑA

«¿Los matamos, señor?», preguntó el agente de la Guardia Civil.

Si la lucha contra el narcotráfico fuera una guerra, el 8 de enero de 1995 marcaría una de las conquistas más simbólicas. Ese día la justicia tomó el pazo de Baión, la joya de la corona del imperio Oubiña y el símbolo de los excesos de ostentación de los capos gallegos.

El juez Carlos Bueren y el administrador judicial Luis Rubí Blanc llegaron al pazo acompañados por la Guardia Civil. Fuera esperaba un nutrido y ruidoso grupo de madres de la asociación Érguete. El juez le preguntó a Esther Lago, la mujer de Oubiña, dónde escondía el dinero en efectivo. Tras hacerse la remolona, por fin respondió:

—En la perrera.

«Nos acercamos y vimos que había varios rottweilers en las jaulas. Miré a Esther y ella dijo "Sí, sí. Está ahí dentro"», recuerda en el despacho de su bufete de Madrid el abogado Luis Rubí Blanc, ahora alejado de las marejadas del narcotráfico. «Después miré de nuevo a los perros». En ese momento un agente se acercó a Rubí y le preguntó al oído:

—¿Los matamos, señor?

—No, hombre! ¿Cómo los vamos a matar? —le respondió Rubí.

No fue necesario recurrir a las balas porque convencieron a Esther para que entrara y sacara a los perros de la jaula. Los agentes inspeccionaron el lugar durante un rato, pero allí no había nada.

—A ver, Esther, no nos hagas perder el tiempo. ¿Dónde está el dinero? —preguntó de nuevo Bueren.

Esther Lago permaneció en silencio. De fondo, desde la puerta del pazo, se escuchaban incansables los gritos de la madres de Érguete. Esther por fin respondió, dando otro lugar distinto a la perrera: «*Na vigha, está na vigha*», dijo con su fonética gallega de las Rías Baixas, en la que se pronuncia «vija». «Nosotros no entendíamos nada, claro. ¿Navija? ¿Qué es eso?», recuerda Rubí. «Hasta que nos dimos cuenta de que se referían a la viga del techo. Subimos, la abrimos, un trabajo tremendo. Sudábamos. Tampoco había nada».

Esther dio dos o tres sitios más: el horno, un supuesto zulo bajo el suelo de una de las habitaciones y hasta el depósito de la cisterna. Los agentes, el juez y el abogado Rubí resoplaban hartos. Finalmente, Esther indicó: «En el palomar. Está en el palomar». Pero adivinen: tampoco ahí había nada. La conquista del pazo de Baión acabó aquella mañana sin encontrar el tesoro. Bueren y Rubí se fueron de vacío. No había un duro en aquel pazo, y si lo había estaba muy bien escondido. Tampoco importó. O no demasiado. La investigación ya estaba en marcha. El Estado había decidido intervenir el Falcon Crest de las rías, en esos momentos, la mayor extensión de viñedo de Albariño de O Salnés.

La expropiación del pazo de Baión es la punta de lanza de un cambio de estrategia en la lucha contra el narcotráfico que se produce en Galicia a mediados de los 90. La decepción tras las absoluciones de la Nécora arrojó una enseñanza útil: es casi imposible coger a los grandes capos con las manos en la masa. Era una aspiración difícil entonces, y es una utopía hoy. La lucha fiscal es el camino. Por ello —entre otras cosas— se adecuó de nuevo la ley de blanqueo de capitales. Había sido reformada en 1988, pero en 1995 se aprobó una modificación todavía más agresiva, y un año después entró en vigor, igualando el combate. Lo expresó con claridad en aquellos años el jefe superior de Policía en Galicia, José García Losada: «Lo importante es atacar a las organizaciones donde más les duele. Por eso vamos a perseguir de manera muy especial el blanqueo del dinero de la droga. Los grandes golpes son pan para la estadística de hoy y hambre para la de mañana». El mensaje tiene más fuerza si cabe hoy en día. En la comisaría de Lonzas, en A Coruña, el jefe de la UDYCO en Galicia, Félix García, lo explica sin complejos. Caminando por uno de los pasillos de la jefatura, señala sin mirar una puerta en la que se lee «Departamento de delitos fiscales y blanqueo» y murmura: «Estos. Estos son los que de verdad los trincan».

La lucha fiscal, además de las unidades de Policía y Guardia Civil, tiene su propia infantería. Es el Servicio de Vigilancia Aduanera (SVA), que depende de Hacienda y que cuenta con medios y agentes para investigar, vigilar, perseguir y asaltar. Son de facto un cuerpo policial que llegó a contar con más infraestructura contra el narcotráfico que la propia Guardia Civil (tienen dos buques de alta mar —uno en Cádiz y otro en A Coruña— que llegan prácticamente a la costa sudamericana). Al principio los abogados intentaban desmontar la acusación argumentando que el SVA no era un cuerpo de seguridad del Estado. Esa brecha la cerró la nueva ley, que permitió al Tribunal Supremo regular jurídicamente las funciones del SVA. Al menos en el plano legal. Sobre el terreno era (y es) otra historia. Los roces entre agentes de la Guardia Civil y el SVA son sonados. Y la polémica sobre hasta dónde llegan sus funciones tampoco ha cicatrizado del todo. No fueron pocas las veces en las que agentes de ambos cuerpos se enzarzaron en discusiones. En Tarifa llegaron a las manos, y hasta volaron puñetazos por un alijo de tabaco aprehendido.

«Hoy en día está calmado, no hay problemas», explica Luis Rubí, el interventor del pazo de Baión. Él fue jefe del SVA desde 1996 hasta 1998. «Hicimos un gran trabajo, fuimos pioneros. Fueron las primeras iniciativas de este tipo, y hasta la fecha siguen siendo las más grandes». Rubí se hizo popular por su gusto por la acción. Revitalizó la lucha fiscal sobre el terreno e impulsó la actividad policial de los agentes del SVA, hasta que lo fulminaron en enero del 98, cuando estaba a punto de culminar una investigación para detener a Marcial Dorado. «Dorado tenía el perfil de tabaquero más respetado, más poderoso, y yo creo que protegido. A raíz de mi cese, yo barajé la hipótesis política. Había intereses económicos fortísimos, negocios de una rentabilidad enorme, y tal vez pidió ayuda porque éramos incómodos. Yo admito que me sacaron de en medio, y ahora veo las razones con otra perspectiva».

Aquella destitución —la enésima muestra de los tentáculos de poder del contrabando gallego— redujo en cierta manera el protagonismo del SVA contra el narcotráfico y trasladó los focos a la Policía Nacional, que un año antes, en 1997, había creado la Unidad de Drogas y Crimen Organizado (UDYCO). Con todo, la coordinación entre cuerpos continuó y continúa, y, más allá de discrepancias, los resultados lo avalan.

El pazo de Baión es la gran evidencia de la necesidad de entendimiento. El pazo era de Oubiña, pero el apellido Oubiña no aparecía por ningún lado. La propiedad —como ya hemos visto— estaba a nombre de una señora de Cáceres (tía del narcoabogado Pablo Vioque) que pagaba un alquiler mensual de 200 pesetas. Las acciones de la empresa vinícola para la que se usaba el pazo pertenecían a un entramado de sociedades panameñas. Tirando de ese laberíntico hilo se llegaba al nombre de Esther Lago, propietaria de una de esas sociedades. Hacienda comenzó a deshojar y desnudó la trama. En enero de 1995 decidieron intervenir.

Después de comprar el Pazo de Baión, Oubiña y Esther Lago desatendieron la plantación. El objetivo no era crear una bodega rentable, sino lavar el dinero, así que las instalaciones se marchitaron por un exceso de inversión. «La bodega era monstruosa. Tenía capacidad para procesar todo el vino de O Salnés. Una maquinaria salvaje. Todo, a lo bestia. Pero, claro, no era rentable. Era un *hobby*, una tapadera», explica Rubí. Cuando se intervino el pazo, Rubí propuso que el Estado lo administrase. Hasta ese momento, todo patrimonio intervenido se cerraba (lo que afectaba a los trabajadores que se quedaban en la calle: 400, en el caso de Baión) o se malvendía, lo que permitía a los narcos volver a adquirirlo a través de otras empresas tapadera. En realidad, lo veremos más adelante, esto sigue ocurriendo.

Por primera vez en España, el Estado se hizo cargo de un patrimonio intervenido. Se acordó la administración judicial de los bienes y se aseguró el futuro laboral de los 400 empleados. «Los trabajadores nos vinieron a ver y les explicamos que la empresa seguía adelante y que les íbamos a pagar los atrasos. Dos o tres se borraron del mapa cuando llegamos. Eso es que estaban implicados y se quitaron de en medio».

Rubí, sin experiencia previa en el mundo del vino, se vio de pronto al frente de un enorme viñedo y con la obligación de sacar la cosecha del año y hacerla rentable. «Estaba muy perdido, pero años más tarde me tocaría administrar el Atlético de Madrid y, créeme, eso sí que fue difícil. Recibí amenazas de todo tipo, también mi familia. Con el pazo y los narcos no tuve ningún problema. Dame los narcos antes que el fútbol, sin ninguna duda».

«Lo peor fue conseguir la financiación. Nadie quería poner dinero en aquello. Había que pagar nóminas, dar de alta en la Seguridad Social a los trabajadores como vendimiadores, reparar maquinaria, comprar fertilizantes... Yo tenía que sacar la vendimia. Todo eran obstáculos, pero al final conseguimos que un banco nos financiase». Rubí recuerda cuando tocó catar el vino, tras la primera recogida. «Yo no tenía ni idea, así que llamé a Bueren y este me dijo: "Espera, que llamo a Fraga". Lo llamó y Fraga le dijo: "Te traigo al mejor enólogo de Galicia". Y lo trajo. En unas horas estaba allí, lo cató y dijo que era muy bueno». Rubí hizo hasta una campaña de *marketing*. «En la primera etiqueta que sacamos pusimos que era un vino de una bodega intervenida por la Audiencia Nacional. Yo creo que eso ayudó a las ventas», sonríe.

Un año después, en 1996, la empresa Freixenet alquiló el pazo. En 2007, después de finalizados los recursos que Oubiña y sus hijas pusieron para intentar comprar de nuevo el pazo (llegaron hasta el tribunal de Estrasburgo, sin éxito), el Estado sacó a puja la propiedad. Para evitar que otros narcos intentasen la compra, se impusieron restricciones. Una de ellas era que solo podían pujar por Baión empresas con más de cinco años de experiencia en el sector vinícola. Fue finalmente Condes de Albarei, la actual propietaria, quien se hizo con los viñedos. En 2008 se formalizó la compra y se celebró un acto en el pazo para devolver la normalidad a la empresa. Aquel día, cómo no, estaban las madres de Érguete. Serenas, sonrientes y orgullosas. Eran las mismas que, diez años antes, casi tiran la puerta abajo mientras los guardaespaldas de Oubiña las miraban, metralleta en mano.

El capo y su mujer, Esther Lago, seguirían enseguida los pasos del pazo. Tras una breve pena por delito fiscal tras la Nécora, Oubiña fue detenido nuevamente en 1997, en la Operación Amanecer, aquella en la que le dijo a los agentes mientras lo esposaban: «Mi mujer me va a matar». Es posible que el sentido de esta frase no contenga el costumbrismo doméstico algo caduco que nos viene a la mente, sino que Oubiña lamentaba verdaderamente haber estropeado una operación dirigida por Esther Lago. Su mujer, según todos los investigadores, siempre fue el auténtico cerebro de la organización. Ella coordinaba el entramado fiscal y ella dirigía las descargas en la sombra. Su carrera se truncó con drama en 2001, cuando su coche se estrelló de madrugada.

Don Laureano estuvo casi dos años en prisión esperando condena, y salió en septiembre de 1999, cuando faltaba apenas un mes para su sentencia. No perdió el tiempo: a las dos semanas de estar libre intentó meter 15 000 kilos de hachís a bordo del pesquero Regina Maris (aunque navegaba bajo el nombre de San Andrés para ocultar su identidad), de bandera hondureña, que había partido de Saint Louis (Estados Unidos) y que, tras hacer escala en Cabo Verde, tenía como destino Galicia. El barco fue abordado por el SVA cuando estaba en alta mar, y fue remolcado al puerto de Cádiz. Esta operación policial, admitamos el ingenio, se llamaba Operación Ocaso, y completaba la Amanecer llevada a cabo dos años antes.

En paralelo al abordaje, la Policía detenía en Vilagarcía a Esther Lago, y en Vilanova —por primera vez— a su hijo

David Pérez, que en pocos años se convertiría en el heredero del imperio Oubiña y en protagonista de uno de los culebrones más intensos del narcotráfico gallego. Fueron arrestadas 15 personas más. El que no cayó fue el capo. La Policía no lo encontraba por ninguna parte, y el juez decretó una orden de busca y captura. Don Laureano se había fugado. Y con él se llevaba tres sentencias pendientes por narcotráfico: la del alijo de 1994 en Martorell junto al mafioso corso, la de la Operación Amanecer de 1997 y la de la Ocaso. La Interpol se puso manos a la obra.

«Se escapó a ciegas, sabiendo lo que le venía encima y sin pensarlo mucho», relata un periodista que prefiere mantenerse en el anonimato. El capo arousano se fue, en un primer momento, a Andalucía, donde se instaló en un pequeño pueblo del interior. Solo se comunicaba con su hijastro, David Pérez, y a través de él, la Policía estuvo a punto de capturarlo a los pocos meses. Pero se volvió a escurrir. Entonces entró en escena el traficante de armas sirio Munzer Al Kassar, una de esas misteriosas figuras que se mueven entre la realidad y la leyenda, entre la ilegalidad y la protección de los Estados necesitados de armamento. En teoría, Kassar era un fugitivo de las autoridades de Reino Unido, Francia y Holanda. Pero entraba y salía de esos países con distintos pasaportes sin ser molestado en exceso. Tal vez su condición de fuente de información para los servicios secretos occidentales le otorgase inmunidad. A principios de los años 90 la revista *Tiempo* publicó un reportaje en el que se explicaba que Al Kassar suministraba armas a Irán, el Frente de Liberación Palestino y la guerrilla antisandinista de Nicaragua. Era una pieza codiciada por sus contactos. Su nombre ya había aparecido en la Operación Nécora vinculado a Oubiña, a quien, supuestamente, le vendía armamento.

La leyenda de colaborador de servicios secretos que ostentaba Al Kassar creció cuando la Interpol le pidió que concertase una cita con Oubiña a cambio de relajar ciertas investigaciones pendientes de la época en la que el traficante sirio vivía en Marbella. Al Kassar contactó con Oubiña para ofrecerle una venta de chatarra en Rusia, y el capo acordó encontrarse con él el 31 de octubre del año 2000, 13 meses después de su huida hacia delante. La reunión tendría lugar en la habitación 315 del hotel Pelagos, en la isla griega de Eubea, donde Oubiña vivía bajo la identidad falsa de señor Romeu. Cuando Oubiña acudió a la cita acompañado por su hijastro David Pérez, en vez de con Al Kassar, se topó con los agentes de la Interpol. Tras varios días en una cárcel griega, fue extraditado a España.

«Tras la detención —relata el periodista— varios compañeros comenzamos a sospechar que había sido a través de Al Kassar. Unos días después Garzón nos contactó y nos pidió que no publicásemos esta posibilidad». Y con esta petición el juez confirmó las sospechas. Los detalles de la detención los publicaría el periodista Julio Fariñas en *La Voz de Galicia*, haciendo caso a su instinto periodístico y desoyendo la petición de Garzón.

Oubiña pasó los siguientes 11 años entre rejas. Cuando salió, en junio de 2012, la brisa de la libertad lo acarició solo tres meses. En septiembre volvió a ser condenado por una causa pendiente por blanqueo de dinero. Cumplió cuatro años de cárcel. «Es un cabeza de turco —asegura el fiscal Javier Zaragoza, quien hoy recuerda desde su despacho los rudos modales del capo gallego—. Fue el tonto que pagó por todos, y fueron a por él. Fue muy torpe y sus abogados lo engañaron constantemente. En lugar de unificar condenas, ha ido cumpliéndolas todas».

En prisión Oubiña tuvo fama de preso ejemplar. Le pagó el abogado a varios presos sin recursos y ayudó en el mantenimiento de las prisiones. En 2004 se pintó el módulo tres de Alcalá-Meco y la pintura corrió de su cuenta. Ese año alquiló una casa en Guadalajara para sus hijas: quería facilitar las visitas y que las chicas no condujesen desde Galicia. El trauma tras el accidente de su mujer, Esther Lago, sigue pesando en el ánimo del capo arousano. «Me han tratado y lo siguen haciendo peor que a ningún terrorista del mundo —le contaba en una entrevista al periodista David López—. Como al peor asesino y violador. Algún terrorista me ha llegado a decir que a mí me han tratado peor que a los miembros de ETA. Donde peor lo hicieron fue en el centro de Zuera (Zaragoza), porque me pegaron y archivaron mi denuncia».

El capo del pazo de Baión, el símbolo de la ostentación y la impunidad que un día se instaló en Galicia, saldrá libre, si nada se le vuelve a torcer, en el año 2016. Cuando lo haga, se habrá convertido en uno de los presos en España que más años ha estado en la cárcel en democracia: 26 años a la sombra en una vida de 70.

IMITANDO A LA MAFIA

«¡Quieto, "Pulpo", que te matamos!».
«Pues matadme».

NARCOPOLÍTICA

El 5 de mayo de 1991 amaneció en Galicia uno de esos días en los que los vecinos de un pueblo costero se levantan, miran al mar y se encuentran flotando un montón de fardos de cocaína. Se habían caído de la zódiac que manejaba José Manuel Vázquez Vázquez, alias «o Piturro», cuando trataba de meterlos en tierra en medio de un fuerte mar de fondo.

«O Piturro» y su yerno Juan Carlos Sotelo habían viajado desde Colombia a bordo del Dobell, cargado con 2000 kilos de cocaína del cartel de Cali. Las organizaciones siempre ponen un sello en su mercancía para reconocerla, y en este caso los fardos llevaban el símbolo del dólar impreso. Es probable, aunque nunca logró demostrarse, que el Dobell hiciera una primera escala en Ribeira para que Ildefondo Treus Castelo[32] descargara una parte de la mercancía. Lo que sí sabemos es que cuando el Dobell alcanzó su destino en el puerto de Cedeira (A Coruña), se encontró con una fuerte marejada que

[32] Un año después, como ya hemos visto, Treus Castelo sería apresado por la Marina estadounidense frente a Venezuela y extraditado a España desde Puerto Rico.

casi aborta la operación. A pesar de las dudas, los narcos decidieron arriesgarse y trasladaron los fardos atados a la popa de la zódiac, uno detrás de otro, como una ristra de ajos. A medida que se acercaba al muelle, la lancha fue perdiendo los fardos entre las olas. Cuando llegó a tierra, solo quedaban 300 kilos de los 2000 iniciales. Lo que se perdió en el mar lo encontraron los vecinos al día siguiente.

Según contó años después, «o Piturro» entregó los 300 kilos que se habían salvado a «tres fulanos que no eran gallegos». Metieron la carga en un coche[33] y se largaron de allí. Dónde iban ya no era asunto suyo; él no coordinaba la operación, era solo el transportista. Los cerebros del alijo eran Manuel Carballo y Pablo Vioque, el abogado afiliado al PP que mutó en narcotraficante. Vioque fue el encargado de explicarles lo ocurrido a sus socios del cartel de Cali. Solo que le echó un poco de imaginación y les contó que se había perdido todo el cargamento, omitiendo que se habían salvado 300 kilos. Hubo lío, claro.

* * *

«A Pablo Vioque le abrían los bancos del Paseo de Gracia de Barcelona por la tarde. Llegaba allí y les faltaba poner la alfombra roja. Si los capos históricos llegan a tener cerebro y seguir sus consejos, esto se convierte en Sicilia. No lo dudes. Sabía de todo: justicia, crimen, política... Y además no tenía escrúpulos. Si llega 20 años antes a Vilagarcía, se hace el jefe», afirma contundente Félix García, jefe de la UDYCO

[33] El coche, tal y como descubriría la investigación años después, estaba a nombre de Alfredo Bea Gondar: alcalde de O Grove, afiliado al PP (otro más) y procesado en 2001 por un alijo de dos toneladas de cocaína. Gondar sería absuelto años más tarde por el Tribunal Supremo.

en Galicia. Un veterano agente de la Guardia Civil coincide: «Vioque era el único con cabeza. Los demás no espabilaron hasta que llegó él».

Pablo Vioque llegó a Arousa en 1975, procedente de su Cáceres natal. Su cuñado le había prometido un trabajo si terminaba la carrera de Derecho, que se financió él mismo jugando al baloncesto semiprofesional. El cuñado cumplió su palabra y le enchufó en la Cámara de Comercio de Vilagarcía. Su ascenso fue fulminante, y en pocos años comenzó a compartir Albariño y percebes con la élite empresarial de la zona, eufemismo de contrabandistas de tabaco. Era el hombre perfecto: los defendía en los juzgados y les ayudaba a blanquear el dinero. Solo nueve años después de su llegada, Vioque ya era presidente de la Cámara y se había hecho con el control de la junta local del Partido Popular, al que garantizaba una enorme bolsa de votos. No llegó a recibir la insignia de oro y brillantes del partido, como «Terito», ni tampoco fue alcalde de Vilagarcía, como fue «Nené» Barral de la vecina Ribadumia, pero tuvo más poder que ellos y disfrutaba de buenas relaciones con las más altas figuras del partido. «Financiaba campañas y ayudaba económicamente a los partidos», cuenta un juez que prefiere no dar su nombre. «Financiaba a todos: PP, PSOE, BNG… Les pagaba deudas, les pagaba de todo». En julio de 1997, cuando estaba preso en Carabanchel, le contó a una periodista que quería tirar de la manta y desvelar cómo había financiado a los partidos gallegos. Aseguró que tenía pruebas que implicaban a altos cargos de la Xunta, tanto del PP como del PSOE. Aquellas pruebas prometidas nunca vieron la luz. Su amenaza recordaba a lo que dijo Oubiña en una entrevista hace pocos años: «Cuando pasamos a la democracia que dicen que vivimos (sic), ayudé a financiar a Alianza Popular, del señor Fraga, y a UCD, del señor Suárez. E igual que yo lo hicieron muchos empresarios más que estábamos metidos en el contrabando. Por cierto, desde aquí les recuerdo a esos políticos que yo sigo siendo la misma persona que era entonces».

«En Galicia nunca se ha rascado a fondo en este asunto. Pero aquí han llegado narcos a cargos políticos altos. Y los sigue habiendo. Pero de eso no se habla», afirma el juez.

Vioque llegó a ser lo más parecido a un mafioso siciliano que ha visto Arousa. En su boda, celebrada en el monasterio pontevedrés de Armenteira en 1987, no faltó nadie: desde nobles empresarios a contrabandistas pasando por jefazos de la Guardia Civil y la Policía Nacional. En una crónica sobre el narcoabogado la periodista Elisa Lois contaba que años después de la boda alguno de los invitados uniformados le pondría las esposas al novio.

«Lo que hizo Vioque fue convertir la Cámara de Comercio en una oficina mafiosa —retoma el juez—. Era allí donde se planeaban reuniones, desembarcos, estrategias de defensa para los capos... Su objetivo era hacer un sindicato del narco y coordinar todo: los blanqueos, los sobornos, las descargas..., y cada capo de cada organización era una especie de vocal. Aquello fue lo más cerca de la mafia que hemos estado en Galicia». Un agente de Policía recuerda la Cámara de Comercio como un salón de actos y fiestas: «Por allí pasaron a tomar copas Fraga, Feijóo..., todos. Es que pasaron todos».

Cuando arrancaron los 90, Pablo Vioque era el amo: su bufete defendía a los clanes a precios desorbitados, dominaba el círculo empresarial de Arousa, manejaba la política a su antojo y, de paso, metía pesqueros llenos de cocaína por las rías.

***

El fallido desembarco de Cedeira se produjo en el mejor momento de Vioque. Tal vez eso explique el atrevimiento (o insensatez) de mentir al cartel de Cali. Los colombianos no parecieron muy satisfechos con la explicación del abogado, así que Vioque optó por quitarse de encima, lo antes posible, esos 300 kilos de cocaína que se habían salvado del naufragio.

A partir de ese momento, al afortunado Vioque le empezó a salir todo mal. La Guardia Civil decomisó los 300 kilos de cocaína en Valencia. Lo que no podía imaginarse Vioque es que la Guardia Civil convocaría a los medios de comunicación para mostrar el alijo decomisado. Las imágenes de los fardos, bien apiladitos como ladrillos marrones, saltaron a los telediarios. Y adivinen qué espectadores las vieron. Los miembros del cartel de Cali instalados en España, que rápidamente identificaron, impreso en los fardos, el símbolo del dólar característico de sus alijos. Ese dólar visto en televisión era la prueba de que Vioque había mentido.

Los colombianos pidieron a Vioque que volara con premura a Colombia para dar explicaciones. El abogado-empresario-político-narco consiguió convencerles de que el encuentro fuera en España, concretamente, en Benavente, a medio camino entre la oficina del cartel en Madrid y la ría de Arousa.

En otro giro retorcido (y cobarde), Vioque envió en su representación a dos colaboradores suyos, José Manuel Vilas Martínez, tesorero de la Cámara de Comercio y mano derecha de Vioque, y Luis Jueguen Vilas, empresario, primo de José Manuel y —no es un enredo de guion— también primo de Manuel Carballo, que —recordemos— estaba metido en la operación. A Benavente fueron estos dos hombres el 17 de marzo de 1992 en un Peugeot 505. Llegaron antes de comer y se sentaron a esperar en un parque frente al Parador de La Mota. Dos colombianos se les acercaron y comenzó la charla. Como era previsible, no hubo entendimiento. Y ante el bloqueo de la discusión, uno de los colombianos sacó una pistola y le metió una bala en el ojo a José Manuel Vilas, el tesorero, cuyo cuerpo se inclinó hacia un lado sin dejar de estar sentado. Luego fueron a por Luis Jueguen, que escuchó las balas silbando mientra corría a través del parque para salvar su vida. Una de las balas le perforó la americana. No dejó de correr hasta que llegó a la estación de autobuses y tomó el primero que salía a Galicia. En Santiago lo recogió en coche Pablo Vioque. Suponemos que se hizo el sorprendido. «A mi marido lo llevaron al matadero», declararía años después ante el juez la viuda de José Manuel Vilas.

Por todo este jaleo de Cedeira fue detenido Vioque —y diez personas más— en 1995. Cayó gracias a una testaruda investigación de la Guardia Civil que dio sus frutos tras cuatro años de pesquisas. Fue entonces, y solo entonces, cuando lo destituyeron de la Cámara de Comercio. El golpe de gracia lo dio dos años más tarde José Manuel Vázquez Vázquez «o Piturro». El narco no había visto un duro de todo aquello y se hartó. Acudió a Garzón y le contó toda la historia ya descrita. Después de tres años en prisión provisional, Vioque salió pendiente de juicio. Y, como todo buen capo de las rías que se precie, intentó una operación nada más ver el sol. Llevó 1800 kilos de cocaína desde Valencia hasta Madrid con un camión de transporte de madera. Lo pillaron y en 2003 lo condenaron a 18 años. Días antes de la sentencia, tres de sus socios, entre ellos, Luis Jueguen (el superviviente de la baleada) y Manuel Carballo, huyeron a Latinoamérica. Carballo, como ya sabemos, regresaría dos años después y se entregaría antes de morir por problemas cardiacos. Jueguen sigue fugado a día de hoy, y la Policía cree que se encuentra en Argentina, donde ya se había refugiado tras el intento de asesinato.

No acabó ahí la cinematográfica carrera de Pablo Vioque. Cuando ingresó en prisión ya le habían diagnosticado un cáncer de colon, pero quiso dar un último coletazo de mafioso. Solo una semana después de ingresar en Soto del Real, le encargó al colombiano Diego León Cardona (compañero de celda) que le gestionase la contratación de un sicario para matar a Javier Zaragoza, entonces en la Fiscalía Antidroga y hoy fiscal jefe de la Audiencia Nacional. Cardona contactó con un compinche que estaba fuera, y este contrató a su vez a un ecuatoriano, que llegó a recibir las armas, un adelanto de dinero y fotos de Zaragoza. Resultó que el ecuatoriano era un confidente de la Guardia Civil. Vioque negó la acusación y dijo que era un complot contra él. La condena se multiplicó.

En el año 2009 solicitó morir en casa, cuando su cáncer era ya terminal. Falleció un sábado 24 de enero, aunque muchos guardias civiles en Galicia bromean asegurando que no está muerto. No se fían después de casi tres décadas haciendo todo tipo de jugadas. «Este sigue vivo. Preparando la siguiente».

NARCOLEY Y NARCOJUSTICIA

«Hubo una época en la que Madrid tenía prohibido informar a Galicia», dice un veterano agente de la Guardia Civil. Durante muchos años, las unidades centrales contra la droga de Policía Nacional y Guardia Civil, así como jueces y fiscales, sabían que no se podía compartir información con las autoridades gallegas. Las orejas del contrabando, primero, y del narcotráfico, después, abarcaban el litoral gallego y llegaban a las instituciones de Santiago, A Coruña o Pontevedra. El narcotráfico tenía ramificaciones entre abogados, alcaldes, guardias civiles y empresarios, y por culpa de todos ellos Galicia estuvo muchos años en cuarentena: cualquier información que llegase desde Madrid, volaba de boca en boca. Todavía hoy hay restricciones. Aunque el narcotráfico ya no tiene ese poder e influencia, aún siguen saliendo a la luz casos de agentes que intercambian chivatazos por sobresueldos.

En junio de 1991 un guardia civil le pidió a un alcalde que le ayudase a meter 2000 kilos de cocaína en Galicia con la ayuda de dos narcos apodados «o Carallán» y «o Can». Suena a realismo mágico, pero quítenle lo de mágico. José Luis Orbaiz Picos cambió su vocación de guardia civil de tráfico por la de contrabandista en los 80. Primero, como soplón ocasional, y más tarde, como socio de «los Charlines». Fue él quien en 1983 viajó a Valladolid a buscar a Celestino Suances y regresó con una paliza encima (propinada por otros guardias civiles), y fue él quien, junto a «el Viejo», secuestró y metió en una cámara frigorífica a Suances. Fue socio y colaborador de Pablo Vioque, a quien acabaría traicionando ante Garzón para rebajar su propia condena.

Aquel junio de 1991 Orbaiz Picos se ofreció al cartel de Cali para traer 2000 kilos de cocaína. Lo hizo a través de Alfredo Bea Gondar, alcalde de O Grove por AP en 1983 y 1991 (este último año ganó con mayoría absoluta, después de haber sido acusado de narcotráfico, aunque duró dos días en el cargo), quien aceptó la propuesta y se puso en contacto con Manuel González Crujeiras «o Carallán», al que ya conocemos de su época como colaborador de «Sito Miñanco»[34]. Diez años más tarde, en 2001, fueron todos procesados.

El antiguo agente de la benemérita caería en 1996, después de que el SVA abordara en Vigo al pesquero Anita, cargado

[34] Para aquella ocasión «o Carallán» ofreció el pesquero Grand Admiral para transportar los fardos, y fue él mismo quien llevó el barco desde Brasil hasta las rías gallegas. Allí, en una planeadora, recogió la mercancía José Luis Fernández Veiga «o Francés», un narco de Foz que colaboraba con el ex guardia civil. Sobre una batea de la ría de Arousa esperaba José Santorum Viñas «o Can» (a quien también ya conocemos). «O Can» era un rara avis de los capos en los 90: siempre huyó de la ostentación. Era discreto y callado. Los vecinos creían, por sus modos, que se trataba de un confidente de la Policía. Menos discreto era su hermano Ventura, amigo de exhibir sus narcoéxitos. Un tercer hermano renegaba de ellos, harto de cargar con su apellido como una sospecha. Terminó cambiando el nombre a su taller de neumáticos. Tampoco su padre —respetado y honrado trabajador en la ría— tenía relación con las dos locomotoras descarriadas. «O Can» y Ventura eligieron un camino sin tradición familiar. Aquella mañana, en lugar de neumáticos, «o Can» colocó fardos. Y los puso debajo de la batea sobre la que esperaba el alijo. Todo salió perfecto. O casi.

con 1100 kilos de cocaína procedente de Colombia. «Es la operación más importante desde que se desmanteló la red de Laureano Oubiña», exclamaba eufórico Gonzalo Robles, entonces delegado del Plan Nacional sobre Drogas. Cabe suponer que Robles no sospechaba que la red de Oubiña, lejos de estar desmantelada, todavía llevaría a cabo varias descargas más. Los peligros de querer dar el titular del día siguiente.

Cuando llegó la hora del juicio, en 2003, Orbaiz Picos largó raudo y le contó a Garzón todo lo que había sucedido: dejó en calzoncillos a «o Can» y aseguró que él había participado obligado por la Policía Nacional, que le había propuesto —según explicó— ser su confidente. Después, dijo, la Policía le había dejado tirado, y ya no pudo echarse atrás por miedo a las represalias de los colombianos. Su estrategia no funcionó, y tanto Orbaiz Picos como «o Can» fueron condenados a 20 años de cárcel. A esa condena hubo que añadir nueve años de cárcel por intentar colar, en 1996, tres toneladas y media de hachís a bordo del pesquero pontevedrés Estrela do Mar. Antes de producirse aquella descarga, Orbaiz Picos había sufrido un infarto, pero encontró rápidamente quien lo sustituyera al frente de la operación: su hijo José Luis Orbaiz Quintáns, que resultó un digno sucesor. En el año 2008 la Policía detuvo a Orbaiz junior con 275 kilos de cocaína a bordo del barco de línea regular Armada, que venía de Colombia y hacía escala en Marín. Le cayeron seis años, pero el día de Navidad de 2014, cuando tenía que ingresar en prisión, desapareció. Hoy sigue prófugo y huérfano: Orbaiz Picos, su padre, el agente que cambió de lado de la ley, murió hace tres años por problemas cardiacos.

No fue Picos el único que saltó de trinchera. «Es algo que tenemos que asumir. Ha habido mucha, muchísima corrupción en el cuerpo en Galicia. Date cuenta que muchos de los chavales eran de allí. Sus primos o vecinos eran narcos. Y no los querían denunciar», comenta resignado un agente de la Guardia Civil que vivió en primera línea aquellos años.

En el año 2002 cuatro agentes de la Guardia Civil destinados en Sanxenxo fueron suspendidos de empleo y sueldo por mantener cinco reuniones (grabadas por el Servicio de Vigilancia Aduanera) con la organización de «Sito Miñanco» junto al cementerio de Meis. El propio capo acudió en persona a uno de los encuentros. Los agentes se defendieron asegurando que se trataba de contactos profesionales que formaban parte de una investigación. El juez no llegó a esclarecer nunca el fin de aquellas reuniones, por lo que atenuó la sanción a un año. La Sala de lo Militar del Tribunal Supremo consideró aquellos encuentros «gravemente contrarios a la dignidad del cuerpo de la Guardia Civil».

A día de hoy el paisaje no es tan escandaloso, pero siguen saltando las alarmas. En 2012 la Operación Espartana detuvo a José Álvarez-Otero Lorenzo, sargento de la Guardia Civil destinado durante una década en Corcubión. Había intentado, junto a los hermanos Vélez, heredereos del cartel de Cali, alijar 108 fardos a bordo del carguero búlgaro SV Nikolay, una bestia de 114 metros de eslora en la que no había nada más: transportaban la cocaína a pelo, sin ocultarla con ninguna otra carga. Así de seguro estaba el sargento Álvarez-Otero, que durante los años que trabajó destinado en la Costa da Morte presumía de tener «todo bajo control», desde Aduanas hasta Guardia Civil. En el entorno policial los rumores siempre fueron estruendosos, aunque nunca se concretaron en denuncias. El entonces comandante del puesto de Corcubión tenía varios inmuebles en la costa, incluido un pub en Cee en el que el trapicheo era constante. Muchos agentes estaban casi seguros de que Álvarez-Otero prestaba servicios de vigilancia a los clanes, advirtiéndoles de posibles obstáculos y despejando la ría. Cuando cayó el Nikolay no les pilló por sorpresa. Tampoco, probablemente, cuando la esposa del sargento, Rufina Palacín, fue detenida meses después por blanqueo de capitales.

«Lo que yo percibo es que ahora apenas hay problemas. Antes era tremendo, pero ahora las cosas están mejor y no hay corrupción. Hombre, siempre hay ovejas negras. Pero yo creo que eso pasa en todos los lados. No es algo que destaque en nosotros ahora». Lo dice un joven agente de la Guardia Civil actualmente sobre el terreno en las Rías Baixas.

Dos de esas ovejas negras fueron detenidas en agosto de 2013. Diego Fontán, de O Grove, y Javier López, de la comandancia de Pontevedra, fueron acusados de pasar información a los clanes. La sospecha irrumpió tras una operación contra un alijo que fue bruscamente interrumpida por los narcos sin previo aviso y sin elementos, al menos visibles para los agentes, que les hicieran temer complicaciones. López llegaría a admitir ante el juez que vendían la información al mejor postor, y la Guardia Civil descubrió que habían frustrado al menos cinco operaciones. Por su parte, Diego Fontán, gerente del conocido pub Ocean's Summer Club, en San Vicente do Mar, en O Grove, se negó a colaborar con el magistrado. En febrero de 2014, la Policía detuvo a otros dos agentes por facilitar información a los narcos. Todos están pendientes de sentencia.

La tercera pata del Estado no se libró de la onda expansiva del narcotráfico gallego. Además de políticos y autoridades, los pasillos de los juzgados también se vieron salpicados por la narcocultura. En los años 80 al juez José María Rodríguez Hermida lo conocían en el Palacio de Justicia de Pontevedra por su falta de dureza cuando el acusado era contrabandista.

Decían los abogados que un caso era «RH positivo» cuando Rodríguez Hermida se interesaba por él, aunque no llevara el caso. El magistrado acabó suspendido en 1984, tras ser acusado de aceptar sobornos a cambio de la liberación del jefe de la Camorra, Antonio Bardellino. El *boss* napolitano estuvo preso en Carabanchel en 1982, y Hermida lo dejó salir provisionalmente con una endeble fianza de cinco millones de pesetas. Bardellino pagó, salió y hasta el día de hoy nadie lo ha vuelto a ver.

Francisco Velasco Nieto, de Vilagarcía, trabajaba en el bufete de Vioque y defendió durante muchos años a Laureano Oubiña y a su mujer, Esther Lago. Murió de un infarto en 2004, a los 52 años, y los vecinos lo recuerdan porque siempre lucía un sombrero de ala ancha. Los jueces y colegas del gremio guardan de él una imagen menos pintoresca, como el hombre que torpedeaba cualquier registro e interfería en las operaciones. Hacía, en fin, su trabajo. Hasta que en 2001 lo condenaron por no trazar bien la línea de separación entre cliente y abogado, y acabó en prisión por blanquear capitales de los Oubiña.

Velasco Nieto formó parte de un grupo conocido como los «narcobogados», en su mayoría pertenecientes al bufete de Vioque, y también en su mayoría, acusados de complicidad con el contrabando y el narcotráfico. La imagen que mejor los define es la recogida por el periodista Perfecto Conde en 1988. En ella se puede ver a Velasco Nieto en las puertas del juzgado de Corcubión rodeado de marineros del Smith Lloyd of Cairo, un barco apresado con un alijo de tabaco en las costas gallegas. El abogado está repartiendo billetes a los tripulantes para pagar la fianza.

A Oubiña lo defendieron Gerardo Gayoso Martínez, que acabó condenado por tráfico de hachís, y Ana Soler, que terminó compartiendo banquillo con el capo arousano en su última acusación por blanqueo.

«En general —cuenta un periodista— los abogados los sangraban. Les cobraban barbaridades a los capos. A Oubiña le llegaron a cobrar diez millones de pesetas (60 000 euros) por ir a una comparecencia en Madrid en la que no hablaban y los mandaban de vuelta». Sobraba el dinero. Sobraba y sobra, en general, narcocultura.

NARCOVIOLENCIA

«Estábamos de fiesta en Cambados. En el centro, en un pub que nos gustaba mucho. Salimos un momento y vimos a dos o tres chicas mirando por la ventanilla de un coche. Nos dijeron algo, nos acercamos y lo encontramos: un chico muerto en el asiento del conductor. Tenía sangre en la cara, la boca abierta y una escopeta en el asiento de al lado. Empezó a acercarse más gente. Enseguida el coche estaba rodeado, todos querían ver al muerto. Alguien dijo, "es un ajuste de cuentas". Luego llegó la Policía, nos apartaron de allí y volvimos a entrar en el pub. Seguimos de fiesta. No es que fuera habitual, pero si se quieren matar entre ellos, que se maten».

El relato es de Verónica, una vecina de Vilagarcía que prefiere figurar con otro nombre. El cadáver que vio aquella noche era el de Antonio Chantada, alias «Tucho Ferreiro», que venía de matar a Danielito Carballo[35], hijo de Manuel Carballo y mano derecha de «Sito Miñanco». Danielito se

[35] Danielito Carballo fue procesado por Garzón tras la operación de 1991 en la que detuvieron a «Sito Miñanco», aquella redada en el chalé de seguridad del capo en Pozuelo de Alarcón en la que «Sito» dijo: «Hostia, ahora sí que me trincasteis».

estaba tomando una copa con Rosalindo Aido en el pub Museo de Vilagarcía, lugar de reunión más o menos habitual para los jóvenes narcos de Arousa, cuando por la puerta del garito entró «Tucho Ferreiro» con una escopeta brasileña del calibre 38 oculta en la pierna del pantalón. Acababa de salir de la cárcel: estaba deprimido, tenía el mono y Danielito Carballo le debía dinero. Y lo más importante: mientras contaba los días en la celda, Danielito le levantó la novia. «Tucho Ferreiro» no dijo ni media palabra. En medio de la clientela que abarrotaba el pub, se plantó delante de la mesa y le pegó un tiro en la garganta al lugarteniente de «Sito». Mientras recargaba entre los gritos y empujones de los presentes, Rosalindo Aido pegó un saltó y voló de allí. Una bala alcanzó su brazo en la carrera, pero escapó.

«Tucho» salió a continuación del pub y condujo hasta Corvillón, a las afueras de Cambados. Aparcó frente a la pizzería Paumar, agarró otra vez el fusil con el que había disparado a Danielito y entró en el local. Allí estaba Juan José Agra[36] con su hija de tres años. Le apuntó al pecho y se lo atravesó ante la mirada de la cría. A continuación «Tucho» salió y se encaminó a por su tercer objetivo, Rafael Bugallo «o Mulo», un narco para el que había trabajado. Fue al bar de Cambados donde solía parar el capo y al que, por alguna razón, esa noche «o Mulo» no acudió. «Tucho» se asomó, no vio a nadie y se fue. «O Mulo» se libró. «Tucho» decidió entonces aparcar en el centro de Cambados, al lado de un popular pub llenó de jóvenes, y se disparó en la boca. Verónica y los otros jóvenes encontraron el cuerpo minutos después.

Cosas de Galicia: «Tucho Ferreiro» y Danielito, que se habían criado desde niños casi en la misma calle, tuvieron el

[36] Agra era un veterano narco con una condena por narcotráfico en Suiza en su haber.

entierro el mismo día. Ambas comitivas hicieron el mismo recorrido con media hora de diferencia. Asesino y asesinado. Las esquelas públicas de ambos estaban juntas en las paredes de Vilagarcía.

El doble asesinato y suicidio de «Tucho Ferreiro» impactó a la sociedad gallega. Más incluso que el crimen de Benavente que había tenido lugar un año antes y en el que los colombianos mataron al tesorero de la Cámara de Comercio de Vilagarcía. «Pero, para la cantidad de drogas y clanes que ha habido aquí, poca violencia ha habido». Lo explica Enrique León, antiguo jefe de la UDYCO en Galicia. El actual, Félix García, coincide con su colega. «La explicación a que no haya habido mucha violencia es probablemente que no quieren líos. Saben que cada muerto les cuesta muchos millones, porque entramos a saco y tienen que parar el negocio un tiempo. Es como una norma que tienen: nada de muertos. Aunque a veces, claro, no la cumplen». Esta teoría aclararía también por qué nunca fueron contra la autoridad. «No se atrevieron. Sabían y saben que es una guerra que tienen perdida. Aquí nunca se ha asesinado a jueces ni policías. Por eso a veces eso de que Galicia llegó a ser Sicilia suena tan exagerado», completa Félix.

«Además —retoma Enrique León— hubo violencia entre ellos, especialmente, entre los clanes pequeños con ajustes de cuentas y tal, pero los grandes eran menos violentos. Pero nunca convirtieron a esta sociedad en violenta. No había una percepción de que había violencia aquí. Yo nunca me encontré a un vecino que me dijera que había violencia». Verónica, la vecina de Vilagarcía, está de acuerdo: «Con nosotros no iba ni ha ido nunca. Es verdad, a veces te cruzas escenas que no te gustan. Ellos son muy brutos. Y a la primera se encienden. Recuerdo hace algunos veranos que dos coches casi se chocan en la rotonda de entrada de A Illa de

Arousa. Frenaron en seco y empezaron a llamarse de todo. Uno sacó un bate de béisbol pero lo guardó rápido, porque el otro conductor llevaba una pistola». Verónica sonríe, una mueca de desprecio hacia los narcos. «Pero va entre ellos. Obviamente, si vienes aquí, ni te enteras. Jamás me he sentido amenazada».

Desde la frialdad de las estadísticas podría decirse que los aproximadamente 30 muertos que ha dejado el narcotráfico gallego desde principios de los 90 hasta hoy[37] es lo mínimo que podría esperarse de una actividad desarrollada por clanes al margen de la ley, que trabajan con carteles colombianos y que pugnan por el mayor beneficio. Y que, además, y como ya hemos visto, se la juegan entre ellos a la mínima oportunidad. Pero son 30 muertos. Y, de alguna forma, han afectado a las rías.

Meses después de la cacería de «Tucho Ferreiro» en 1993, la Policía encontró los restos de Luis Otero y Eugenio Simón, dos narcos descafeinados de Cangas do Morrazo que aparecieron descuartizados en una fosa séptica de Meis cubierta de cal viva. Las pruebas de ADN solo identificaron los restos de Luis Otero, por lo que, oficialmente, Eugenio Simón está desaparecido desde entonces. Se acusó del crimen a Antonio Silvestro, dueño del taller donde estaba la fosa séptica. Al parecer, el empresario debía siete millones de pesetas a los narcos y, en vez de pagar, prefirió contratar a dos sicarios para que se deshicieran de ellos. La falta de pruebas absolvió a todos los implicados, y el de Meis es, oficialmente, un crimen sin resolver.

[37] Por poner un ejemplo, solo en la guerra de la mafia siciliana de 1981-1982 murieron 1700 personas (según datos de Atilio Bolzonio, periodista de *La Repubblica*). En una entrevista a *Jot Down*, Bolzonio afirma: «La guerra de la mafia fue un exterminio étnico».

Dos años más tarde, en 1995, en las duchas de la playa de A Lanzada apareció el cuerpo de Manuel Portas lleno de perdigones. Se los disparó Andrés Miniño, al que le debía 12 millones de pesetas. El socio de Portas, Carmelo Baúlo, logró salir corriendo de la playa con dos perdigonazos para el recuerdo. Unos días después, en un bosque de Vilagarcía, apareció el cadáver de Ángel García Caeiro. Su cuerpo estrangulado fue descubierto por los bomberos forestales mientras apagaban un incendio. Llevaba meses desaparecido y le debía 80 millones de pesetas a los clanes.

José Manuel Rodríguez Lamas, alias «o Pulpo», fue el protagonista, en 1997, del siguiente ajuste de cuentas. Entró de madrugada en un hostal de Vilaboa (Pontevedra) y, con una pistola con silenciador, asesinó a tres pequeños narcos vigueses que le debían dinero. La Policía lo detuvo días después en el barrio de Cabral después de una persecución a tiros. «Quieto, "Pulpo", que te matamos», le dijo la Policía antes de detenerlo. «Pues matadme», respondió él.

Ese mismo año hubo tres víctimas más, de clanes menores, metidos en deudas. Dos mujeres y un hombre aparecieron muertos con disparos en la cabeza en la playa de Cabanelas, en Ribadumia. En realidad, las chicas, Ángela Barreiro y Dolores Gómez, estaban allí de paso, acompañando a Francisco San Miguel, que tenía alguna cuenta pendiente con Francisco Rey, autor de los disparos tras una acalorada discusión. Los siguientes cinco años hubo un muerto por año. Uno de ellos, Juan Freire, colaborador de «os Lulús», apareció calcinado en su coche en Cee. La misma suerte que había corrido Cores Caldelas, también carbonizado en su vehículo en una cuneta de Caldas de Reis.

«Los ajustes de cuentas nunca afectaron a nuestro día a día, pero sí que crearon fama». Toma la palabra Abel, un vecino de Vilagarcía. «Aquí no afectó la violencia, afectaron las drogas. Lo que pasa es que salen estas cosas por la tele y la gente se cree que esto es el infierno». Hace años, Abel estaba haciendo la mili en Madrid. «Me hice muy amigo de un chico de Albacete. Le invité a pasar unos días en Galicia, le apetecía mucho y no lo conocía. Un día antes de venir, vimos por la tele el asesinato de Danielito Carballo en el pub. Mi amigo me miró y me dijo: "Hostia, pero qué es eso. Yo ahí no voy, eso es Sicilia". Y no vino, el cabrón».

Los últimos años también han dejado víctimas. En 2011, en A Pobra do Caramiñal, tirotearon a un pequeño narco que murió poco después en el hospital. Meses más tarde, en O Grove, los vecinos contemplaron con estupor un tiroteo desde un coche que dejó malherido a un joven que caminaba por la calle. Y para cerrar el año, la famosa escena del peluquero de Cambados que saltó por la ventana. Ocurrió en diciembre: dos sicarios se presentaron en la peluquería de Martín Castro, y este, al verse acorralado, se lanzó por el ventanal. Luxación de muñeca e investigación por una supuesta deuda.

No solo entre los clanes hubo ataques; el fuego también fue enemigo. A principios de los años 90 al narcotráfico gallego le salió un rival ajeno al negocio: el Exército Gerrilheiro do Povo Galego Ceive (EGPGC), una organización independentista que cometió durante aquellos años algunos ataques contra los clanes y sus intereses. En la hoja de ruta del EGPGC se consideraba el narcotráfico como un cáncer para los objetivos del nacionalismo gallego y, en consecuencia, era necesario destruirlo. Pusieron varias bombas a principios de la década en Cambados, Vilagarcía, Vilanova, Pontevedra y A Coruña que no llegaron a causar víctimas mortales. Una de ellas tuvo como destinatario el mencionado concesionario Louzao, en A Coruña, aquel donde el capo colombiano

Matta Ballesteros había metido dinero fresco del cartel para blanquear.

Los riesgos de jugar con fuego: una de esas bombas sí tuvo dramáticas consecuencias. El 11 de octubre de 1990 la organización colocó un artefacto en la discoteca Clangor de Santiago de Compostela. Según ellos, se trataba de un local que pertenecía a las redes del narcotráfico. Tampoco importa, visto lo que ocurrió. La bomba tenía que detonarse cuando la discoteca estuviera vacía, pero se activó de forma prematura mientras dos terroristas la estaban dejando en el local, que estaba lleno: murieron los dos atacantes y un estudiante. Otros 49 chavales resultaron heridos. El EGPGC explicaría más adelante que cometieron un «error humano» y que «comprendían» el dolor que habían causado.

A TUMBA ABIERTA

«Estimo que entre 2001 y 2003 entraron por Galicia 150 000 kilos de cocaína».

2001-2003: LA ORGÍA DEL NARCOTRÁFICO GALLEGO

«La avalancha de cocaína no cesa», arrancaba una crónica del periódico *El País* publicada el 5 de julio de 2003. «La Guardia Civil y el Servicio de Vigilancia Aduanera se incautaron anteayer de casi 3000 kilos de cocaína durante el abordaje en mitad del Atlántico de un pesquero que había zarpado de Venezuela para llevar la droga a la ría de Arousa (Pontevedra). Esta incautación, la sexta en la misma zona desde el 31 de marzo, eleva a 20 000 los kilos de cocaína incautados por España en seis meses. En todo 2002 fueron requisados 17 616 kilos». Dos años antes de esta crónica, en 2001, el entonces ministro del Interior, Mariano Rajoy, definió aquellos meses como «el año negro del narcotráfico gallego».

«Fue tremendo», resume un agente de la Guardia Civil que estuvo en activo durante el trienio 2001-2002-2003. «Fueron los años más convulsos del narcotráfico gallego», añade una periodista especializada. En 2001 las autoridades se incautaron de 31 toneladas de cocaína manejadas por los clanes gallegos. La cantidad era cinco veces más alta que el año anterior y supuso un récord histórico, según la memoria del Plan Nacional sobre Drogas. «En total, en esos tres años, se decomisaron 54 000 kilos de cocaína», asegura el juez José Antonio Vázquez Taín. Y añade: «Estimo que entre 2001 y 2003 entraron por Galicia 150 000 kilos de cocaína».

¿Por qué? Se impone una pregunta que no tiene respuesta científica. Sí hay algunos factores que ayudan a comprender por qué este trienio fue tan movido, por qué hubo tantas descargas, tantas toneladas y tantas operaciones policiales. Por qué, en definitiva, estos tres años se asemejaron a un combate a tumba abierta entre los narcos gallegos y las autoridades.

El primero de ellos tiene que ver con el hombre que se puso al frente de las operaciones, el citado juez José Antonio Vázquez Taín, pesadilla de los carteles colombianos. Dio el relevo en 2001 —o se unió a su lucha— al juez Garzón y cambió la mecánica. Taín amplió el campo de batalla y arrancó una nueva forma de combatir al narco gallego. No solo fue a por los clanes, sino que atacó a todo su entorno, desde socios, abogados y asesores, hasta talleres de planeadoras, proveedores, gasolineras, almacenes y transportistas.

Taín, nacido en Allariz (Ourense), fue enviado a Vilagarcía como su primer destino profesional. No llevaba ni medio año y ya había dirigido cuatro operaciones contra los clanes. Más que llegar, Taín irrumpió en Arousa. Y eso que no lo tuvo fácil. Su primera sentencia condenatoria —que encarcelaba a seis narcos gallegos que transportaban tres toneladas de hachís en el velero Chad Band— fue anulada por la Audiencia Nacional. Algo que el fiscal antidroga Javier Zaragoza calificó de «insólito». Finalmente, el Tribunal Supremo rectificó y la sentencia de Taín fue validada. Era la primera de muchas.

A su nueva estrategia el juez añadió un acuerdo con la Armada, que se unía así al SVA, la Guardia Civil y la Policía en las operaciones marítimas. Todo este despliegue tuvo un contrapeso, una locomotora que venía en sentido contrario con la misma prisa: entre 2001 y 2003 las rías gallegas contemplaron la proliferación de clanes más grande que ha conocido Galicia. La caída de históricos como Oubiña y la presión a la que estaban sometidos «Sito» o Marcial, dejó el terreno libre para todos esos clanes satélites, esos segundas líneas que se consolidaron por libre. Fue la época en la que los históricos convivieron con el relevo. Todos contra todos, en una carrera desenfrenada por meter cocaína en Galicia.

Ambos ingredientes, la efectiva lucha llevada a cabo por Taín y el desmesurado movimiento de clanes, desembocó en una inédita cantidad de redadas, abordajes, detenciones y decomisos. El magistrado ordenó 19 operaciones en estos tres años. «Taín mosqueó mucho a los carteles», explica un agente de la Guardia Civil. «Los dejó muy tocados. Ellos creían, estaban convencidos, que había un informador. Los colombianos se movieron y estuvieron preguntando por las rías. Pero no había nadie».

Hubo otro factor que alimentó la orgía traficante: la tolerancia del gobierno chavista hacia el narco. Pocos años después de subir al poder Hugo Chávez, Venezuela se convirtió en un santuario para los carteles colombianos, a cuyos miembros se les dispensaba el trato de guerrilleros represaliados por el gobierno de Bogotá. Los narcos cruzaban la frontera con facilidad y zarpaban sin molestias de las costas venezolanas rumbo a Galicia. El chavismo, más allá de tintes políticos, fue una bendición para el narcotráfico gallego, aunque no duró eternamente. En 2014, la propia Policía colombiana elogió públicamente al gobierno venezolano por su colaboración en la lucha contra el narco.

«También en esta época —explica Taín— los carteles empezaron a operar en países africanos, como Togo, Cabo Verde o Senegal. Era la escala que hacían antes de llegar a Galicia». La ruta Venezuela-África-Galicia llegó a ser conocida entre las Fuerzas de Seguridad como la Nacional VI. La abandonarían pronto. «Los africanos eran demasiado corruptos hasta para los carteles. Tenían que pagar a todos: ejército, Policía, narcos locales... Y si dejaban algo allí, un barco o una avioneta, lo encontraban semanas después desguazado. Con los africanos, los carteles volvieron a valorar la eficacia y seriedad de los gallegos».

Otra posible causa que explica el *boom* de aquellos años es la relajación mediática. No es que los medios de comunicación dejaran de cubrir el narcotráfico, pero sí se rebajó la intensidad y eso se tradujo —para el común de los ciudadanos— en la falsa sensación de que lo peor del narcotráfico ya había quedado atrás con la Operación Nécora y la caída de los principales capos. Que el foco no estuviera tan encima de los clanes secundarios, probablemente, los ayudó.

***

En 2001, el SVA interceptó el buque Abrente mientras la Policía detenía en tierra a «Manolo el Catalán», que dirigía la operación[38]. Fue el primero de un intercambio de golpes

[38] El Abrente se dedicaba, supuestamente, a la pesca de pez espada y tiburón. Faenaba al sur de Canarias, pero, cuando regresaba a Camariñas, apenas traía captura. No parecía muy preocupado el patrón, Manuel Martínez, alias «Pololo». Tampoco los *mariñeiros*. Sus razones tenían: si les salía bien lo que «Manolo el Catalán» les había propuesto, podrían olvidarse de los peces espada para el resto de sus vidas. En realidad podían haber dejado el Abrente amarrado en el puerto hasta el día de la operación, pero había que disimular (casi todos los pesqueros que deciden alijar siguen saliendo con el resto de la flota). El 19 de febrero de 2001 el Abrente cargó los fardos a dos días de navegación de Canarias. Horas después de poner rumbo a Galicia, los asaltó el Petrel, el barco del SVA. Los tripulantes tiraron los fardos por la borda, pero el Petrel dispuso al momento un sistema de flotadores que mantuvo la carga en la superficie. Los tiempos habían cambiado. En tierra, la Policía detenía al mismo tiempo

entre Taín y los numerosos clanes, un combate a demasiados asaltos como para plasmarlos todos. Sí es obligatorio repescar los momentos más sonados de aquella lucha. Ese mismo año el yate Estrella Oceánica, cargado con 2000 kilos de cocaína del cartel de Cali, se averió por falta de mantenimiento y acabó con una vía de agua y todos los implicados detenidos[39]. También en 2001, Manuel González Crujeiras, alias «o Carallán», llegó a un nuevo acuerdo con el cartel de Cali para intentar meter en Galicia otros 1800 kilos de cocaína. Lo hizo cara a cara porque «o Carallán» estaba en Venezuela, fugado de la justicia. En aquel plan de 2001 Crujeiras reclutó a algunos viejos colegas, entre ellos, al ex guardia civil Gerardo Núñez, alias «Felipe», también con contacto directo con el cartel. El asunto acabó con los GEO en cubierta[40].

---

a «Manolo el Catalán» y a «o Panarro», que dos años después volvería a caer con el South Sea. Ambos terminaron absueltos después de que la jueza no admitiera como prueba las escuchas telefónicas que los implicaban. En ellas, entre otras cosas, se escuchaba a la mujer del patrón, «Pololo», advertir en clave sobre la salida del patrullero Petrel con la frase: «Maruja salió del hospital».

[39] Ángel Toirán Maside, un narco de Lugo sin recorrido en los 90, fue quien organizó la operación junto a Manuel Rey Vila «o Sordo», antiguo contrabandista de tabaco de Vilagarcía metido a bodeguero. A «o Sordo» le doblegó la tentación y decidió invertir en la descarga, que debía traer 2000 kilos de cocaína del cartel de Cali y colarla por Arousa. El bodeguero puso encima de la mesa 70 000 euros, y con ellos contrataron dos barcos: el yate Estrella Oceánica y el pesquero Rapanui. El primero cargaría los fardos desde el buque nodriza venezolano en Azores. El segundo llevaría a bordo combustible para abastecer el yate. Pero nada más recoger la cocaína, el yate se estropeó y tuvieron que trasvasar los fardos al Rapanui. Decidieron remolcar el barco averiado, pero se abrió una vía de agua y lo hundieron. Días después, cuando por fin estaban llegando a Galicia, apareció el Petrel del SVA y culminó el desastre. A los mandos del pesquero, los agentes se encontraron a Joaquín Montañés Porto, hijo del director de la banda de música de Cambados y antiguo miembro del clan de «los Charlines». Había sido procesado en la Nécora, pero pareció no aprender la lección: en 1999 le pegaron ocho tiros en las piernas en un tiroteo con traficantes de heroína portugueses.

[40] La operación a punto estuvo de no arrancar, porque los gallegos no encontraban fianza. Nadie quería ir a Colombia como garantía humana. Finalmente, enviaron a Francisco Rodríguez Folgar, que estuvo tres meses en Cali hasta que se hartó. Llamó a «o Carallán» y le amenazó con fugarse y denunciar. Así que enviaron un relevo:

Otro golpe sonado fue el del Playa de Arbeyal, y sirvió para presentar en sociedad al hijo de «o Piturro», el narco que desembarcó en una zódiac los fardos de Vioque como ristras de ajos y los fue perdiendo en medio de una marejada. Juan Carlos Vázquez García, el hijo, apenas superaba los 20 años cuando en diciembre de 2003 lo trincaron en la descarga del pesquero Playa de Arbeyal, que llevaba 3000 kilos de cocaína colombiana en sus bodegas. A «o Piturro» junior le cayeron 11 años, pero los investigadores están convencidos de que fue un cabeza de turco. «Demasiado joven para organizar una operación así», afirma un ex agente de la Policía.

Belarmino Hermo, alias «Paxariño», de Boiro. Se fue en febrero de 2002 y, cuando 15 días después el pesquero Meniat recogió la carga, lo dejaron marchar. Antes de tiempo, tal vez, ya que el Meniat fue asaltado por los GEO cuando navegaba con bandera de Venezuela frente a Cabo Verde, donde había hecho escala.

EL GOLPE FINAL DE TAÍN: LA CAÍDA DE LOS HISTÓRICOS, «MIÑANCO», CHARLÍN Y MARCIAL DORADO

Una de las operaciones estrella en esta bulliciosa etapa 2001-2003 fue la detención y caída —hasta la fecha definitiva— de «Sito Miñanco». Ocurrió el 16 de agosto de 2001. El dispositivo, llevado a cabo desde Madrid por el juez Juan del Olmo, fue, en términos policiales, brillante. El propio capo alucinaba cuando era arrestado. «¿Pero cómo me habéis cogido?», preguntó. «No has sabido retirarte a tiempo», le respondieron.

Una vez más, al capo de Cambados lo trincaron de lleno. La última vez que había sido detenido, en 1991, los GEO lo sorprendieron inclinado sobre las cartas náuticas en un chalé de Pozuelo de Alarcón (Madrid). Estuvo en Alcalá-Meco hasta que salió en libertad provisional en diciembre de 1998. Todos los agentes coinciden en que si lo hubiera dejado entonces, tal vez la jugada le habría salido redonda. Pero «Sito», como casi todos los narcos de las rías, no sabe vivir sin esto. Así que regresó a escena (en realidad nunca lo había dejado; dirigió desde la cárcel, como ya hemos visto, la descarga requisada en la Operación Amanecer en 1997) y terminó otra vez esposado. En esta ocasión el chalé desde el que dirigía el desembarco estaba en la urbanización El Bosque, en Villaviciosa de Odón (Madrid). De nuevo los GEO se lo encontraron en faena, revisando cartas de navegación sobre una mesa en la que había un equipo de comunicación satélite y tres teléfonos. Cuentan que se quedó boquiabierto al escuchar la irrupción y ver a los agentes. Mientras se lo llevaban, se giró y le dijo a una cara conocida: «Eloy, de esta te hacen comisario». «Ya soy comisario, "Sito"», le respondió el policía. «Pues te van a llenar de medallas».

En 2001 «Sito» estaba dirigiendo la que —en teoría— fue su última operación. El barco Argios Constandino se encontraba a unas 1000 millas de la Guayana Francesa, esperando al pesquero Titiana, que iba a alijar los 5000 kilos de cocaína. Pero apareció la DEA, alertada por la Policía española, y asaltó el barco sin demasiada resistencia. Al mismo tiempo, los GEO entraban en el chalé. Todo en paralelo, todo en bandeja para que el juez no tuviera demasiado trabajo. «Ya me enteraré de quién ha sido», dijo «Sito» mientras se lo llevaban. Se refería el capo a una posible traición. Una filtración que, efectivamente, tuvo lugar. La organización de «Sito» tenía todo bajo control, y fue un chivatazo de un narco libanés implicado en la operación lo que hizo que la Policía «mordiera» (localizara y controlara) a «Sito» solo tres días antes de la partida del Argios Constandino. El libanés era un confidente de la DEA. De ahí el asombro de «Miñanco». No entendía qué había fallado.

Con él cayó también su lugarteniente, el colombiano Quique Arango, del cartel de Cali. «Fue una sorpresa lo de "Sito"», cuenta un agente de la Policía Nacional. «Todos creíamos que no se iba a volver a meter en esto». Las imágenes de esa última detención ofrecieron a un «Sito» pasado de kilos, con greñas descuidadas y aspecto dejado. Un sintecho al lado del

Escobar de la ría que paseaba su bigote en un Ferrari por Arousa. El capo fue condenado a 20 años. En abril de 2015 logró un permiso para trabajar fuera de la cárcel: puede salir todos los días como empleado —excepto en fin de semana—, y debe regresar a dormir a la prisión de Valladolid. Lo consiguió después de firmar un contrato indefinido con una empresa de construcción. Había pedido trabajar en una batea de la ría como mejillonero, pero le quitaron rápidamente la idea de la cabeza. Tanto que, según orden del juez, el capo no puede pisar Galicia. Tiene la prohibición expresa de atravesar la frontera. Y es que el capítulo de «Sito Miñanco» no está cerrado. Ni mucho menos.

La captura de «Sito» fue la segunda muesca para los históricos. Siete meses antes había caído la cabecilla de «los Charlines», Josefa Charlín, hija y heredera del patriarca. Llevaba fugitiva desde que en 1994 Garzón ordenó su detención por la Operación Nécora. Con su padre entre rejas, «la Charlina» se hizo cargo del clan, y lo dirigía desde Portugal. Se convirtió en una suerte de mito durante aquellos años: la buscaban por tierra, mar y aire, y ella seguía coordinando descargas con mano de hierro mientras se escurría de las autoridades. El carácter de «la Charlina» era bien conocido en Arousa. Sobre todo, por las trabajadoras de la conserveratapadera de la familia, la Charpo, que soportaban su despotismo y sus infames condiciones laborales. Josefa llegó a disolver una concentración de sus empleadas con un potente chorro de manguera. Ni uno solo de los hombres de la organización le replicó jamás. «La Charlina» utilizó incluso a una de sus hijas, menor de edad, para blanquear dinero: la niña tenía 400 millones de pesetas (2,4 millones de euros) en una cuenta corriente a su nombre. La menor acabó declarando en la Audiencia Nacional.

Sobre Josefa descansa el mito de haber intentado introducir el mayor alijo de cocaína en la historia del narco gallego hasta ese momento: seis toneladas de *fariña* que, en 1997, naufragaron frente a Marruecos.

«La padrina» cayó el 15 de diciembre de 2000. En su pasaporte figuraba el nombre de Ángela Acha, y dicen que no opuso resistencia. En sus años de fugitiva, sin dejar de dirigir el clan, había montado una próspera empresa de producción de vino. Enseguida fue extraditada a España y sentenciada. En 2012 salió en libertad.

El golpe final a los históricos tuvo lugar el 13 de octubre de 2003 y supuso la despedida por la puerta grande del juez Vázquez Taín. En una operación coordinada por él y bautizada como Operación Retrofornos, la Policía Nacional y el SVA apresaron el barco congelador South Sea. Escondido en el doble casco, la embarcación transportaba 7000 kilos de cocaína. Al frente de aquel ambicioso desembarco estaban Carlos Somoza y Roberto Leiro. El primero, de Vilanova, había trabajado para «los Charlines», de hecho, estuvo casado con una hija del «el Viejo». Cuando fue detenido se encontraba en busca y captura y dirigía su propio clan[41]. Pero la captura más ruidosa de aquel dispositivo fue, sin duda, la de Marcial Dorado, acusado de construir y vender a los clanes el Nautillus, el barco que iba a alijar la cocaína que traía el South Sea. Marcial Dorado siempre sostuvo que él nunca había dado el paso del tabaco al narco. Entre las fuerzas de seguridad hay quienes piensan que el episodio del Nautillus fue tan solo un episodio aislado, y quienes sostienen que Marcial fue tan narco como todos los demás, solo que más sigiloso

[41] También cayó aquel día José Joaquín Agra, alias «Panarro», cara conocida de la Policía y líder del clan cambadés de «os Panarros». Fue detenido junto a su hijo, Jorge Agra.

e inteligente. A Dorado lo condenaron por aquello a diez años que, unidos a la sentencia de 2015 por blanqueo, lo mantienen actualmente en una celda. Somoza y Leiro, por cierto, huyeron mientras esperaban su sentencia, en libertad condicional.

La caída en 2003 de Marcial, el último de los históricos, provocó un pequeño parón. Un tiempo muerto que los clanes gallegos solicitaron para reorganizarse, para tomar aire después de una sucesión de palos que dejó aturdidos hasta a los carteles colombianos. Tras ese paréntesis, los gallegos volvieron al negocio. Pero de otra forma. Con otro rol. La caída definitiva de las grandes organizaciones cambió el paisaje del narcotráfico gallego para siempre. Se iniciaba una etapa nueva. Nacía el «narcotransporte». Arrancaba la era de los lancheros.

EL RELEVO

«La lancha más increíble que se vio nunca en Galicia».

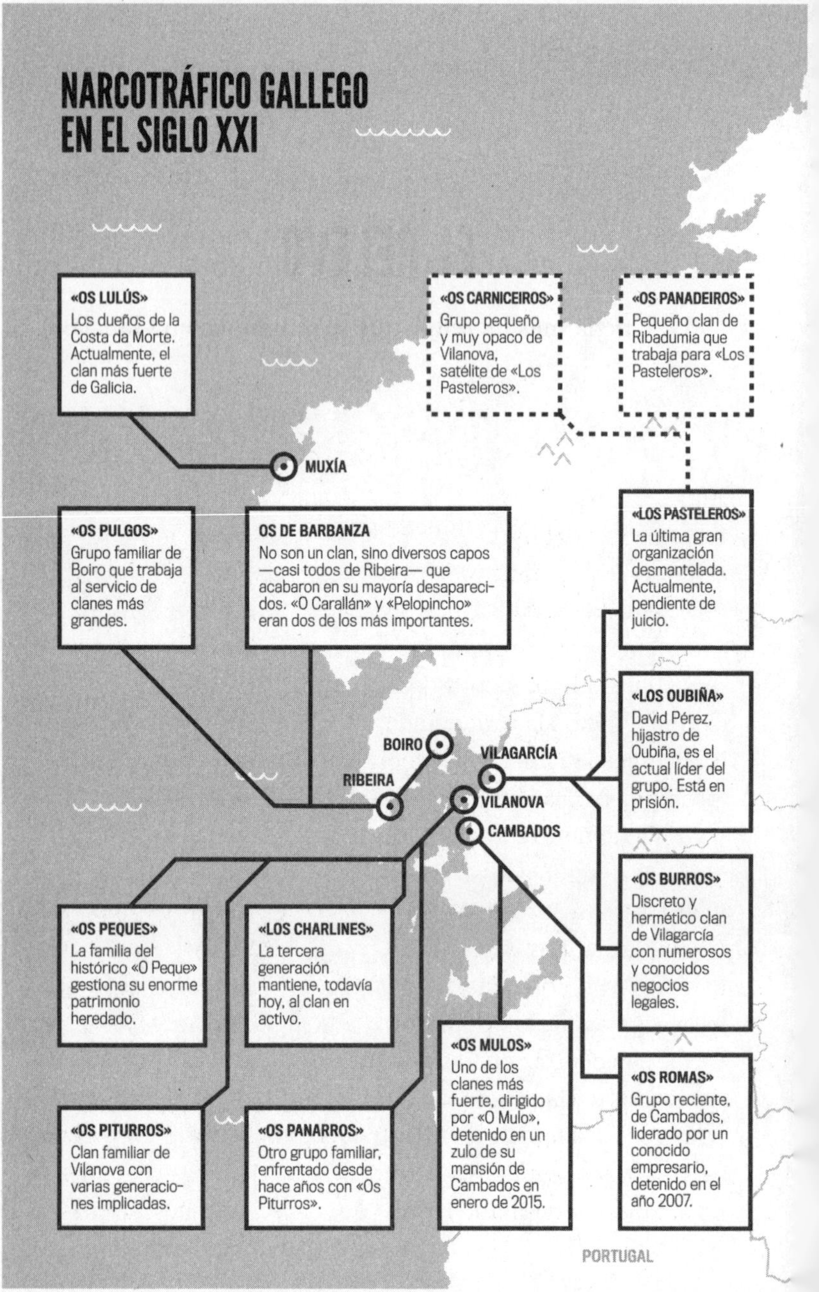

NARCOTRÁFICO GALLEGO EN EL SIGLO XXI
«OS LULÚS»
Los dueños de la Costa da Morte. Actualmente, el clan más fuerte de Galicia.
MUXÍA
«OS CARNICEIROS»
Grupo pequeño y muy opaco de Vilanova, satélite de «Los Pasteleros».
«OS PANADEIROS»
Pequeño clan de Ribadumia que trabaja para «Los Pasteleros».
«OS PULGOS»
Grupo familiar de Boiro que trabaja al servicio de clanes más grandes.
OS DE BARBANZA
No son un clan, sino diversos capos —casi todos de Ribeira— que acabaron en su mayoría desaparecidos. «O Carallán» y «Pelopincho» eran dos de los más importantes.
«LOS PASTELEROS»
La última gran organización desmantelada. Actualmente, pendiente de juicio.
«LOS OUBIÑA»
David Pérez, hijastro de Oubiña, es el actual líder del grupo. Está en prisión.
BOIRO
RIBEIRA
VILAGARCÍA
VILANOVA
CAMBADOS
«OS BURROS»
Discreto y hermético clan de Vilagarcía con numerosos y conocidos negocios legales.
«OS PEQUES»
La familia del histórico «O Peque» gestiona su enorme patrimonio heredado.
«LOS CHARLINES»
La tercera generación mantiene, todavía hoy, al clan en activo.
«OS MULOS»
Uno de los clanes más fuerte, dirigido por «O Mulo», detenido en un zulo de su mansión de Cambados en enero de 2015.
«OS ROMAS»
Grupo reciente, de Cambados, liderado por un conocido empresario, detenido en el año 2007.
«OS PITURROS»
Clan familiar de Vilanova con varias generaciones implicadas.
«OS PANARROS»
Otro grupo familiar, enfrentado desde hace años con «Os Piturros».
PORTUGAL

NARCOTRANSPORTE S. A.

La agitación del trienio 2001-2003 dejó resaca. Se abrió, por primera vez en mucho tiempo, un período de relativa calma y de baja intensidad. Durante este paréntesis de dos años los colombianos buscaron, sin éxito, nuevos socios para introducir droga en Europa. Como explica un mando de la Policía Nacional: «Viendo la cantidad de operaciones que les caían, probaron alternativas. Les hicimos mucho daño, así que lo intentaron por África, Bulgaria, Rusia, Holanda... Pero no les ha convencido nunca. Los colombianos necesitan a los gallegos».

El parón sirvió a los clanes gallegos para pensar. Como buenas empresas, aprovecharon la crisis para redefinir el negocio y cambiar su estrategia. El vacío dejado por las grandes organizaciones, como las de «Miñanco», Oubiña o «los Charlines», será sustituido por nuevos grupos más pequeños que se van a especializar en el narcotransporte, dejando de lado la distribución y la propiedad de la droga. Los protagonistas del relevo son los hijos, sobrinos, socios, trabajadores y, en general, todos los segundas y terceras líneas de las grandes organizaciones ya desmanteladas. Jóvenes —y no tan jóvenes—

que habían aprendido la lección. Más reservados y más profesionales. Todo lo que perdieron en tamaño, lo ganaron en discreción. Ya no disponían de barcos, camiones, abogados, pazos, arsenales de armas, naves industriales… A partir de ahora solo ofrecerán servicios de transporte de forma puntual a quien lo solicite, y cobrarán en metálico. «Se transformaron en una especie de UTE (Unión Temporal de Empresas), pequeñas empresas que prestaban sus servicios a los colombianos y, además, colaboraban entre ellas», explica Fernando Alonso, gerente de la Fundación Galega contra o Narcotráfico. «Por cada descarga que les encargaban, debían unirse dos o tres clanes».

En este nuevo ecosistema se crean dos perfiles: las organizaciones y los lancheros. Los primeros son los herederos de los clanes y sus contactos; son los que traen la cocaína hasta Galicia. Los segundos son el fruto de la especialización de los pilotos de planeadoras: se dedican exclusivamente a meter la mercancía en tierra, y venderán sus servicios a los clanes gallegos que mejor paguen. De este modo el esquema de trabajo se redibuja; los capos colombianos piden a los clanes gallegos que metan la cocaína en Europa; estos organizan la entrada segura y contratan a los lancheros para la descarga.

Al otro lado del Atlántico también se ha producido el relevo: la presión policial contra el cartel de Cali, socio tradicional de los clanes gallegos, permitió el nacimiento de nuevos grupos, también más pequeños, como los hermanos Vélez o los hermanos Saín Salazar. Ellos serán los socios de los gallegos en esta nueva etapa.

Este nuevo *modus operandi* de los clanes gallegos y colombianos obliga a la Policía a cambiar de estrategia. En 2007 se crea el Grupo de Respuesta Especial para el Crimen Organizado (GRECO) de la Policía Nacional, una unidad especializada en la lucha contra las mafias, el crimen organizado y el narcotráfico. GRECO se unirá a la labor de UDYCO, Guardia Civil y SVA, y a los departamentos de delitos fiscales. Coger a los narcos en harina (nunca mejor dicho) se convierte en casi un imposible. Prácticamente todos acaban cayendo por blanqueo.

LOS LANCHEROS

«Una persecución en planeadora es una cosa que no te puedes imaginar. Rebotas contra el mar que parece que se parte la lancha. Vas empapado, como debajo de una catarata, y no se oye nada, solo el motor rugiendo y el agua rompiendo. Es como estar dentro de una tormenta. Y los cabrones estos son inalcanzables», cuenta casi con admiración un agente de la Guardia Civil que vivió varias persecuciones durante sus años de investigación contra el narcotráfico. «Es la peor parte de este oficio. Es una locura obligarnos a jugarnos la vida así en el mar». El agente recuerda una mañana de hace diez u once años en la que, mientras su compañero y él patrullaban la ría en lancha, se cruzó en su camino una planeadora. O lo que parecía una planeadora. «Aquello volaba. Empezamos a perseguirla. Normalmente ya no las perseguimos, porque son inalcanzables. Pero ese día lo intentamos». Como quien dobla la esquina, pasaron de la ría de Arousa a la de Muros, y la lancha sospechosa enfiló, con sus tres ocupantes a bordo, un pequeño acantilado. «Eran muy rápidos, muy buenos, pero en ese momento no entendí por qué se metían ahí, estaban quedándose sin salida». Cuando la lancha de la Guardia Civil los tenía casi arrinconados, la planeadora a la que perseguían elevó su parte delantera como si fuera una moto. «Empezó a subir y se puso prácticamente en vertical: joder, mi compañero y yo alucinamos. Cuando estaba en vertical, giró sobre sí misma, volvió a caer y arrancó a tope en sentido contrario. Nos dejó clavados. La vimos perderse mar adentro». El guardia civil no puede evitar un contenido gesto de fascinación. «Eso solo lo podía hacer "Patoco"».

En realidad, los lancheros existían desde la época del tabaco. El mismo «Sito Miñanco» fue uno de los mejores a los mandos de sus planeadoras, por aquel entonces conocidas como «xurelas». La diferencia es que ahora las lanchas son mucho más rápidas y potentes, y los pilotos más experimentados.

La especialización en el narcotransporte tenía grandes ventajas para los lancheros gallegos. Ellos no tenían que ocuparse de todo el embrollo logístico que rodea a un alijo: ni buscar financiación, ni fletar pesqueros para navegar hasta Colombia o Venezuela. Los lancheros se limitaban a recoger la cocaína en los buques nodriza y a meterla en tierra con una planeadora para entregársela de nuevo a los colombianos. En ocasiones también se desplazaban hasta las Azores o Cabo Verde.

De lo que sí disponían los narcotransportistas era de todoterrenos para mover las planeadoreas por tierra, grúas, pilotos de reserva, galpones para almacenar los miles de litros de gasolina y cobertizos de vecinos o compinches para guardar las planeadoras. Las lanchas son como reclamos para las autoridades, y los clanes solían (y suelen) ocultarlas en talleres o naves, normalmente, a pie del río que desemboca en la ría, entre la maleza de la orilla, y a un rugido de motor de distancia de mar abierto. Los golpes policiales contra los lancheros no se incautaban de un solo gramo de cocaína, sino de motores, lanchas y gasolina.

Los clanes encargaban planeadoras de última generación a astilleros ingleses e italianos que fabricaban el equivalente a un coche de *rally* para el agua. Embarcaciones semirígidas, de unos 15 metros de eslora y entre 1500 y 2000 caballos, cada vez más ligeras gracias al uso de poliéster. Huecas por dentro para cargar hasta 20 000 litros de gasolina y 10 000 kilos de droga, y recubiertas de caucho por fuera para proteger la carga. Alcanzaban velocidades de más de 100 kilómetros por hora, con el añadido de que, al llevar cinco o seis motores, podían sostener esa velocidad durante mucho tiempo. «Arousa-Canarias, en 12 horas. Las cargaban hasta arriba de bidones de gasolina, metían comida y agua, y salían. En un día estaban de vuelta», resume el periodista Julio Fariñas. Y no es una exageración de cuñado en Nochevieja.

No todos los clanes podían adquirir sus propias planeadoras porque eran demasiado caras y difíciles de ocultar. En 1987 un Real Decreto había regulado el atraque y la potencia de estas embarcaciones, utilizadas entonces por los contrabandistas de tabaco. Solo algunos grupos poseían las lanchas, y el resto de clanes las contrataban para los transportes. «Los colombianos les daban una parte a los clanes gallegos y estos, a su vez, pagaban a los nacortransportistas para que sacaran las planeadoras y metieran los fardos».

Dentro de esta peculiar escalada tecnológica hay episodios asombrosos, como el intento de adquirir un submarino. En agosto de 2006 una operación conjunta de la Guardia Civil y la Policía localizó un batiscafo de 12 metros de eslora en la ría de Vigo. Estaba vacío y con los motores encendidos. Al parecer, dos o tres clanes de la ría se lo habían encargado a un astillero de Sevilla y estaban probando la posibilidad de meter cocaína con este método. No les debió gustar y lo abandonaron: por la escotilla no cabían los fardos de 30 kilos de cocaína.

En un mundo tan propenso a la leyenda, los lancheros se convirtieron en reyes, iconos populares sobre los que circulaban, y todavía circulan, historias como la que abre este capítulo. En torno al lanchero surgió una suerte de cultura *underground* de la que algunos adolescentes arousanos querían —y siguen queriendo— formar parte. Tras las descargas o persecuciones alardeaban de sus maniobras o tiempos (también entre ellos hay fantasmas, cómo no). En algunos segmentos sociales y ciertos círculos con más o menos tradición narcotraficante, los pilotos de planeadoras eran (y siguen siendo) héroes de piel gastada por el mar y la velocidad, con coches deportivos y gafas de sol caras. «Es que yo no sé si tienen mucho valor o son inconscientes», retoma el agente de la Guardia Civil. «Yo he visto cómo van bordeando la ola para que no los detecte el radar. Y eso es muy peligroso, porque es como surfear olas grandes con una planeadora. Puedes volcar. Y a mucha velocidad».

Los primos Feijóo, Ramón Prado (primo de «Sito Miñanco»), Ramón Fabeiro, José Vázquez Pereira «Nando», Gregorio García «Yoyo», Juan Carlos Fernández «o Parido», Baltasar Vilar «o Saro» y, sobre todo, Manuel Abal Feijóo, alias «Patoco», fueron —y algunos siguen siendo— varios de los narcotransportistas más destacados de esta época.

«Patoco» ya pilotaba planeadoras para «los Charlines» antes de la Operación Nécora. Entonces era todavía «Patoquiño»: fue el que le dijo al juez que había ido a Portugal en planeadora para hacerse una foto con su novia. Ya como «Patoco», terminaría imponiéndose sobre el resto y estableciendo un monopolio en las rías.

* * *

No hay paz sin guerra. Antes de que se instaurara el reinado de «Patoco», hubo roces entre los distintos grupos (numerosos, jóvenes e impulsivos) que pujaban por llenar el vacío de poder. La paz que siempre habían pretendido los clanes históricos —que no siempre lograron— se pulverizó en cuanto el negocio volvió a estar en marcha. Los ajustes de cuentas irrumpieron.

Ricardo Feijóo, su hermano Juan Carlos y el primo de ambos, José Ángel —todos de Cambados— fueron los primeros y desgraciados protagonistas de estos encarnizados ajustes de cuentas. Los tres encajaban en el perfil de chavales que creían haberse solucionado la vida con dos descargas. En los 90 trabajaron como recaderos ocasionales de los grandes clanes. Cuando decidieron organizarse por libre y sucumbieron a la fascinación de ser narcos, la tragedia les pidió cuentas.

Juan Carlos desapareció a finales de 2004. Salió con la planeadora de cinco motores de 300 caballos que el clan guardaba en Catoria, en la desembocadura del río Umia. El destino era el sur de las Islas Canarias, donde tenía que recoger un alijo colombiano. Algo sucedió en aquel trayecto. Juan Carlos y su acompañante, otro joven de Cambados, no regresaron esa noche ni al día siguiente. Sus cuerpos los encontró un ferry que une Tenerife y Gran Canaria tres meses después. Iban con neopreno puesto y llevaban la documentación encima.

Un final parecido encontraron Ricardo y José Ángel. En el año 2005 aceptaron realizar una descarga para el narco José Manuel González Lacunza, que operaba desde el País Vasco. Los detalles nunca trascendieron, pero al parecer los primos Feijóo se quedaron con una parte del alijo que no les correspondía. «En realidad —toma la palabra una periodista gallega— las jugarretas entre lancheros eran constantes. Si ya en la época de los históricos se traicionaban todo el tiempo, lo de los nuevos clanes era increíble. Se robaban unos a otros constantemente». Cuenta esta periodista la anécdota de un jefe de uno de los clanes que, tras perder a un compañero, llamó hasta a cuatro socios para que le pagasen otras tantas coronas en señal de respeto. «Compró una y se guardó el resto del dinero».

En el caso de los primos Feijóo, lo que se quedaron fue una parte de la cocaína. Algo que gustó poco a Lacunza. Tras varios avisos, el traficante se acercó a Catoira y, aprovechando que los primos estaban de viaje, prendió fuego a la nave donde guardaban la planeadora. La pirómana decisión —por otra parte, un clásico entre lancheros enfadados— supuso un duro varapalo para la banda de narcotransportistas.

El incendio era solo la primera parte del plan. Lacunza estaba en Arousa con Patrice Louise Pierre, un alemán criado en Hendaya que mataba por encargo. Cuando los Feijóo regresaron urgentemente a Arousa, Lacunza fue a por ellos. Los secuestró —en el caso de Ricardo llegó a entrar en su casa con su mujer y su hijo de diez años presentes— y se los llevó en el maletero de un coche. Detrás iba Patrice. Los metieron en un viejo molino de Serantellos, en Cambados, y el sicario les disparó un tiro en la cabeza a cada uno. Luego, Lacunza se acercó y les pegó otro. Por si acaso. Finalmente, quemaron los cuerpos. El crimen del molino, como se conoce este asesinato en Arousa, conmocionó a toda la región. Lacunza y Patrice fueron condenados a 40 años de prisión cada uno. El sicario murió en marzo de 2015 en la cárcel gaditana de Botafuego.

En mayo se repitió el trauma: Víctor González Silva, alias «Gorrión», y su socio, Santiago Mondragón Paz, ambos pequeños narcos arousanos, aparecieron muertos en una pista forestal de Silleda. La Policía hallaría días después en el garaje de «Gorrión» 1,5 millones de euros que, al parecer, había robado a otro clan. Unos sicarios colombianos fueron los encargados de castigar el hurto. También ese año, 2005, fue el último de Ramón Outeda: unos sicarios colombianos lo mataron a tiros en la puerta de su casa de Cambados.

También de Cambados era Javier González, al parecer, miembro o colaborador del clan que se llevó por delante a los primos Feijóo. Desapareció en Marruecos en el año 2008 y la Policía no tiene ninguna esperanza de encontrarlo con vida.

* * *

Manuel Abal Feijóo, «Patoco», nació en Cambados y comenzó a pilotar lanchas rápidas cuando tenía ocho años. Trabajó con «los Charlines» y salió absuelto de la Operación Nécora siendo un chaval. Fue en aquellos años cuando se moldeó su mito, con maniobras imposibles y persecuciones de película como la que abre este capítulo. El asunto se tornó en leyenda cuando el 18 de julio de 1996 dos planeadoras se embistieron entre la niebla de la ría y mataron a tres de los cuatro tripulantes. El único superviviente fue «Patoco». En aquel violento choque falleció Manuel Durán Somoza, alias «Kubala», considerado el mejor piloto en aquellos años y maestro de «Patoquiño».

Con la caída de los grandes clanes, «Patoco» empezó a tejer su propia flota de planeadoras, que culminó en 2008 con el encargo a un astillero de Milán de la máquina más potente de Arousa, una planeadora negra conocida como «Patoca» que batió todos los récords: siete motores de arranque independiente, 2100 caballos y 126 kilómetros por hora de velocidad punta. La favorita de entre una flota que llegó a contar con 12 lanchas. «Patoco» pagó por ella casi 100 000 euros. Cuentan que su intermediario, un empresario balear, le enviaba fotos del proceso de construcción. Ya en Galicia, «Patoco» consiguió que un taller le instalase los siete motores (por los que pagó 700 000 euros) y los aparatos de navegación. La Policía interceptó una conversación entre los mecánicos que la periodista Elisa Lois reprodujo en una crónica para *El País:* «Vinieron los mafiosos de ayer y compraron los motores. Están tanteando. Hoy vienen y compran. Traen una bolsa con diez millones de pesetas, y a contar billetes».

«"Patoco" era un personaje digno de conocer», cuenta Enrique León, antiguo jefe de la UDYCO en Galicia. «De chaval dijo: "Voy a ser el dueño del transporte". Conocía muy bien el oficio y era muy ambicioso». Otro agente de Policía coincide: «La planeadora que mandó construir fue reírse de la Policía y de la Guardia Civil. Un monstruo. La lancha más increíble que se vio nunca en Galicia».

La organización guardaba su joya en una granja de cerdos. Desde fuera, la explotación ganadera —situada en la desembocadura del Umia— no llamaba la atención. Si se observaba con un poco de desconfianza, se veían decenas de cámaras de seguridad, puertas blindadas y otras medidas algo excesivas para proteger cerdos. La ubicación de esta granja fue un secreto que alcanzó cotas de misticismo. Los miembros de la banda accedían a ella solo después de dar cinco vueltas a cada rotonda, parar varias veces en los arcenes y caminos o circular a 20 kilómetros por hora. Cuentan que los trabajadores de la granja eran llevados y recogidos de sus puestos por los hombres de «Patoco», que los trasladaban en coche con los ojos vendados.

Alrededor de las planeadoras orbitaba todo un entramado de talleres, almacenes, grúas, camiones, remolques, gasolineras, mecánicos y almacenistas que trabajaban para él. El lugarteniente de «Patoco» era José Ángel Vázquez Agra, sobrino del patriarca de «os Piturros». Sus dos socios más cercanos eran Baltasar Vilar Durán, alias «o Saro» y Gregorio García Tuñón, alias «Yoyo», este último cuñado de «Patoco». Cada uno dirigía una sección de la organización con una jerarquía y una estructura muy claras, como las de los viejos clanes. «O Saro» coordinaba el movimiento de una parte de las planeadoras y tenía como hombres de confianza a Benito Abal, hermano de «Patoco», y a José Vázquez Pereira «Nando», mientras que «Yoyo» se apoyaba en sus primos, los hermanos Rogelio y Juan Manuel Fabeiro: los tres formaban el clan de «os Conexos» y manejaban la otra parte de la flota. Esta distinción interna entre los hombres de «o Saro» y «os Conexos» es importante, ya que terminarán disputándose la herencia de la flota tras la muerte de «Patoco».

Tal despliegue convirtió la alternativa de «Patoco» en una dictadura. Aquel año la organización de Cambados se erigió como monopolio entre los lancheros, y su poderío terminó con rifirrafes y crímenes entre clanes como los descritos antes. Mandaba él, y casi todos los pilotos trabajaban para él. La organización prestaba servicios a los clanes que lo solicitasen y cobraba unos 100 000 euros por descarga. Hubo hasta algún encargo directo de los colombianos. El SVA llegó a detectar planeadoras de «Patoco» en mitad del Océano Atlántico, donde podían llegar en 20 horas. «Es que eran bichos», dice un agente de la Guardia Civil. «Y planear eso en mar abierto aún vale, pero en la ría… Ahí esquivan bateas y rocas a toda velocidad. Y encima intentan salir de noche o cuando hay niebla. Muy peligroso. Ellos, como llevan pilotando desde niños, pues se lo conocen de memoria».

El 19 de agosto de 2008, «Nando» y «Patoco» partieron en planeadora para recoger un cargamento en el Atlántico, pero en el lugar de la cita no había nadie. Al regresar a su escondite fueron sorprendidos por una patrulla de la Guardia Civil. Los agentes se limitaron a precintar la planeadora y se fueron del lugar sin dejar ninguna vigilancia, lo que permitió a los narcos cambiar la embarcación de lugar. Esta acción de la Guardia Civil provocó el enojo de la Policía Nacional, que llevaba un año vigilando el escondite de la banda y ahora tenía que empezar otra vez de cero. Nunca pudieron detener a «Patoco», que una semana más tarde se mató en un accidente de tráfico. Su moto arrolló a un anciano que estaba cruzando mal, y ambos se dejaron la vida en el choque.

La muerte del líder abrió un vacío por la sucesión. De un lado, «os Conexos», su familia política; del otro, «o Saro»[42], su hombre de confianza.

El enfrentamiento entre ambas facciones fue el principio del fin. Facilitó la detención de todos y desintegró poco a poco el imperio que había edificado «Patoco». Las malas artes empezaron a dejarse ver. En febrero de 2009 el SVA encontró una planeadora abandonada en Muros. Tenía cinco motores de 300 caballos, y las hélices estaban recubiertas por una placa metálica para dar estabilidad a la embarcación, señales inequívocas de que pertenecía a la banda del fallecido «Patoco». Dos meses después, el 15 de abril, otra planeadora aparecía ardiendo en la playa de Raeiros, en O Grove. Se la encontró un mariscador a primera hora de la mañana y

[42] «O Saro» se alió enseguida con Juan Carlos Fernández Cores, alias «o Parido», sobrino del histórico Narciso Fernández Hermida, también apodado «o Parido» y que fue juzgado en la Operación Nécora. Basta con leer la sentencia de la Operación Nécora, tirar del hilo y ver que casi todos los nuevos clanes que conformaron el relevo vienen directa o indirectamente de aquellos capos. «O Parido» era el líder de otra banda de lancheros a la sombra de la organización de «Patoco».

avisó a la Guardia Civil. Estos dos abandonos fueron, probablemente, ajustes de cuentas entre «os Conexos» y la banda de «o Saro» y «o Parido». Estas rencillas eran inútiles. En vez de pelearse entre ellos, deberían haber estado más atentos al frente judicial que se les venía encima: había comenzado la Operación Tabaiba.

OPERACIÓN TABAIBA

La Operación Tabaiba no desmerece a la Nécora en importancia. Gracias a ella se desmanteló la red de lancheros que estaba inundando Galicia de cocaína. La filosofía de esta nueva operación fue distinta a la llevada a cabo por Garzón: si el juez trató en 1990 de sorprender en una macroredada a todos los capos, la Tabaiba vigiló pacientemente todo el entorno para atacar y desmantelar después cada flanco del entramado mafioso. Fue una estrategia que comenzó José Antonio Vázquez Taín y completó la jueza de Cambados Irene Roura. Detuvieron a mecánicos, trabajadores de astilleros, gasolineros, conductores, vecinos que prestaban sus garajes y cualquier otra persona o influencia que, en mayor o menor medida, apoyase a la organización. Atrás quedaron los años en los que vender un motor sin preguntar bastaba para no ir a juicio. Atrás quedó el hacer y mirar para otro lado. Todos los que estuvieron en contacto con la organización de «Patoco» cayeron. En total, tras dos fases de detenciones, acabaron procesadas 26 personas.

La Tabaiba se pudo llevar a cabo con tanta precisión porque —entre otras cosas— dos años antes, en 2007, se había creado una unidad especial contra las mafias, el crimen organizado y el narcotráfico: el Grupo de Respuesta Especial para el Crimen Organizado (GRECO) de la Policía Nacional, que se convertirá en un enemigo terrible para los clanes gallegos.

«O Saro» y «o Parido» cayeron en enero de 2009, en la primera fase de la operación. Se dirigían junto a Andrés García Gesto, del clan de «os Lulús», a Muxía, donde pretendían descargar 3600 kilos de cocaína. Pero fueron interceptados y tuvieron que deshacerse de los fardos y abandonar la planeadora. Días después fueron detenidos y puestos en libertad a la espera de juicio. Gregorio García «Yoyo», del clan de «os Conexos», aprovechó la coyuntura para tomar las riendas del imperio «Patoco» con ayuda de sus primos, los hermanos Fabeiro. Entre enero y febrero llevaron a cabo dos operaciones en las que movieron ocho toneladas de cocaína. Pero el 12 de febrero ocurrió algo extraño: «Yoyo» perdió la «Patoca». La planeadora, lacónica y enorme como el cadáver de un elefante, apareció varada a primera hora de la mañana, mecida por las olas en la playa de Area Fofa, en Nigrán. Uno de los motores estaba roto. La lancha llevaba casi 20 000 litros de gasolina dentro, además de colchones y una enorme cantidad de agua y alimentos. Es decir, estaba preparada para una salida larga a alta mar. ¿Por qué abandonaron la «Patoca»? ¿Un nuevo ajuste de cuentas? Sería demasiado autodestructivo. Es probable que la lanzadera sufriera algún percance antes de salir o que el piloto se viese superado por el tamaño y la potencia de la embarcación. El símbolo de la organización terminó remolcado por una grúa de la Guardia Civil, rodeado de un enjambre de agentes tomando huellas dactilares. La «Patoca» patrulla actualmente el Océano Índico con la Armada española escoltando a los pesqueros de los piratas somalíes.

Semanas después de aquel traumático incidente, cayeron «os Conexos» en la segunda fase de la Operación Tabaiba. «Es la primera vez —declaraba un policía nacional tras los arrestos— que se ha conseguido imputar delitos contra la salud pública a personas de diferentes actividades, que aportaban a los transportistas de estupefacientes medios y apoyos a sabiendas de su utilización en el tráfico de drogas». En total, 26 procesados, 12 lanchas rápidas incautadas, dos yates, dos pesqueros, decenas de motores fueraborda, grúas, tractores para remolcar las lanchas, tres camiones, dos todoterrenos y 180 000 euros en efectivo. Actualmente están todos en juicio, en un macroproceso que se está celebrando en la sede de la Audiencia Nacional de San Fernando de Henares, en Madrid. El fiscal pide para cada uno de ellos 23 años de prisión. En el recuerdo de todos, el protagonista que no está. El hombre que provocó todo: Manuel Abal Feijóo, alias «Patoco». El rey de la ría. El símbolo de los lancheros.

LAS ORGANIZACIONES

David Pérez Lago y el largo espectro de los Oubiña

La historia es más o menos como sigue: en 2005 Tania Varela y David Pérez Lago se enamoran. Bueno, tal vez no se enamoran, o al menos no se enamoran profundamente, pero empiezan a salir juntos. La aclaración viene a cuento de la fama de David Pérez, un *bon vivant* siempre acompañado de mujeres, casi nunca la misma. Ella es una abogada de Cambados. Él es hijastro de Laureano Oubiña, hijo de Esther Lago y nuevo cabecilla del clan Oubiña. Un año después, en 2006, la Policía detiene a ambos acusados de tráfico de drogas. El abogado madrileño Alfonso Díaz Moñux, que había representado años atrás a «Sito Miñanco» y al propio Laureano Oubiña, se encarga de su defensa y consigue que Tania salga el libertad. Fuera de la cárcel, clienta y abogado inician una relación sentimental. Tania se traslada a Madrid para trabajar en el bufete de Díaz Moñux. El abogado empieza a recibir amenazas que denuncia en varias ocasiones ante el juzgado de instrucción número 12 de Madrid y también ante la Brigada de Secuestros y Extorsiones de la Policía. Asegura que lo están siguiendo. El 18 de diciembre de 2008 dos sicarios le disparan dos veces en la cabeza cuando iba a coger el coche en su garaje del barrio madrileño de Chamartín. Tania está a su lado. Contempla la escena y sale ilesa. Los sicarios se van.

Arranca entonces el culebrón, con David Pérez en el papel de principal sospechoso. La primera teoría habla de una venganza personal del capo contra el abogado que le arrebató la novia. Parece improbable. Cuando Tania se fue a vivir con el abogado, David ya tenía nuevas acompañantes y —digamos— no estaba traumatizado. La segunda opción apunta a un ajuste de cuentas de sicarios colombianos debido a la pérdida de parte de un cargamento. La tercera teoría, la más factible, supone un giro de guion y aleja el argumento de las Rías Baixas. Cuando fue asesinado, Díaz Moñux estaba defendiendo también a Zakhar Kalashov, jefe de la mafia georgiana. Sea cual sea la verdad, Tania Varela huyó de la justicia en 2013, cuando estaba a punto de salir la sentencia por el juicio de su pertenencia al clan de David Pérez Lago. La abogada se esfumó y actualmente está en busca y captura. La Interpol sospecha que podría estar en Islandia, pero no se sabe nada de ella.

David Pérez Lago era «Davicito» cuando estudiaba en un colegio de pago en Santiago de Compostela. Ya se le recuerdan formas en su adolescencia y primeros años de juventud: cochazos, ostentación, fiestas y chicas. El hijo de papá-narco arousano de manual. Con un añadido: David tenía —tiene— cabeza. Sobre todo, para los narconegocios. Que las autoridades sepan, el estreno del chaval tuvo lugar en 1999, cuando ayudó a su madre, Esther Lago, y a su padrastro, Laureano, a transportar 12 toneladas de hachís en el Regina

Maris. Fue aquella descarga la que provocó la huida de Oubiña a Grecia y su posterior y definitiva encarcelación. Cuando a don Laureano lo detuvieron en la isla de Eubea estaba acompañado de David, que con apenas 21 años ya se había convertido en su mano derecha. Cuando al año siguiente, en 2001, su madre falleció en el accidente de tráfico, David tomó definitivamente el control de la organización. Y lo hizo, según los investigadores, con notable maestría.

El hijastro de Oubiña consiguió reestructurar en cierto modo el imperio de su padre, y se convirtió en el joven capo del narcotráfico gallego. Vivía entre las Rías Baixas y Madrid, coleccionaba coches de lujo, tenía tres mansiones (una en Vilagarcía, otra en Marín y una tercera en Las Rozas) y una amplia red de empresas. Era, además, un habitual en fiestas y discotecas de la *jet set* madrileña.

Se le acabó el chollo en abril de 2006, cuando cayó con la Operación Roble. Lo pillaron llevando a cabo una descarga de 2000 kilos de cocaína en Corme[43], en la Costa da Morte, territorio de «os Lulús», con quienes colaboraba habitualmente. Le sentenciaron a nueve años y en 2014 salió libre para enfrentarse a continuación a otro juicio por blanqueo de dinero. En febrero de 2015 llegó a un acuerdo con la Fiscalía y aceptó una condena de tres años que cumple en la actualidad. Para muchos agentes la historia de David no ha

[43] Se cuenta en la Costa da Morte que todavía queda un alijo escondido en algún zulo de la zona de aquella descarga. En el año 2009, José Manuel Vázquez, presidente de la asociación antidroga Vieiro, afirmó que «hay un alijo depositado en una aldea de la zona», y añadió que «en el fondo del mar hay también mucha droga fondeada». En el año 2012 un sicario colombiano tiroteó en Muxía a José Ramón Santos López «o Pichón», un narco socio de «os Lulús», y la Policía especuló con un ajuste de cuentas por el alijo escondido. En diciembre de 2014 el baleado fue Bernardino Ferrío, otro narco de Muxía. Se sospechó que de nuevo la cocaína perdida podía estar detrás del ataque, pero la Policía se inclinó finalmente por un intento de atraco por parte de una banda dedicada a robar a narcos.

hecho más que empezar. «Creemos que sigue en el negocio —afirma un mando de la Policía Nacional—. Es uno de los grandes capos de Galicia. Y cuando salga volverá a la actividad. Estamos convencidos».

Hay otra lectura que apunta a lo contrario. Entre los narcos gallegos está grabada a fuego la idea de que quien logra un acuerdo con la Fiscalía es porque ha regalado información a cambio. El pacto de David y su reducción de condena sitúan al hijastro de Oubiña como un colaborador de la justicia. La desconfianza de muchos clanes arousanos hacia David, después de comprobar que solo cumplirá tres años, es enorme.

«Os Mulos» esquivando la muerte

El clan más fuerte de esta época fue el de «os Mulos», llamados así por el apodo de su líder, Rafael Bugallo «o Mulo», un cambadés de 1,80 aficionado al culturismo.

«O Mulo» comenzó transportando tabaco para «los Charlines». Después dio el salto y logró la máxima aspiración de cualquier lanchero de Arousa: convertirse en piloto de la banda de «Sito Miñanco». Participó en varias operaciones y vio a la muerte saludando en al menos dos ocasiones. El 5 de octubre de 1992 notó una pistola en las costillas mientras hablaba por teléfono en una cabina. Era «Tucho» Ferreiro reclamando una deuda. El pistolero lo condujo a un cementerio y le obligó a cavar su propia tumba. Cuando ya estaba dentro, «o Mulo» pegó un saltó, le mordió la mano y salió corriendo entre balazos. Cosas de las Rías Baixas. Un año más tarde, «Tucho» lo intentó de nuevo. Fue aquella noche de 1993 en la que, después de volarle la cabeza a Danielito Carballo en el pub Museo de Vilagarcía y asesinar delante de su hija a Juan José Agra, «Tucho» se dirigió al pub donde solía parar «o Mulo»[44].

Gracias a sus buenos contactos «O Mulo» logró cerrar en 2001 un acuerdo directo con Carlos Castaño, líder de las Autodefensas Unidas de Colombia (AUC), grupo paramilitar colombiano actualmente denominado Los Urabeños. La DEA se incautó del pesquero Paul, con 2000 kilos de cocaína, en el Caribe, y el juez Taín ordenó la detención de «o Mulo», que coordinaba la operación desde tierra. Tirando del hilo de esta investigación, el mismísimo fiscal antidroga de Estados Unidos, Daniel J. Cassidy, viajó a Vilagarcía de Arousa en busca de conexiones entre paramilitares colombianos y clanes gallegos. Cassidy no viajó solo, le acompañaron agentes de la DEA, que estuvieron patrullando Arousa entre bateas y playas. Tal vez la operación le había quedado demasiado grande a «o Mulo».

Un periodista que prefiere mantenerse en el anonimato señala algo llamativo sobre aquel acuerdo: «"O Mulo" trabajaba para alguien de más arriba cuando se llegó a ese pacto. Es imposible que él negociase directamente con los paramilitares». ¿Pero quién? «Un gran capo gallego del que nada se sabe, o, mejor dicho, del que nada se puede decir». Recogeremos esta suculenta insinuación más adelante.

Lo que queda fuera de duda es que «o Mulo» logró consolidar la organización más fuerte de Galicia entre todas las que formaban el relevo. Perseguido por el juez Taín, Bugallo se fugó a Portugal, desde donde dirigió al menos dos descargas más. En 2006 casi lo detienen cuando cruzó unas horas a Tui, localidad gallega en la frontera. Se vio rodeado y embistió a un coche de la Policía antes de escabullirse. En agosto

[44] Ver el capítulo «Narcoviolencia».

de 2008, cuando regresaba de recoger 2000 kilos de cocaína frente a las costas de Cabo Verde, fue detectado por la SVA. «O Mulo» puso los motores a pleno rendimiento con una patrullera detrás y un helicóptero de la Policía Nacional encima. Mientras rompían el mar, iban soltando fardos (que llegaron a los arenales a la semana siguiente). Cuando alcanzaron la playa de A Lanzada, en Arousa, vararon la planeadora, le prendieron fuego y subieron a unos todoterrenos que les estaban esperando para perderse en el monte. Los turistas de A Lanzada —sombrilla y nevera portátil— se encontraron al día siguiente la espectacular lancha semicalcinada sobre la arena: 19 metros de eslora, tres de manga y seis motores de 220 caballos cada uno. Dentro, a falta de fardos, había 1000 litros de combustible. Una semana después, la Guardia Civil arrestó a «o Mulo» y a su copiloto (y primo de «Sito Miñanco»), Fernando Prado.

En 2012, mientras estaba en libertad condicional, «o Mulo» volvió a escena. O lo intentó. El plan consistía en alijar 1700 kilos de cocaína a bordo del pesquero Ratonero, dedicado en teoría a la pesca de caballa en el Cantábrico. Pero la operación fracasó, casi todos los miembros del clan fueron detenidos y se emitió una orden de busca y captura contra «o Mulo», que estuvo fugado dos años. Lo increíble es que, durante ese tiempo, Bugallo permaneció escondido en su casa-mansión de Cambados, dotada de todos los servicios que un narco necesita: zulos, pasadizos, piscina olímpica, aparcamiento para 12 coches y cámaras de seguridad en todas las habitaciones. Un constructor exigente, «o Mulo»: diez años antes el capo había derribado el chalé que acababa de construir porque no había quedado a su gusto.

Desde la mansión intentó dirigir su último golpe en enero de 2015: quiso introducir 49 fardos de cocaína colombiana a bordo del pesquero Coral I, de bandera venezolana. Pero el 17 de enero los GRECO asaltaron la casa y lo encontraron agazapado en uno de sus zulos.

«Yo siempre voy a intentar escaparme. Siempre...», cuentan que les dijo a los agentes.

Al día siguiente de su detención, un periodista le preguntó a un vecino su opinión sobre el capo. «Rafael es buena persona, hombre. No ha hecho nada malo», comentó el hombre.

«O Mulo», «que no ha hecho nada malo», está en prisión a la espera de cumplir todas las sentencias acumuladas en los últimos años.

«Os Piturros», la familia es lo primero

En la biografía de «os Piturros» asoma un paralelismo con «los Charlines»: un grupo con lazos familiares en el que, de padres a hijos y de tíos a sobrinos, casi todos participaron, directa o indirectamente, en el narcotráfico. El patriarca, que ya ha cumplido los 70 años, es José Manuel Vázquez Vázquez, y ya lo conocemos: trabajaba con el narcoabogado Pablo Vioque y lo traicionó ante Garzón porque le debían dinero de una descarga. También hemos hablado ya de su hijo: Juan Carlos Vázquez García, a quien, con 20 años, trincó Taín en la descarga del Playa de Arbeyal. Y, por último, José Ángel Vázquez Agra, lugarteniente de «Patoco».

De esta marea familiar —todos de Vilanova— despunta Manuel Díaz Vázquez, sobrino del patriarca, que en 2012 fue condenado a 11 años de cárcel por participar en el intento de descarga de 2200 kilos de cocaína.

El clan casi al completo está siendo actualmente investigado por la Operación Cisne. La Agencia Tributaria les acusa de blanquear cuatro millones de euros supuestamente procedentes del narcotráfico. Con ese dinero, el clan habría montado negocios, como un centro comercial en Vilagarcía, varias tiendas de ropa de lujo y una empresa de pesca de altura. La mayoría de sus bienes están embargados y las cuentas bloqueadas. Aunque en Vilanova todos saben cuáles son los negocios hosteleros y comerciales de «os Piturros» y cualquiera puede comprobar que siguen funcionando con normalidad.

«Os Panarros», que odian a «os Piturros»

La historia que contamos a continuación es un laberinto digno de un *thriller* mafioso. No se suelten en ningún momento del hilo si quieren salir vivos de esta ensaladilla de nombres:

El 19 de febrero de 2001 «Manolo el Catalán» y Joaquín Agra «o Panarro» organizaron la descarga de cocaína que traía el pesquero Abrente. Los detuvieron, pero fueron absueltos.

Aquella absolución mosqueó a «os Piturros», porque estaban convencidos de que Joaquín Agra había obtenido la libertad a cambio de delatarles a ellos por otro alijo. Esta supuesta traición *made in* Arousa fue la campanada de inicio de una rivalidad antológica entre ambos clanes. El mejor asalto tuvo lugar en el juicio contra los dos grupos oficiado en 2009.

El patriarca de «os Piturros», José Manuel Vázquez, y el hermano del líder de «os Panarros», José Agra, estaban sentados en el banquillo acusados de transportar 3000 kilos de cocaína a bordo del pesquero Pietertje (abordado por los GEO cuando navegaba frente a Cádiz). En su declaración, Vázquez (que arrastraba el sambenito de soplón desde que traicionó a Vioque ante Garzón) aseguró que el cabecilla de la operación era Joaquín Agra (hermano de José), el mismo que le había delatado a él en el juicio por la descarga del Abrente y que, en este juicio, no estaba ni procesado.

El inesperado giro en su declaración enfadó a «os Panarros», que devolvieron el golpe bajo. Cuando le tocó declarar a José Agra, aseguró que él no tenía nada que ver con este caso, porque su familia no hacía negocios con Manuel Vázquez, a quien acusó de ser «un confidente».

Explicó a continuación que fueron «os Piturros» quienes lo invitaron a cenar a su casa de Vilanova en 2006, y que fue la mujer de «o Piturro» quien le propuso participar en la descarga. Su misión, dijo, sería pilotar la planeadora que iría al encuentro del Pietertje. José Agra declinó el ofrecimiento asegurando que estaba enfermo de corazón. Más tarde, su hermano Joaquín[45] le advirtió: «No te metas con "o Piturro" que es un confidente de la Policía».

El combate acabó nulo: a «o Piturro» le cayeron 13 años y a José Agra «o Panarro», 11. Como buen clan arousano, el de «os Panarros» es un combate que todavía no ha finalizado.

«Os Romas», la vidente y las tetas en internet

La excepción que confirma la regla. O, mejor dicho, el ejemplo de otra regla no tan conocida. «Os Romas» eran un clan sin antecedentes policiales cuando, en octubre de 2007, cayó su líder, Ramiro Vázquez Roma. Supuso una sorpresa para muchos vecinos y una novedad para la Policía, que no lo tenía controlado. Era una excepción, porque no descendía

[45] El patriarca de «os Panarros», Joaquín Agra, escapó de la justicia en 2008. Lo encontraron agentes del GRECO dos años después saliendo de una cafetería de Pontevedra. Llevaba barba, gorra y gafas de sol, y había engordado. Le cayeron 20 años. La Policía vigila de cerca al resto de hijos, uno de los cuales, Jorge Agra, fue asesinado en 2004 en Paraguay, después de —al parecer— haberse fugado con el dinero de la familia.

de históricos ni estaba relacionado con el narcotráfico de los 90; era un ejemplo de otra regla distinta, porque supone una prueba más de que, a la sombra de todos los grandes nombres y familias del narcotráfico gallego, es probable que vivan otros tantos clanes a los que nunca se les ha echado el guante.

Vázquez Roma era un marinero de Cambados que prosperó en el negocio de las embarcaciones de recreo y hasta montó su propio astillero, primero, en Cambados, y más tarde, en Viana do Castelo, en Portugal.

Con desmedida habilidad logró montar un imperio que, entre otras cosas, incluía un hotel en Ribadumia, diez inmuebles, 20 fincas rústicas, viñedos, cinco barcos y participaciones en astilleros de Vigo y Portugal. De todo este entramado vivía gran parte de su familia, lo que convertía a «os Romas» en otro clan al uso. En su astillero portugués el capo se estaba construyendo una planeadora de 25 metros de eslora (más grande que la «Patoca») que, como se descubrió en la investigación, tenía como comprador a un grupo de traficantes marroquíes a los que normalmente el empresario vendía lanchas.

Según se recoge en la investigación que todavía está en marcha, el clan metía en tierra la cocaína de los hermanos Saín Salazar (uno de esos grupos colombianos herederos de los antiguos carteles).

«Lo de Roma es el ejemplo del típico empresario de las Rías Baixas que tiene la oportunidad de probar una descarga y le sale bien —comenta un mando de la Policía Nacional—. Suponemos que ha habido muchos casos así. Dan un pelotazo y siguen con sus negocios legales. Pero a algunos les puede la codicia y siguen al tema. Fue el caso de este hombre».Según la Fiscalía, Vázquez Roma intentó en el año 2007 introducir 4000 kilos de cocaína por O Morrazo. En 2013, pendiente de juicio y superada la estancia provisional máxima en prisión, Roma volvió a dirigir una operación. Esta vez el encargo era de un capo venezolano llamado José Gregorio, y Roma se alió para esta descarga con históricos del contrabando gallego como Francisco Javier Suárez Suárez, un clásico de los 90. Según ha revelado la investigación, y a falta de que se dicte sentencia, el clan organizó el alijo de 3400 kilos de cocaína que traía el maltrecho pesquero senegalés Rippide. Debía encontrarse con el velero Pisapo el 26 de mayo de 2013, pero algo falló en el barco y no pudo emprender la marcha. Fue esos días cuando, presa del pánico, uno de los participantes de segunda línea de la operación, el narco Manuel Rodríguez Camesella, llamó hasta una veintena de veces a una adivina para preguntarle si la descarga saldría bien. La pitonisa le dijo en todas las llamadas que la cosa marchaba fantásticamente. Un fiasco de vidente: el pesquero Rippide empezó a girar sobre sí mismo mientras esperaba al velero y la extraña maniobra permitió al Ejército localizarlo y asaltarlo. Entre el rumor y la información se cuenta que, en realidad, los investigadores localizaron el Rippide porque uno de sus tripulantes, indonesio, se metió en una web porno y desató un troyano en el ordenador que destapó contraseñas y programas que facilitaron las coordenadas de su ubicación. Aquella operación, bautizada como «Albatros», se conoce en Arousa como «las tetas de los 100 millones de euros», el precio aproximado de la cocaína que llevaban a bordo.

«Los Charlines» nunca mueren

El clan a la siciliana se dio el relevo a sí mismo. En 2006 la Operación Destello desmanteló de nuevo el entramado Charlín. Algunos en Galicia —exceso de confianza— daban a «los Charlines» por acabados. Error. En agosto de aquel año el sobrino del patriarca, José Benito Charlín Paz (hijo de José Benito —esto parece *Cien años de soledad*—, el capo hermano de «el Viejo» que murió de un infarto en 2007, después de haber intentado meter cuatro toneladas de hachís en la cisterna de un camión lleno de aceite que un perro detectó en Algeciras), el sobrino del patriarca, decíamos, encabezó una operación en la que participaron otros clanes de la ría y que pretendía meter 5000 kilos de cocaína a bordo del yate de lujo Zenith. Cuando en agosto de 2006 el yate regresaba a A Coruña cargado hasta los topes, fue interceptado por el SVA. Otra vez fardos al agua y otra vez, dos meses después, los gallegos viendo cocaína entre las olas. Perder aquella mercancía no gustó nada a Jorge Isaac Vélez, representante del antiguo cartel de Cali y afincado en Madrid. Lo volvieron a intentar en diciembre y volvieron a fracasar. Este segundo y fallido conato terminó con una redada que la Policía calificó, con su habitual austeridad, como «la más importante en Galicia en lo que va de siglo». Además del capo colombiano y de José Benito, cayeron otros nombres asociados a clanes históricos, como el de José Luis Oubiña Ozores, primo de Laureano, y Daniel Baúlo (este último fue absuelto), hijo de Manuel Baúlo, del clan de «os Caneos». Llama la atención ver a «os Caneos» y «los Charlines» otra vez juntos, teniendo en cuenta que Manuel Baúlo había sido asesinado en su casa por sicarios colombianos supuestamente contratados por «los Charlines».

La nueva remesa de «Charlines» también cuenta con su particular y sonado caso de ajuste de cuentas. Se trata de la desaparición en 2004 —todavía sin aclarar— de Fernando Caldas.

Caldas trabajaba para «los Charlines», como narco y como empleado de una tienda de teléfonos móviles propiedad del clan. «Empezó a hacer algunos recados y, como le pagaban muy bien, se metió de lleno», cuenta su amiga Nerea. «El problema de Caldas es que cada vez que le pagaban, se enteraba todo el mundo. Tenía un cochazo tuneado, con pantalla de DVD dentro y tapicería blanca», explica Abel, también amigo de Caldas. «Un día vino a mi tienda y me preguntó si teníamos básculas de precisión y máquinas de contar billetes. Yo le dije que me quedaba una. Se la llevó y volvió al día siguiente: "Consígueme diez más", me dijo».

El jefe del clan era entonces Jorge Durán Piñeiro, la pareja de Rosa María Charlín, sobrina del patriarca. Durán Piñeiro fue condenado a nueve años por narcotráfico en 2005, y actualmente está pendiente de una nueva sentencia. A Piñeiro no le gustaba la ostentación de Caldas y le dio un toque de atención. Pero el chaval seguía a lo suyo. El 16 de julio no apareció a cenar en casa de sus padres. No respondía al móvil tampoco. «Le empezamos a llamar, al principio daba tonos, pero luego, siempre apagado», recuerda Nerea. «Yo ya me imaginé lo peor, porque con esta gente…». Lo peor es que Fernando no apareció. Y sigue sin hacerlo. Según las investigaciones, «los Charlines» lo habrían eliminado en 2004 para que dejara de chirriar después de cada alijo. La rumorología de Arousa dice que el cuerpo está bajo un pilar del puente de Milladoiro, que aquel año estaba construyéndose en la AP-9, a la altura de Santiago de Compostela. La única certeza es que Caldas nunca regresó y que, en la ría, todos saben que está muerto.

Los de Barbanza, los desaparecidos

José Antonio Pouso Rivas, alias «Pelopincho» (quien por cierto no lucía el pelo de punta, sino más bien lacio; los caminos de los apodos son inescrutables), tenía seis hijos de cinco mujeres distintas, todas ellas brasileñas. Todas eran sus testaferros y todas bautizaron con su nombre las cafeterías que el narco poseía.

Además de un galán, «Pelopincho» era uno de los narcos más conocidos de Barbanza, la comarca situada en la cara norte de la ría de Arousa. Trabajaba con traficantes marroquíes y se dedicaba, sobre todo, al hachís. Hasta que algo salió mal. A estas alturas, ya se habrá dado cuenta el lector de que en el mundo del narco, antes o después, siempre sale algo mal. Cuando eso sucede, unos van a la cárcel y otros, simplemente, desaparecen. Es lo que les ocurrió a Bernardo Amil Villaverde, un narco de Pontevedra, y a «Pelopincho» en 2010, cuando un cargamento de 4000 kilos de hachis se hundió (supuestamente) a la altura de Lisboa. El grupo marroquí, socio de aquella operación, pareció tomarse ese incidente con incredulidad.

«Algo grave tuvo que pasarle, porque tenía por costumbre despedirse de mí y llevar equipaje», declaró a la Policía su mujer de entonces, una joven brasileña llamada Taisa da Silva. Los investigadores siguieron la pista hasta Marruecos, Portugal y Brasil. Pero nunca encontraron un rastro consistente que seguir. Hay dos posibilidades: ajuste de cuentas o huida de la ley, ya que «Pelopincho» se enfrentaba esos días a un juicio por blanqueo. En diciembre de 2014 se cerró el caso, aunque cada mes amaga con presentarse una nueva pista que lo reabra.

Hay una especie de maldición sobre los narcos de Barbanza. Eso o una querencia a desaparecer. La lista no es corta. La encabeza un histórico, también de Ribeira, Manuel González Crujeiras «o Carallán». Ya lo conocemos: fue el que en 1991 llevó a cabo la operación que un guardia civil le encargó a un alcalde. La del realismo mágico. Casi todo en la vida de «o Carallán» fue así, difícil de creer. Los vecinos de Ribeira lo recuerdan sentado en cualquiera de las terrazas del pueblo discutiendo sin disimulo sobre la ética del oficio de narcotraficante. Él lo era y no lo disimulaba. Cuando terminaba la discusión, se levantaba y pagaba la bebida de todos los presentes. Siempre llevaba un fajo de billetes encima.

La nómina de descargas de «o Carallán» es extensa. La que peor le salió fue la del Meniat, en 2002, un pesquero que llevaba 1800 kilos de cocaína y que fue interceptado en la Operación Candil. «O Carallán» fue condenado a 13 años y, en el primer permiso penitenciario que tuvo, no miró atrás. Desapareció y se fugó, según los investigadores, a Colombia. Aunque algún vecino asegura que se le veía de vez en cuando por Ribeira. Tenía práctica «o Carallán»: entre 1994 y 1997 también estuvo huido, y acabó entregándose a la Policía. No terminó tan bien la segunda espantada. «O Carallán» murió en marzo de 2014 en un hospital colombiano, víctima, dicen, de los abusos de la *fariña*.

Tres meses antes, en enero, la Policía había encontrado a Guillermo Falcón Fontán, alias «Mito», otro narco de Ribeira. Llevaba siete años desparecido, después de que lo pillaran en la Operación Tejo: 5000 kilos de cocaína que tenían que haber llegado a Arousa y no pasaron de Azores. Lo increíble es que a «Mito» lo agarró la Policía en su pueblo natal, Ribeira, donde, al parecer, había estado durante toda su huida. Eso sí, cuando lo trincaron, «Mito» llevaba una peluca y una gorra.

José Antonio Creo, aquel hombre al que un confidente de la Guardia Civil vio en una descarga junto a Marcial Dorado, es otro en el inventario de ausentes. Salió un día de casa para comparecer en un juicio y hasta hoy. Otro desaparecido es José Carlos Pombar; la Policía cree que está en Gambia, dedicado a la pesca artesanal y alejado del negocio. El más veterano de los volatilizados es Santiago Garabal Fraga, un histórico que lleva 20 años quién sabe dónde. De Luis Fernández Tobío, el último de los barbanzanos en desaparecer, hablaremos más adelante. Su historia, como testigo clave que desapareció justo antes de celebrarse el juicio contra el clan de «los Pasteleros», es digna de la mafia.

EL RASTRO DE LA *FARIÑA*

«¿Sabes lo de que antes se miraba para otro lado con los narcos? Ahora se mira para otro lado con el dinero de los narcos».

EL ETERNO RETORNO

No hace tanto, a la ría de Arousa viajaban comitivas de periodistas de toda Europa. Televisiones alemanas, periódicos franceses, revistas holandesas... Todos, a la caza de la operación más reciente; a la captura de la foto del último alijo con los fardos apilados de forma obsesiva compulsiva a pie de puerto. Los periódicos españoles disponían de enviados especiales y los medios gallegos tenían su obligatorio corresponsal en Vilagarcía. Hoy ya no hay periodistas dedicados —a tiempo completo— al narcotráfico en Galicia. Los propios medios gallegos han dejado de prestar atención al asunto. La traducción en el ideario colectivo es que ya no hay nada. Que el narcotráfico en Galicia es pasado. Y no.

«El mensaje que se envía desde las altas instancias al periodismo es que hay ocho o diez tíos haciendo cosas puntuales». Toma la palabra un agente de la Guardia Civil especializado en la lucha contra el narcotráfico. «Yo te digo que hay muchos más; hay clanes, y están organizados. Cada vez mejor y más fuertes. Pero a la prensa ya no le interesa. Igual estamos un año detrás de un capo y no conseguimos nada. El juez se cansa y nos cierra la investigación. Todo este desinterés general les ha beneficiado. Les está beneficiando a los malos».

La Operación Tabaiba, que acabó con los lancheros y debilitó a los clanes que habían dado el relevo, marcó un segundo parón en el narcotráfico gallego en el año 2010 (el primero había tenido lugar después de aquel trienio negro entre 2001 y 2003). Al igual que sucedió en 2003, los colombianos volvieron a buscar alternativas, sin demasiado éxito. «Probaron con África y con Andalucía, pero acabaron escarmentados», afirma un juez que prefiere no dar su nombre. «Hace dos años las FARC metieron 20 000 kilos de coca por África y les robaron un 20%. Eso no les pasa en Galicia. Por eso están regresando». Lo corrobora Félix García, jefe de UDYCO en Galicia: «Sí, están volviendo. Siempre que puedan van a intentar aliarse con los clanes gallegos. Son muchos años de entendimiento». ¿Y los andaluces? «Bueno, los andaluces son como son…», dice un agente de la Guardia Civil. «Yo he trabajado allí también, siguiendo a narcos andaluces, y no puedes comparar. Allí agarran el coche y les puedes seguir 80 kilómetros que ni se enteran. Aquí, si estás más de diez minutos siguiendo a un capo gallego, se mosquea. Los narcos gallegos son los mejores con mucha diferencia, y por eso los colombianos los quieren».

«Galicia sigue siendo una cantera enorme de narcos. De transportistas y pilotos de planeadoras. Cuando detienen a uno, enseguida aparecen un par de ellos dispuestos a sustituirlo», explica una periodista experta en narcotráfico gallego. Según datos de la Guardia Civil, el 80% de los barcos con más de 2000 kilos de cocaína que se apresaron desde el año 2000 hasta hoy dirigiéndose a Europa iban a Galicia. «¿Eso es poco? —pregunta retórica del agente de la Guardia Civil—. ¿Eso es que ya no hay nada aquí? Los últimos diez barcos con más de dos toneladas de cocaína que interceptamos venían a las Rías Baixas». Los datos son poco discutibles, y hablan de una Galicia que vuelve a ser puerto de llegada para los alijos grandes.

«Habrá etapas con más actividad y otras con menos —retoma la periodista—, pero en Galicia ha habido, hay y siempre habrá narcotráfico. Galicia sigue siendo una puerta de entrada de la cocaína, y lo seguirá siendo mientras el mundo no se ponga de acuerdo». Ese llamamiento internacional indica que Galicia es solo una pieza más de una cadena que da la vuelta al mundo y que traslada fardos desde Colombia y Asia a Estados Unidos y Europa, con decenas de países y organizaciones involucradas y con enormes intereses que se mezclan con la política. Pretender compartimentar el fenómeno en Galicia es como querer cambiar la rueda de un coche en marcha.

El proveedor sigue siendo Colombia. Los antiguos carteles han dado paso a grupos organizados cuyos líderes descienden de aquellas históricas organizaciones para las que trabajaban «Miñanco», Charlín y los demás. Tienen las bases en Venezuela y oficinas en España. Sus representantes coordinan las operaciones, se encargan de los pagos y aplican la ley cuando algún asunto chirría. «Estuvieron hace poco tres colombianos por A Guarda. Preguntando. Algo debió pasar con una descarga», cuenta Félix García. El tema del acento colombiano continúa vestido de mal presagio en las Rías Baixas.

No hay exclusividad. Aunque en menor medida que los carteles, la guerrilla de las FARC y los paramilitares también solicitan los servicios del narco gallego. Dese hace unos años los clanes disponen de otro sonoro proveedor. Se trata de la camorra napolitana. En una entrevista concedida en 2010 al periódico *Faro de Vigo*, Ricardo Toro, jefe del GRECO, afirmaba que la camorra y otros grupos criminales italianos utilizan a transportistas gallegos —en concreto, de las Rías Baixas— para introducir cocaína en España y otras zonas de Europa. «La camorra ya está conectada con los clanes gallegos, y de hecho la Fiscalía antimafia ya tiene abiertas investigaciones en esta línea». La alarma camorrista aulló en febrero de 2009, cuando los napolitanos intentaron introducir en la costa gallega cinco toneladas de cocaína en el pesquero Doña Fortuna. Aquella fallida descarga estaba coordinada por el capo José Manuel Vila Sieira «o Presidente». El fiscal antidroga de Pontevedra, Marcelo de Azcárraga, explicaba hace unos años que la relación entre los gallegos y la camorra no es directa, sino que los clanes de las Rías Baixas se erigen como los intermediarios entre italianos y colombianos. «La relación con la camorra surge cuando los italianos quieren importar cocaína. El idioma dificulta sus relaciones con los colombianos, y además son los gallegos quienes tienen los contactos. Por eso actúan como mediadores, y los clanes gallegos evitarán siempre la relación directa de los italianos con los sudamericanos para que dependan de ellos. Toda la cocaína que llega a la camorra lo hace a través de la red gallega».

La pregunta que casi cae por su propio peso es: ¿y los carteles mexicanos? Ahora mismo son los más poderosos del narcotráfico internacional, y sin embargo no hay noticias de que exporten a gran escala a Europa, y menos de que lo hagan a través de Galicia. «Sabemos que ofrecieron cosas y les dijeron que no. No sabemos bien por qué», es la respuesta de un mando de la Policía Nacional. El tema no parece muy claro, aunque en octubre de 2012 se filtraron algunas informaciones que hablaban de que detrás del alijo aprehendido en el buque Nikolay con destino a Galicia estaba el cartel de Sinaloa.

En aquella operación se detuvo a algunos colombianos que podrían estar aliados con el cartel mexicano. La DEA, según las mismas informaciones, advirtió al gobierno español de que el grupo de Sinaloa, dirigido por «el Chapo Guzmán», estaba planeando asentarse en Madrid. De momento son especulaciones. Eso o que las autoridades prefieren no pronunciarse.

Sí que aparecen en escena los grupos búlgaros. Cada vez tienen más fuerza y han puesto sus ojos en las rías gallegas. Trafican, sobre todo, con heroína, una sustancia en auge, muy barata y con un número creciente de consumidores. «Se la están ofreciendo a los gallegos para que la metan ellos en tierra. Son bandas muy peligrosas», explica Félix García. «A Pepe de Vimianzo lo tenemos con eso metido». Félix se refiere —casi sonriendo— a José Calvo Andrade, alias «Pepe de Vimianzo», un narco gallego condenado a nueve años en 2004 por intentar una descarga de 3000 kilos de cocaína. También Yolanda Charlín, como ya hemos visto, sobrina del patriarca de «los Charlines», fue detenida en 2013 y relacionada con una red de tráfico de heroína. «Pero donde tenemos que poner más ojo de aquí en adelante es en los nigerianos», completa. «Son el futuro».

Lo curioso es que, en este enésimo resurgir de las cenizas que están protagonizando los narcos gallegos, los clanes no han abandonado los métodos tradicionales. «Hoy en día la mayoría de droga entra en contenedores. También en veleros. Pero sigue habiendo barcos y planeadoras. Especialmente en Galicia», explica un agente de la Guardia Civil. La razón de que el viejo sistema de transporte a través de barcos se mantenga no tiene que ver con la nostalgia. Es económica. Reporta beneficios mayores porque se puede alijar más cantidad y distribuir más rápido. No solo eso: los transportistas gallegos —o cualquiera que use el método de descarga en el mar—

cobran más. Son empresas muy lucrativas, por lo que perviven y se multiplican. La rentabilidad bien vale un riesgo.

«Las cantidades más pequeñas se suelen colar por el sur de España, sobre todo, Andalucía», dice Félix García. «Preñan contenedores o usan veleros. Date cuenta de que se revisa el 5% de los contenedores que llegan a puerto. La probabilidad de colarlos es alta. Los gallegos no usan mucho este método. Son más del mar y de cantidades grandes». A día de hoy, según la Policía, hay diez planeadoras en las rías gallegas, pero salen menos al mar que en la época de «Patoco». «Están muy vigilados. Estamos muy encima». Casi cualquier movimiento es detectado o, como mínimo, registrado. Solo conseguir gasolina es una odisea para los clanes. Tienen que adquirirla de contrabando y llevarla hasta la planeadora. «Si de pronto nos entra que han comprado 600 litros de gasolina en Vilanova, saltamos: "Coño, ¿y esto?". No es como antes, que eran los reyes allí, que las gasolineras eran suyas. Ahora, cada paso que dan les estamos vigilando, y lo saben». El mando policial casi parece advertirles.

Si la planeadora tiene un fallo, los clanes tienen solo a tres o cuatro personas a las que acudir para que se la arreglen. Nadie quiere hacerlo. Los mecánicos se niegan porque saben que, desde hace unos años, la Policía va a por todos, incluidos los mecánicos.

El rol actual de los narcotraficantes gallegos es, como ya hemos explicado, el de transportista. Algunos clanes distribuyen, pero son minoría. Los clanes son poderosos y tienen mucha gente bajo su paraguas, pero no se acercan en ningún caso a las organizaciones mafiosas que Galicia contempló entre los 80 y los 90.

Casi todos los capos tienen actualmente el dinero en Suiza, Singapur o Hong Kong. Su problema, su enorme quebradero de cabeza, es blanquearlo. Las leyes, cada vez más estrictas, y los departamentos de Policía Fiscal, cada vez más desarrollados, los tienen cercados. Casi todos caen en la misma trampa. El pinchazo inmobiliario les afectó. Si antes los bancos de Arousa abrían sus puertas a Esther Lago con bolsas de basura llenas de dólares, florines y pesetas, ahora la banca gallega no quiere saber nada del narcotráfico. Atrás quedaron los años en los que un vecino de Vilagarcía iba al cajero, veía que tenía cuatro millones de pesetas en su cuenta y se iba sin preguntar.

TERRITORIO HOSTIL

«Son herméticos. Muy cerrados. Y muy listos», repiten los investigadores como una letanía desde hace 30 años. «Es dificilísimo entrar en estas organizaciones. Todavía hoy no hemos conseguido desentrañar al completo sus relaciones ni cómo funcionan con detalle», asegura un agente de Policía.

Para ellos, para la Policía y para la Guardia Civil, las Rías Baixas son territorio hostil. Suelo enemigo. «Es tremendo. Las paredes escuchan allí», dice Félix García. Cuando los agentes llegan al peaje que da acceso a las Rías Baixas, pagan como todo conductor de bien, en lugar de mostrar la placa o la libreta, en el caso de la Guardia Civil. «Como hagamos eso, ya saben que estamos entrando. Tienen gente en todas partes. Tenemos que ir siempre con el telepeaje, y si vamos cinco agentes, en cinco coches distintos», afirma un agente. Hace pocos meses la Policía detuvo a un tal Sánchez Picón que estaba vendiendo a los clanes un listado con las matrículas de todos los coches de la Policía y la Guardia Civil de Galicia. «El cabrón le había puesto hasta un sello falso para que pareciese un documento nuestro». No lo era, pero lo increíble es que la lista era correcta. «A veces vemos a gente apuntando nuestras matrículas. Lo tienen todo controlado», dice un guardia civil. Y un policía añade: «Aunque se saben los coches más o menos de memoria. Los tenemos que alquilar. Los huelen».

Si un grupo de agentes va a una cafetería o a una gasolinera en las Rías Baixas, el que ordena o pide la cuenta es siempre gallego, para que un acento foráneo no los delate. «Tenemos sitios prohibidos, en los que no podemos entrar. Si llegamos cuatro chavales en vaqueros y sudadera al puerto de Vilagarcía, pues ya saben quiénes somos. Si paramos una furgoneta en Vilanova o A Illa, pues también. Se mosquean. Y si eso pasa, ya sabemos seguro que ese día no vamos a poder sacar». Cuenta un mando policial que antes de Navidad condujo hasta Cambados. «Cuando entré en el pueblo me sonó el teléfono. Descolgué y me dijeron: "Andas por aquí, ¿no?". Era un capo. Y yo le dije: "Cabrón, ¿cómo lo sabes?"».

«En Cambados, raro es el local sin cámaras. Ven a seis tíos que no conocen entrando en un bar y ya está. Se jodió el día», explica Félix García. El control es todavía más exquisito cuando se acerca una descarga. Los días previos envían a alguien a Canarias y le alquilan una habitación en la última planta de un hotel con vistas al puerto para que avise si sale el Petrel del SVA. Por ese servicio se cobra 500 euros al día. En las rías sucede lo mismo: si una sola lancha o helicóptero se mueve, los clanes se enteran. Se trata de una guerra subterránea, un intenso juego invisible para el común de los turistas que cada verano degustan mariscos y se bañan en la playa ajenos a la película.

Los actuales capos apenas acuden a reuniones, porque disponen de mucha gente de confianza para ejercer de recaderos: transportistas, almacenistas, mecánicos, abogados... Desconfían del teléfono —aunque son adictos al wasap, afirma un agente—, y cuando no queda más remedio que verse en persona, adoptan costumbres sensatamente paranoicas. Cuenta un guardia civil: «En 2009 sabíamos que había una reunión entre "Costiñas" y "el Pastelero" en un bar de Carril. Fuimos hasta allí y un compañero aparcó el coche cerca, para ver si podía coger alguna matrícula o hacer una foto. Cuando ya estaban todos dentro del bar, "Costiñas" volvió a salir, montó en su moto y fue uno por uno asomándose a todos los coches aparcados. Mi compañero se tumbó hacia atrás para esconderse y "Costiñas" pasó de largo. Luego, cuando terminó de revisar todos los coches, volvió a entrar. A los pocos minutos salieron todos y se fueron. No hubo reunión».

Igual que le sucedía a los policías de Baltimore con el traficante Avon Barksdale en la primera temporada de «The Wire», los agentes apenas tienen fotos de los capos a los que persiguen. Aseguran que captar una imagen por el retrovisor de un coche sería ya un éxito.

«El Pastelero» —uno de los grandes capos actuales, del que hablaremos enseguida— cambió cinco veces de coche en los últimos cinco meses. «Los llevan al taller constantemente. Los están revisando todo el día y les ponen inhibidores», cuenta un agente. El último truco que han descubierto las autoridades es que los narcos colocan bajos de aluminio en sus coches para evitar que se adhieran los localizadores de los agentes. «El otro día estuvimos siguiendo un localizador desde Santiago hasta Santander. Cuando nos acercamos, ya pasado Santander, vimos que el localizador estaba tirado en el remolque de un camión. Son muy listos. Y muy profesionales en lo suyo: un día uno agarró el coche y se fue sin parar hasta el Algarve. Y nosotros detrás, claro».

La Policía sabe, por ejemplo, que en febrero de 2002 «Costiñas» metió en Burela más de 3000 kilos de hachís. O que «os Lulús», en las Navidades de 2014, introdujeron un gran alijo por la Costa da Morte. «Si ya normalmente son cerrados, lo de "os Lulús" es algo exagerado. Es muy difícil entrar ahí. En la que metieron en Navidad había 15 tíos vigilando por el monte. Todos con teléfonos nuevos. Los abren antes de empezar la descarga y comienzan una cadena de llamadas. Tiene que dar tres tonos y cuelgan. Eso significa que todo va ok. Si alguno no da tres tonos, abortan, tiran los móviles y se van», cuenta un policía.

Esta precaución enfermiza es consecuencia lógica de las mejoras legales y policiales. La lucha constante estimula la creatividad de ambos bandos. Así, la balanza sigue equilibrada.

Coger a los clanes en faena es utópico, a no ser que dispongas de un confidente. Por supuesto, la Policía los tiene. La Guardia Civil, también. En general, cualquier narco que acepta una condena o asume su culpabilidad, pasa de inmediato a la lista arousana de sospechosos.

«Son paranoicos. De verdad, están mal psicológicamente», afirma sin pizca de ironía Félix García. «Todos padecen estrés, pendientes de todo y desconfiando de todo el mundo constantemente. Eso no es vida». Un agente de la Guardia Civil coincide: «Dan cuatro vueltas a cada rotonda. Siempre. Aunque no sepan que los siguen». Los capos, lejos de aquellas figuras populares con insignias de oro y brillantes que se daban baños de masas o que comían en las mejores mesas de los mejores restaurantes, hoy son huraños desconfiados que viven recluidos y que no pueden disfrutar libremente de su dinero. «Antes, para preparar una descarga, se reunían en un restaurante y se comían una mariscada. Ahora dan cuarenta vueltas en un monte y se reúnen dos tipos debajo de un árbol».

No hay que confundir la falta de ostentación con la falta de riqueza. Son muy discretos de puertas a fuera, pero por dentro es otra cosa: cuando en diciembre de 2014 detuvieron al jefe del clan de «los Pasteleros», los vecinos se sorprendieron al descubrir que su chalé era una mansión de lujo.

«Un capo muy conocido de Arousa tiene un apartamento en Dubai impresionante. Se cuidan y visten de marca aunque no sepan ni qué llevan puesto. Tienen muchísimo dinero», explica Félix García. Un agente de la Guardia Civil pone otro ejemplo jugoso, alejado de las reuniones «debajo de un árbol» que comentábamos antes: «Teníamos pinchado el teléfono del abogado de un capo importante. Llamó al balneario de A Toxa y preguntó por el precio para cerrar el casino una noche para una fiesta privada. En el otro lado del teléfono se oyó a la voz: "¿El qué? ¿El casino? Mucho, mucho". Y el abogado respondió: "Usted dígame la cifra y ya le diré yo si la gente a la que represento puede pagarlo". El tipo le dijo la cifra y el abogado le dijo: "Muy bien, resérvelo". Y colgó».

«Yo me pregunto si les merece la pena una vida de tanto estrés y precauciones a cambio de ser millonarios», dice un policía. Y la respuesta es la de siempre: les pierde la ambición; los capos gallegos no saben dejarlo. «A veces agarramos a uno —cuenta un mando policial— y le pregunto por qué lo ha hecho. Y siempre me responden lo mismo: "Es que una vez que te metes los colombianos te piden más", o "es que les debía dinero...". Yo no lo entiendo. Con una sola descarga, das un pelotazo, te llevas tres o cuatro millones de euros, y a vivir invirtiendo. Pero ellos quieren más. Les pierde la codicia».

Y para conseguir más tienen que hacer lo único que saben. Y vuelven a preparar todo para la siguiente descarga. Y regresa la paranoia, los teléfonos y las vueltas a la rotonda. Sin disfrutar del dinero que han logrado. Y el ciclo sigue.

El narcotráfico en Galicia sigue. Unas veces más activo, otras más apagado. Pero no se ha ido. Ni mucho menos.

QUIÉN MANDA HOY EN LAS RÍAS

«El Pastelero», el tipo de los hojaldres

Todo estaba preparado en marzo de 2013 para el juicio que debía meter entre rejas a Óscar Rial Iglesias, alias «el Pastelero», «el capo más poderoso que hay en Galicia ahora mismo», como lo define un agente de la Guardia Civil. Se le acusaba de haber intentando alijar 3000 kilos de cocaína a bordo del pesquero venezolano San Miguel.

José Luis Fernández Tubío, un miembro de la organización de «los Pasteleros» que había participado en el intento de descarga, debió sentir la punzada del bien, o tal vez el agobio de la condena, y decidió cantar: sirvió a Óscar Rial y al clan de «los Pasteleros» en bandeja. A cambio, el tribunal le puso a Tubío protección permanente. Conscientes del poder del clan, un grupo de policías acompañaba al arrepentido día y noche, con el objetivo de que el testigo clave llegase de una pieza al día del juicio.

Cuatro días antes de que arrancase el proceso, Tubío se esfumó.

Según parece, les pidió a los escoltas que lo dejaran un rato solo tomando unas copas por Boiro —su localidad natal—, y no volvió. Sí llegaron al tribunal dos cartas del desaparecido en las que explicaba que todo lo que había contado era mentira y le pedía perdón al capo por los problemas ocasionados. «El Pastelero» fue absuelto. Tubío, el testigo clave, reapareció un año después. No en un exótico y apartado rincón del mundo, sino en un control de tráfico en Zamora. Fue detenido de nuevo, pero mantuvo —y todavía hoy lo mantiene— sepulcral silencio.

También apareció José Isasis González, un narco colombiano de pasaporte venezolano. Lo hizo el 10 de junio de 2014, sin vida, sin piernas y metido en un congelador de Ponteareas (no lejos de Vigo) cerrado con un candado. Isasis formaba parte de la tripulación del San Miguel, el barco abordado, y fue el único que acudió al juicio contra «los Pasteleros». Aunque los investigadores no saben al 100% si su muerte tiene relación directa con el clan gallego, la cosa —inevitablemente— mosquea.

Lo descrito en los párrafos anteriores no pasó en Sicilia o México. Ocurrió en Galicia. Y ocurrió hace unos meses.

* * *

Entrado el siglo XXI, Óscar Rial era un sencillo pastelero de Vilagarcía. Horneaba bollos, hojaldres y empanadas; y tenía medio cuerpo de la Policía detrás.

La sospecha descendió sobre la familia cuando en 2007 se les vinculó a la Operación Destello. Aunque «el Pastelero» acabó absuelto, aquello sirvió para que la Policía y la Guardia Civil empezaran a vigilar al tipo de los hojaldres. Y poco a poco descubrieron que más allá de los pasteles había pisos, coches de lujo, inversiones y una mansión a las afueras de Vilagarcía al viejo estilo de capo de las rías: esculturas, piscina con fuente y cámaras en cada habitación.

«El Pastelero» hacía pocas descargas pero muy bien planeadas. «Son muy sigilosos, cuidan hasta el último detalle. Y si algo, cualquier cosa, les mosqueaba, se abortaba todo», cuenta un agente de la Guardia Civil. El golpe llegó en 2008, cuando las planeadoras que tenían que salir a buscar la cocaína del San Miguel se averiaron en plena ruta. Por seguridad, se decidió que lo mejor sería hundir las planeadoras en alta mar y que el San Miguel recogiera a los pilotos, pero el pesquero también sufrió problemas mecánicos. Cuando los GEO encontraron el barco, los tripulantes estaban deshidratados y desnutridos.

Uno de aquellos pilotos que no pudo llevar la planeadora era Tubío, el testigo que dio la espantada. El otro era el experimentado José Constante Piñeiro Búa, alias «Costiñas», mano derecha de «el Pastelero» (el mismo que salió en moto a revisar los coches antes de una reunión). «Son como hermanos. Planean todo juntos. Tenían hasta dos Audi S3 con matrículas correlativas», cuenta un guardia civil. El tercer pilar de la organización es José Andrés Bóveda Ozores, alias «Charly».

El agente cuenta una anécdota que revela hasta dónde llega el poder de este clan: «El otro día estábamos haciendo un seguimiento a "Charly", que tiene una empresa concesionaria en las Rías Baixas. Llamamos allí y les pedimos los datos de su seguro. Al rato nos llaman de la Delegación Provincial de la Xunta y nos preguntan por qué hemos pedido esos datos. No me lo podía creer». Es probable que la cara que se le quedó al agente tras escuchar aquello sea parecida a la que hoy, todavía incrédulo, pone cuando termina de rememorar la historia.

El clan de «los Pasteleros» estaba formado por unas 40 personas. «Sin llegar a ser una organización como las de los 90, «los Pasteleros» se convirtieron en un grupo muy fuerte. Transportaban, y también distribuían. Son lo más parecido a las antiguas organizaciones», explican desde la Policía Nacional.

Algunos agentes van más allá. El miembro de la Guardia Civil que investiga al clan se muestra convencido de que detrás de «los Pasteleros» está «Sito Miñanco», el infinito. «Creemos que él es el jefe, el mando más alto del entramado. Y que lo dirige todo desde la celda». Hay alimento para saciar esta teoría: en el año 2010 «Sito» fue trasladado a la cárcel de Huelva. Un año después, el director de la prisión fue destituido, al parecer, por haber aceptado como regalo dos coches de alta gama procedentes de un narcotraficante interno en el centro. Se descubrió más tarde que «Sito» gozaba de todo tipo de comodidades y privilegios en la prisión onubense, desde teléfonos hasta permisos de salida en días sueltos. Dos años después, ya en la cárcel de Algeciras, «Sito» disfrutó de su primer permiso (ahora sí, oficial), y pudo salir de la prisión durante seis días. ¿Qué hizo? Se fue a Galicia, claro, y allí la Guardia Civil contempló cómo el capo se reunía con «el Pastelero». «Nos quedamos alucinados. Llevaba 12 años en la cárcel y lo primero que hace al salir es reunirse con otro capo». Con datos así se entiende mejor que el Tribunal le prohibiera entrar en Galicia cuando le concedió el tercer grado en abril de 2015.

Pero a «el Pastelero» no lo trincaron por aquella reunión. Cayó en diciembre de 2014 como caen casi todos: por blanqueo de dinero. La Brigada de Blanqueo de Capitales llevaba tiempo realizando una minuciosa investigación para deshilachar su imperio, hasta que encontró un hilo del que empezar a tirar: la compra de una mina de cobre en la República Democrática del Congo, una transferencia que relucía entre los movimientos bancarios como un cartel de neón. La investigación culminó en las Navidades de 2014 con una redada como las de antaño, con helicópteros y perros, que paralizó Vilagarcía. En su casa no hallaron droga, pero la lucha policial hace tiempo que tiene que ver más con números que con fardos. De momento se sabe que «el Pastelero» empleó varias sociedades con jubilados como testaferros, y se siguen investigando las numerosas empresas que posee. En enero de 2015 salió en libertad condicional después de pagar 200 000 euros de fianza. Ahora está libre, a la espera de juicio. Quién sabe si, una vez más, el presunto heredero de la época dorada del narcotráfico logrará salir impoluto del banquillo. «De momento —comenta el agente de la Guardia Civil—, tenemos que seguir vigilándolo».

De la mano de «los Pasteleros» van «os Panadeiros», un clan de Ribadumia que, según creen los investigadores, colaboraba hasta hace poco con sus vecinos. «Os Panadeiros» entraron en el negocio en 2006 introduciendo pequeñas cantidades de cocaína traída de Colombia. Duraron un año: en 2007 los detuvieron intentando meter 270 kilos en un contendor por el puerto de Vigo. A los líderes, los hermanos Francisco y Rafael Thomas Barreiro, les cayeron diez años. Pero la Policía está convencida de que el resto del clan sigue activo.

Según la Policía, otro clan satélite son «os Carniceiros», un pequeño grupo muy opaco de Vilanova que colabora esporádicamente con «los Pasteleros» en descargas pequeñas.

Los clásicos: «os Lulús» y «los Charlines»

Junto a los nuevos grupos perviven en la costa gallega dos clásicos: «os Lulús» y «los Charlines». Los primeros son, a juicio de la Policía, el clan más en forma y el que mayores quebraderos de cabeza les está dando.

La última noticia que se tiene de ellos tuvo lugar la noche del 5 de diciembre de 2014. Estaba prevista una reunión entre Bernardino Ferrío[46], un narco de Muxía colaborador de «os Lulús», y un grupo interesado en organizar una descarga con ellos. Ferrío, perro viejo del narcotráfico gallego que ya ha cumplido varias penas de prisión, los recibió en su casa de Aboi, una aldea de la Costa da Morte. Entre los invitados había algunos colombianos. Lo que se suponía que iba a ser una negociación para cerrar un alijo mutó sin previo aviso en atraco. Los supuestos narcos eran una banda dedicada a robar a traficantes. Un trabajo, como mínimo, arriesgado. Y más si al que tienes delante es a Ferrío, un tipo duro, como lo definen varios agentes. Uno de los colombianos sacó una pistola y le disparó en el estómago, pero Ferrío tiró de escopeta y devolvió la bala. Cuatro días después, un vecino de Ribadeo con nacionalidad colombiana acudió al Hospital de Lugo con un tiro en la pierna. La Policía logró meses más tarde detener a los atracadores, que actualmente están siendo procesados.

El otro clásico imperecedero, el de «los Charlines», está dirigido ahora por la tercera generación. El patriarca vive, aparentemente, retirado del negocio, y se dedica a tomar café en Vilanova mientras algunos viejos del lugar le presentan sus respetos. El marido de su nieta, Marcos Vigo, es el que está ahora mismo al frente. Y eso que se encuentra entre rejas. Cayó en 2013 en la Operación Albatros, esa dirigida por Vázquez Roma en la que un tripulante indonesio la lio metiéndose

[46] Este es el incidente que, en un primer momento, la Policía creyó relacionado con el desembarco de cocaína en 2006 por parte de «os Lulús» y David Pérez —hijastro de Oubiña—, del que se sospecha que todavía hay alijos escondidos en zulos de la zona.

en una web porno. «Pero aunque esté en la cárcel lo tenemos que vigilar. Organiza historias desde ahí», cuenta un agente. «Sabemos que tiene un móvil en prisión. Pero se lo dejamos, así nos da pistas», añade casi riendo.

De la mano de Vigo va Jorge Durán Piñeiro, pareja de Rosa María Charlín, sobrina del patriarca. En 2005 fue condenado a nueve años de cárcel, y está a la espera de juicio por otro caso. Se le acumulan las condenas. Ambos fueron investigados por su supuesta participación en la desaparición —y posible asesinato— de Fernando Caldas, el joven de Vilagarcía cuyo cuerpo podría estar bajo el pilar del puente de Milladoiro.

José Luis Viñas Morgade, alias «Manzanita» es otro de los hombres de «los Charlines». En este caso, un veterano que no termina de retirarse. Hay que remontarse a la Operación Nécora para encontrar los primeros escarceos de «Manzanita» con la Guardia Civil. En octubre de 1990 lo perseguían en Cambados cuando llevaba 1200 kilos de cocaína en la parte de atrás de la furgoneta. Cuando se vio acorralado, se tiró al mar y empezó a nadar. Su jefe entonces, Manuel Rey Vila, también relacionado con «los Charlines», iba con él, pero en lugar del mar optó por esconderse en un depósito de agua. Cuando lo encontraron estaba medio congelado.

En la lista de ilustres que siguen en nómina de «los Charlines» están Manuel Gómez Rey, alias «Chanfainas», y Antonio Carballa Magdalena. El primero cayó en la Operación Destello, en 2007. Lo detuvieron en Melilla, a donde acudía constantemente. Al parecer, «Chanfainas» ofrecía sus habilidades a las mafias marroquíes como piloto de planeadoras. Un arte, por cierto, que aprendió en la banda de «Sito Miñanco» cuando todavía este transportaba Winston de batea. El segundo, Carballa Magdalena, está siendo juzgado por blanqueo y se investiga su reciente condición de prestamista. A un interés, como es previsible imaginar, inmoral.

El resto del clan tampoco vive tranquilo. La Operación Repesca los juzga por blanqueo. Hijos, nietos y sobrinos seguían moviendo, según la investigación, descomunales cantidades de dinero. En el año 2009 el clan pujó 800 000 euros por una conservera, antigua propiedad de la familia, que había sido incautada y que ahora volvía a salir a la venta. Toda una metáfora circular del narcotráfico en Galicia.

«Os Peques»

De la época de la Nécora también es José Fernández Touris, alias «o Peque», un emigrante retornado en los años 80 que comenzó con una empresa de construcción en Vilanova y terminó descargando cajetillas. Dio el salto en 1992 al tratar de colar dos toneladas de cocaína en un yate inglés. Sus hijos dirigen ahora el clan de «os Peques», pero al parecer hay algunos desajustes internos. En verano de 2009 uno de los hijos del capo caminaba por Cambados cuando, sin mediar palabra, dos rumanos lo agarraron y lo empezaron a golpear. Concretamente, uno lo agarró por la espalda y el otro empezó a darle puñetazos. Como en las películas pero a plena luz del día. «O Peque» se revolvió (es un tipo bastante fuerte) y devolvió algún mandoble, pero los agresores huyeron. No, no acabó ahí el asunto. «O Peque» cogió el coche, un Mercedes todoterreno, y empezó a perseguir a la pareja de rumanos, que conducían un BMW. Los embistió y ambos coches acabaron destrozados y rodeados de vecinos atónitos. La Guardia Civil puso fin al espectáculo. Al parecer, la paliza se la enviaban sus propios familiares por una disputa relacionada con el patrimonio que habían heredado de los negocios del patriarca.

«Os Burros»

Entre los clanes arousanos en activo que la Policía y la Guardia Civil tienen bajo vigilancia pero que no cuentan con antecedentes, destaca el de «os Burros», un grupo familiar hermético de Vilagarcía. «Os Burros» llevan años en el negocio, es probable que desde la década de los 90, pero realizan pocas operaciones. Tal vez una o dos al año, muy cuidadas. El resto del tiempo y la energía los dedican a invertir el dinero de cada descarga en una amplia red de sociedades. Algunas de ellas son bastante conocidas en las Rías Baixas, como una popular empresa náutica. «Son un grupo que siempre ha estado a la sombra de los grandes, con discreción, y por eso no son conocidos. Pero son muy fuertes».

El jefe de «os Burros» cuenta con sólidos contactos políticos. Su nombre apareció en la prensa cuando estalló el caso Campeón[47], una trama de corrupción política que alcanzó pisos muy altos en la política gallega y nacional.

«Os Pulgos»

También familiar y hermético, pero menos potente, es el clan de «os Pulgos», de Boiro. En general, este grupo participa en operaciones coordinadas por capos más importantes. En los últimos años han trabajado para José Manuel Vila Sieira, «o Presidente», uno de los contactos de la camorra napolitana

[47] El Caso Campeón, abierto en 2011, investigó una trama de presunta concesión de subvenciones irregulares a cambio de comisiones a cargos públicos. El empresario farmacéutico Jorge Dorribo declaró haberse reunido con el entonces ministro de Fomento, José Blanco, para que le acelerara unas gestiones a su favor en el Ministerio de Hacienda. Por esta supuesta reunión, el primo de José Blanco habría cobrado, supuestamente, 20000 euros. En 2013, el Tribunal Supremo archivó la causa contra José Blanco.

en las Rías Baixas, que también es de Boiro. De hecho, los investigadores especulan con la posibilidad de que, en realidad, «o Presidente» sea el actual jefe del clan. Tanto él como su hijo fueron condenados a 15 años de cárcel por la descarga en 2009 de cinco toneladas de cocaína a bordo del pesquero Doña Fortuna, que, como ya hemos visto, tenía como destinatario al grupo mafioso italiano.

Los desconocidos

Y a partir de aquí, solo cabe entrar en el sombrío terreno de las especulaciones. Una periodista especializada en narcotráfico señala que existen poderosos empresarios gallegos que llevan años en activo como capos del narcotráfico. En realidad, no es ningún secreto. En una entrevista realizada en 2010 por el *Faro de Vigo,* el fiscal antidroga de Pontevedra hablaba con inusual franqueza: «Todavía queda algún gran capo que trabaja por aquí al que me temo que no llegaremos nunca con la actual legislación, porque no toca la mercancía ni participa en la logística de las operaciones». La periodista, experta en la materia, añade: «Son empresarios que no se pringan. Tienen gente a todos los niveles y es prácticamente imposible vincularlos a ninguna operación». El redactor de *La Voz de Galicia,* Julio Fariñas, completa: «Son gente que tiene ya mucho dinero y que hace cosas puntuales, pero no en Galicia, sino en cualquier punto de España. Eligen el sitio que esté más despejado y llevan a cabo operaciones limpias». Desde la Policía Nacional son más cautos: «Puede que haya alguno que meta dinero en alguna operación, pero no lo consideramos un capo como tal. Cualquiera que mantenga una actividad sostenida es fácil de detectar. No creemos que haya un gran capo a la sombra al que nunca hemos llegado. Hay mucha leyenda».

Solo los años mostrarán si alguno de estos capos existe. Y si caerá. Y, aunque lo haga, siempre tendremos la certeza de que más allá de «Miñancos», «Oubiñas» y «Charlines», hay otros en Galicia a los que la jugada les salió bien. A los que nunca conoceremos y cuyas historias, probablemente, nunca podrán ser contadas en un libro. Si es que alguna vez a algún insensato se le ocurre escribir un libro sobre el narcotráfico gallego.

LA PESTE

La hija de Esther Lago (la fallecida mujer de Laureano Oubiña) iba acompañada por una amiga. «O por una prima, no estoy segura», precisa Milagros, vecina de Vilagarcía y dueña de la tienda en la que las chicas entraron aquella tarde, hace ahora cinco años. «La reconocí al instante. No recuerdo exactamente qué quería comprar». Quería, dice Milagros, porque comprar no compró nada. Cuando fue a pagar, Milagros le dijo que no aceptaba su dinero y le ordenó que saliese de la tienda. «Ella sonrió, buscó en el bolso y sacó el doble de dinero. Me lo volvió a ofrecer sin dejar de sonreír...». La voz de Milagros —que perdió a su hijo Alfonso hace 20 años por la droga— se envuelve con ira contenida. «Cogí el dinero y lo lancé fuera. Rebotó contra el escaparate. Y le volví a decir que se fuera». La hija de Esther Lago recogió el dinero, miró a Milagros y se fue. «Recuerdo que le iba a decir que ese dinero tenía sangre. Pero no me salió la voz».

La línea de separación entre la sociedad y el narco, invisible en los 80 y aguada en los 90, está hoy bien definida en las Rías Baixas. A quienes se dedican al negocio ahora se les considera, sin eufemismos ni admiración, como simples delincuentes. Hay, sin embargo, un lastre, una espesa carga que la sociedad arousana —y, como extensión, gran parte de la gallega— arrastra después de décadas de cultura delictiva. Lo explicó en capítulos anteriores el periodista Julio Fariñas. «Se enquistó, se toleró y se aprendió a convivir con cosas manifiestamente ilegales». Esa convivencia es ahora más sutil, pero sigue existiendo. No gusta escucharlo. En este caso, leerlo.

Desapareció la impunidad, pero no se ha logrado eliminar del todo el manto de silencio. Los vecinos lo saben y callan. «¿Y qué van a hacer?», preguntaba Enrique León, antiguo comisario jefe de Vilagarcía. Su pregunta retórica contiene una de las claves del fenómeno: ¿cómo se enfrenta uno a un narco? ¿Se le pone una denuncia en la comisaría? ¿Se habla con la prensa? Y al día siguiente ¿qué? El narco es también el vecino. El delincuente te conoce. Sabe dónde vives y dónde trabajas. Y, además, ¿no es labor de la Policía? Todo lo anterior es un razonamiento válido, pero que no justifica el ruidoso silencio de la sociedad, ese «no es asunto mío» que aleja a demasiada gente de iniciativas sociales contra los clanes. Este silencio es más acusado en Vilanova y en otras localidades pequeñas que en Vilagarcía y Cambados, más grandes y modernas. Cuanto más pequeño o aislado es el pueblo, más difícil es combatir el narcotráfico. El Estado sigue sin llegar a todos los rincones

«La gente prefiere no meterse —retoma Milagros—. Por miedo, porque prefiere mirar hacia otro lado… Todos dicen que los odian, pero nadie hace nada. Antes, a las reuniones íbamos cientos de personas, había manifestaciones…; hoy vamos 12 madres mal contadas. O te toca de cerca o la gente pasa». Una periodista local añade: «Se ha asumido que esto es algo que siempre estará aquí, y se cae en la pasividad».

Desde la muerte de su hijo, Milagros y su marido, Alfonso, trabajan en Proyecto Hombre ayudando a jóvenes toxicómanos. «Estuvimos buscando durante meses un local para la sede: nadie nos lo quería alquilar. Aquí todo el mundo dice que está contra los narcos, pero, a la hora de la verdad, nadie da un paso. Somos cuatro los que seguimos alzando la voz». Nadie quiere líos. Nadie quiere complicarse. La omertá —si acaso comprensible— de la Galicia del siglo XXI.

Se pueden subrayar algunos segmentos sociales de las rías que son más hospitalarios con el narcotráfico. Para la población más desfavorecida y con menos alternativas, la posibilidad de hacer dinero con descargas es en ocasiones irresistible. La tentadora oferta no llega de forma imprevista o sorprendente. No es como invitar de pronto a un chico de Cuenca en paro a que alije cocaína en la playa. La oportunidad está ahí presente, latente, desde hace décadas. Solo hay que aceptarla sin apenas esfuerzo y encontrar por fin la salida que el mercado laboral legal no ofrece. El narco sigue siendo una alternativa cercana y factible. «Es difícil luchar contra eso», explica Fernando Alonso, gerente de la Fundación Galega contra o Narcotráfico. «Alguien se acerca a un chaval de 20 años en paro, con su familia pasando problemas y sin demasiado futuro y le ofrece 5000 euros por llevar un coche a Madrid, dejarlo aparcado en un garaje y volver con otro. ¿Cómo se combate eso?». A Antonio, un joven vecino de Vilanova, le ofrecieron cuando era adolescente participar en una descarga. «Yo les dije que no, pero dos amigos míos fueron. Era cocaína, y no lo volvieron a hacer, pero esa noche se sacaron 1000 euros cada uno y les llevó 20 minutos hacerlo». No es un caso, ni mucho menos, aislado.

Sería reduccionista explicar el fenómeno solo como la salida obligada del pobre. El robar para comer. Hay cientos de implicados en el narcotráfico gallego que no pasan hambre ni dificultades. Y que nunca lo han pasado porque sus padres han hecho mucho dinero. El narcotráfico en las rías es un asunto casi siempre familiar, que se hereda. Solo hay que fijarse en los apellidos de los narcotraficantes de principio de los 90: casi siempre conectan con los actuales clanes. Y si no es en sangre, sí en proximidad: amigos, vecinos, socios de negocios... Los lazos que unen a los narcotraficantes son casi endogámicos. Como si fuera una tradición, el fardo y la planeadora se heredan. En ocasiones se maman y se interiorizan como quien sigue en la zapatería que inauguró el bisabuelo.

En un osado y repentino análisis sociológico, se puede dividir al narcotraficante gallego de hoy en día en dos clases: el capo y el narquito. El capo es el que dirige el asunto, el líder (o uno de los líderes) del clan. Suele ser de origen humilde y mantiene su condición como tapadera: si la familia se dedica a la almeja, sigue yendo a la almeja. Pero en un Audi. Si tienen una batea, siguen en la batea. Pero el bolso de la mujer del capo es de Gucci. Es, como ya explicamos, lo *kitsch* del narcotráfico gallego: ver a una señora poniendo bocadillos de calamares con un Rolex en la muñeca. Conviene fijarse en estos detalles en las Rías Baixas.

La figura del capo tiene una variante, que es el empresario de éxito. Hombres supuestamente respetables con hoteles, astilleros, empresas náuticas o inmobiliarias. Entre medias hacen sus descargas discretamente e inyectan el dinero en sus sociedades. «De todas formas, aquí los distinguimos», cuenta Pablo, un vecino de Vilanova. «Es que está clarísimo. Te diría que hasta en los gestos».

Por debajo de los capos están los hijos de estos. «Niños de papá», adelanta Verónica, otra vecina de Vilagarcía. «Nuevos ricos que además son unos prepotentes». Hay una frase muy recurrente en Arousa cuando alguno de estos herederos cae en una redada o lo pillan en un desembarco. «Desaparece un tiempo, y cuando la gente pregunta, siempre dicen: "Se fue a hacer un máster". Joder, es la respuesta típica. Yo creo que aquí decir que te vas a hacer un máster significa que te vas a chirona», cuenta Pablo entre carcajadas.

Milagros recuerda otra experiencia, esta vez vivida por una amiga suya que regenta una tienda de ropa y disfraces. «Era carnavales y llegó el hijo de "Falconetti" a comprarse un disfraz. Era una época en la que su padre estaba en la cárcel. Y el chaval se llevó un disfraz de preso con la bola y todo. No tienen ni vergüenza. Les da todo igual. Al padre de Esther Lago lo escuché yo misma quejarse de que Vigo está lleno de yonquis. El colmo. Qué sangre fría». El marido de Milagros, Alfonso, añade: «En esta comarca tenemos un alcalde con su hijo en la cárcel. Y no lo va a ver nunca, porque no le conviene. Afecta a su imagen».

En el nivel más bajo están los narquitos, los chavales que empiezan a trabajar para los clanes. Recaderos, pilotos, vigilantes… Un grupo social de la costa gallega fácilmente reconocible: cochazo hortera (en su defecto, moto), repentina generosidad invitando a un local entero, ropa de marca de mal gusto… Y todo con 20 años y sin oficio reconocido. «En determinado estrato social —cuenta Pablo— ser narquito mola. Es guay. Quieren serlo. Hasta hay chavales que lo aparentan y no son nada».

El riesgo de analizar estereotipos es que todo se convierte en susceptible de desconfianza. «Aquí hay una manera bastante fácil de saber quién se dedica al narco, sobre todo, la gente joven: BMW de enorme cilindrada y dentro un chaval de 22 años con pinta de cenutrio. Ya está. A ver de dónde carallo sacó este el coche», comenta un vecino de

Cambados. Y completa: «Tú preguntas: "¿Y este del BMW qué hace?". Y te responden: *"Pois traballa de mecánico en Vilaxoán"*. Ahí lo tienes».

Son chavales que dejaron de estudiar pronto y que saborean el efímero éxito de la juventud. El testimonio que da María, una joven abogada de O Grove, es redondo. «Me ocurrió alguna vez, cuando estaba estudiando Derecho, que me cruzaba con algún compañero que había dejado el instituto. Iba en un descapotable y me invitaba a dar una vuelta. Y siempre me decían lo mismo: "¿Pero para qué sigues estudiando?". No lo decían para burlarse, es que de verdad no lo entendían, porque ellos ya habían resuelto la vida». María ha defendido en los tribunales a alguno de aquellos chavales.

La suspicacia instantánea no solo afecta a los narquitos. Hay toda una serie de señales que en Arousa están predestinadas a interpretarse con prejuicio. Son muchos años contemplando el mismo paisaje social. «Aquí ves una casa grande, con dorados, estatuas o azulejos llamativos... y, bueno, pues ya te puedes imaginar», cuenta Verónica. Y Pablo añade: «Ves un bar y en la puerta hay tres cochazos, y lo primero que piensas es: ahí pasa algo». Otro vecino de Vilanova va más allá: «Si en un restaurante están comiendo dos tipos más o menos conocidos, con dinero, ya sospechas. ¿Y estos dos juntos? O si ves a uno que sabes que está metido tomando algo con un empresario..., pues ya entiendes lo que los une».

El problema es que los clanes no son compartimentos estanco. Lo que hacen y lo que llevan haciendo años afecta y ha afectado a toda la región. «Bestial —dice Abel, vecino de Vilagarcía—. La cantidad de droga que hay aquí es bestial. Es más fácil conseguir cocaína que cualquier otra droga. Incluido hachís». Hace años no era raro entrar en un local de Vilagarcía y ver preparadas rayas de cocaína en los laterales de la mesa de billar. En los baños de toda Galicia había y hay agujeros en las puertas, para controlar qué se hacía dentro. «Recuerdo una noche —retoma Abel— que entré en el baño de un pub y, mientras me lavaba las manos, empapé sin querer un montón de rayas que estaban preparadas. Joder, estaban ahí puestas, sin nadie. Dando por supuesto que nadie podía tocarlas. Salí de allí y me largué».

El sambenito pervive más allá de la frontera. «Si dices en Madrid o en otro sitio de España que eres de Vilagarcía..., pues o te hacen el chiste o te piden cocaína, en serio», cuenta Verónica. «A mí me pidieron miles de veces solo con oírme el acento».

Semejante cantidad de droga en un espacio tan reducido tiene consecuencias despiadadas. A Alfonso, el hijo pequeño de Milagros, se le acabaron las fuerzas en 1993, después de tres años enganchado a la heroína y a la cocaína. Con 25 años decidió poner punto y final a su castigo ahorcándose en una pensión de A Coruña. «Alfonso, como casi todos los chavales de Arousa, creció rodeado de droga. Y fue víctima de ella». En el salón de su casa de Vilagarcía y todavía golpeada por el recuerdo, Milagros explica su historia. «Lo increíble es que Alfonso, de mis hijos, era el más tranquilo. El que dirías: "Este no tendrá ningún problema en su adolescencia"». Pero. Siempre hay un «pero» en las Rías Baixas. «Te pongo un ejemplo: con 16 años Alfonso entró en la banda de música de la Escuela Naval Militar de Marín. Lo enviamos allí para que se alejase de problemas. Después nos enteramos de que el teniente les vendía droga a los chicos». Milagros —ya no puede más,— llora.

«Lo más increíble —continúa Alfonso, su marido— es que muchos padres siguen vendiendo. Yo sé de gente en Arousa que perdió a hijos por la droga y a la vez traficaba». La narcocultura no dispone de muchos principios. «Aquí todos hemos conocido hijos de narcos que eran yonquis». En las experiencias del día a día de Milagros y Alfonso en Proyecto Hombre está el reverso del narcotráfico, la pesada realidad que despoja a este relato de cualquier romanticismo y lo presenta crudo, sin adornos ni literatura. «Recuerdo un día que llevamos a un chaval a su casa. El chico estaba muy enganchado, y ese día estaba fatal, tirado en la calle. Lo cogimos y lo subimos al coche, y él nos iba dirigiendo como podía hacia su casa. Llegamos y la madre nos ayudó a acostarlo. Ella estaba destrozada, lloraba, con un pañuelo en la mano. Enfrente de la casa había tres mansiones. Había Mercedes y todoterrenos dentro, aparcados. Ella señaló con el dedo y nos dijo: "Ese, ese y ese"». Los que le enseñaron el camino a su hijo vivían a 30 metros de ella.

* * *

La *fariña* ha dejado un rastro poderosísimo en toda la zona. El dinero que se ha invertido y se invierte en las rías procedente del narcotráfico es incalculable. Cientos de negocios, empresas, cafeterías, discotecas y tiendas se levantaron gracias al dinero de los alijos. Hoy son establecimientos legales, pero nacieron gracias a una descarga de cocaína o hachís. José Vázquez, alcalde de Vilanova en los años 80, afirma: «Lo que digo es hasta grave, pero hay muy pocas empresas aquí que en algún momento determinado no hayan tenido relación con el narcotráfico. Me cuesta mucho decirlo y es muy doloroso. Pero es la verdad». En 2010 el SVA contabilizó 100 negocios de Vilagarcía y alrededores usados como tapaderas para blanquear dinero. Solo al fallecido «Patoco», el lanchero, se le incautaron 124 inmuebles en la comarca tras su muerte. Según un estudio de la Plataforma Galega contra o Narcotráfico hecho público en 1997, el 80% de los negocios hosteleros de Arousa pertenecían a narcotraficantes. Por cierto, el responsable de ese estudio es amigo de Alfonso, el marido de Milagros. Cuando salía de la presentación del mismo en Vilagarcía se encontró las ruedas de su coche pinchadas. No es una broma.

En Vilanova (10 500 habitantes) había una cafetería en la que, cuando fueron a hacer una inspección, explicaron que facturaban 2000 cafés al día.

—Esta gente hizo el dinero con el narco y ahora les tenemos que ver por aquí, con cochazos y casas, como si fueran empresarios de éxito —dice Milagros.

—¿No tienes miedo a señalar?

—¿Miedo? Yo no les tengo miedo. Yo perdí a mi hijo, y con él perdí el miedo.

Intentar mantener la rectitud moral cuando el 80% de los bares tienen que ver con el narcotráfico es complicado. «Yo no entro si sé que es de ellos —comenta Verónica—. Y como yo, mucha gente. Otra mucha sí entra. Le da igual. A veces es una cuestión de que no lo sabes. Otras de que no te queda más remedio porque es la única tienda que hay». Milagros afirma: «Supongo que yo también entro en negocios de narcos alguna vez sin saber, sin darme cuenta, porque aquí casi todo es de ellos. Pero yo intento averiguar de quién es cada negocio. Es lo único que me queda…». Milagros explica que, cuando alguien entra en su tienda con bolsas de un local que sabe que tiene que ver con el narcotráfico, se las cambia. No es un comportamiento habitual: «A la gente le da igual, entra en los negocios igual. Hay padres que tienen a su hijo en Proyecto Hombre y siguen comprando en tiendas de narcos». Y añade algo que representa el dedo en la llaga: «¿Sabes lo de que antes se miraba para otro lado con los narcos? Ahora se mira para otro lado con el dinero de los narcos».

* * *

El patrimonio incautado a los clanes se destina al Plan Nacional sobre Drogas, pero hay un problema pendiente de resolver: parte de este patrimonio se acumula y pierde su valor. Ocurre, sobre todo, con embarcaciones que se almacenan hasta pudrirse. Esto ya ocurría en los años 80, y sigue sin solucionarse.

No se pueden administrar o vender los bienes decomisados a los narcos hasta que exista una sentencia firme, y las sentencias suelen dilatarse años. El depósito del Fondo de Bienes Decomisados de A Coruña está repleto de vehículos de lujo, embarcaciones y motores que se oxidan. Hasta un tercio de este tipo de bienes, según datos del propio Fondo, han acabado en el desguace en los últimos años. Eso cuando los familiares de los capos no se presentan como depositarios. «Las mujeres o hijos de los detenidos —explica Fernando Alonso— siguen conduciendo el BMW por Vilagarcía o viviendo en el chalé de lujo. Esto transmite un mensaje de impunidad. Y es desalentador para los que luchamos contra esta gente». El mejor ejemplo lo encontramos en el patrimonio de «Sito Miñanco». Su familia continúa a día de hoy disfrutando de casi todos sus bienes, desde chalés hasta coches de alta gama.

En realidad existe una posibilidad, un camino para evitar que esto suceda. Se llama enajenación anticipada, y es una alternativa legal por la que el juez, si así lo decide, puede decomisar sin condena. El problema es que pocos jueces lo hacen, porque conlleva cierto riesgo. En la Navidad de 2013 el magistrado Fernando Grande-Marlaska absolvió al clan arousano de «los Pasteleros» después de la espantada del testigo clave, José Luis Fernández Tubío. Con la absolución, el juez se vio obligado a retirar todas las medidas impuestas sobre empresas, vehículos y cuentas bancarias. Un mastodonte burocrático que todavía dura.

«No es frecuente que los tribunales autoricen la enajenación anticipada», explica Javier Zaragoza, actual fiscal jefe de la Audiencia Nacional. «Existe una tendencia generalizada a conservar los bienes». Lo que significa que un tercio de los bienes decomisados acaban en la chatarrería.

«Esto tiene que mejorar —expresa con visible enfado Luis Rubí, el abogado que administró el pazo de Baión—. Hay que evitar que la familia «Miñanco» disfrute del patrimonio. También hay que agilizar estos procesos, porque ahora se está 14 o 15 años administrando. Y se pierde el valor. No vale decir que no hay recursos, que faltan funcionarios. Si no hay recursos, se ponen». Fernando Alonso va más allá: «Queremos que se embarguen antes y que esto sea norma, no decisión del juez. Es más, nosotros pedimos la legalización de la inversión de la carga de la prueba».

La inversión de la carga de la prueba es una petición difícil de lograr. Consiste, *grosso modo* y usando un lenguaje alejado de tecnicismos, en la presunción de la justicia de que un patrimonio proviene de actividades ilegales, en este caso, el narcotráfico. Esta presunción obligaría al propietario a demostrar que sus bienes proceden de actividades lícitas. Es decir, si un juez considerase sospechoso que un señor de Vilagarcía que regenta una frutería tenga tres chalés y cinco coches, podría acusarlo de una actividad delictiva, y entonces el señor de la frutería debería probar su inocencia. Una suerte de presunción de culpabilidad que no encaja con la Constitución, pero que, tras años de impunidad en las rías (viendo al mecánico de la esquina comprar tres casas en la playa), muchos vecinos exigen como único camino para terminar con el narcotráfico.

No todo es negativo. Dos tercios de los bienes decomisados a los narcos sí son vendidos con éxito. El pazo de Vista Real, que pertenecía a «los Charlines», es ahora propiedad pública (algo abandonada, hay que decirlo) y en su jardín hay un monumento con una placa en la que se quiere recordar la victoria de la sociedad frente a la mafia gallega: «Podrán cortar todas las flores, pero no podrán detener la primavera [cita de Pablo Neruda]. En recuerdo a las víctimas de la sociedad gallega frente al narcotráfico». Otro ejemplo: en las bases oficiales que la Xunta envió a los candidatos para rehabilitar y redecorar el interior del pazo de Baión, se especificaba, sin rodeos, que nada podía hacer referencia a temas relacionados con las drogas o el narcotráfico. Era la norma más importante.

La política gallega también parece más saneada. Estar del lado de los capos hace años que dejó de dar votos en Galicia, aunque tampoco está claro que los quite: tras el escándalo de las fotos de Feijóo con Marcial Dorado en su yate, el presidente sigue en el cargo y el asunto parece olvidado. La transformación de los traficantes en, sencillamente, delincuentes, alejó a los políticos. Con una consecuencia negativa: alejados del fenómeno, comenzaron a ignorarlo. Y llegaron los recortes. En enero de 2014 el buque Fulmar de Aduanas fue trasladado desde Vigo a Cádiz. Desde la Policía y la Guardia Civil también se escuchan las quejas. «Tenemos muy pocos medios ahora, y eso es darles ventaja», explica un mando de la Policía Nacional. «Todo va para el terrorismo. Supongo que hay que aceptarlo».

La desatención, ya lo vimos, también la padece la prensa. Y está presente en la mayoría de los gallegos, que perciben el narcotráfico como un recuerdo, en lugar de como una realidad viva. Un recuerdo que comenzó en la costa asaltando buques, en *a raia* colando penicilina y en el Baixo Miño haciendo contrabando de chatarra. Que siguió con gasolina y se consolidó con cajetillas de tabaco. Que dio un salto y llenó la costa de fardos. Y que ahora busca grietas para seguir metiendo cocaína mientras abre nuevos negocios para seguir justificando las ganancias. De Celso y «Terito» a «los Pasteleros» y «Patoco». De «Sito» a los nietos de Charlín. De las barcas a las planeadoras de 1000 caballos.

No se debe olvidar lo que todavía no ha terminado.

ÍNDICE DE NOMBRES

CLANES

Las menciones a los clanes de Oubiña, «Miñanco», Charlín y Marcial Dorado, y la banda de «Patoco», están recogidas en el índice de nombres. En este apartado recogemos solo el de los demás clanes.

OPERACIONES

BIBLIOGRAFÍA

Antón, Santo y García Mañá, Luis Manuel. *O lume*, Edicións Xerais, 1997.

Carré, Héctor. *Febre*, Edicions Xerais, 2011.

Conde, Perfecto. *La conexión gallega. Del tabaco a la cocaína*, Ediciones B, 1991.

Escobar, Juan Pablo. *Pablo Escobar. Mi padre*, Planeta, 2015.

González Martínez, Praxíteles. *Yo también fui contrabandista en el estuario del Miño*, O Rosal, 2013.

Lema, Rafael. *Costa da morte, un país de sueños y naufragios*, Grupo de Acción Costeira da Costa da Morte, 2011.

Portabales Jr., Ricardo y Cruz. *Julián Fernández. El diario de mi padre. Testigo protegido*, autoeditado, 2015.

Rivas, Manuel. *Todo é silencio*, Alfaguara, 2010.

Rodríguez Mondragón, Fernando. *El hijo del ajedrecista*, Editorial Oveja Negra, 2007.

Suárez, Felipe. *La Operación Nécora +*, autoeditado, 1997.

Trigo, José Manuel y Trigo, Ramón. *O burato do inferno.* Faktoría K de libros, 2010.

Urbano, Pilar. *Garzón. El hombre que veía amanecer*, Plaza & Janés Editores, 2000.

AGRADECIMIENTOS

Este libro solo ha sido posible porque un grupo de periodistas gallegos se jugaron y se juegan la vida informando sobre este asunto. Es para ellos este trabajo y es para ellos mi agradecimiento y admiración.

Gracias, Arturo Lezcano, mi editor *outsider*, por tu ayuda, paciencia y apoyo. Por leerme con buenos ojos.

Gracias, Álvaro, por la confianza de Libros del K.O. Gracias, Emilio, por no relajar la marca ni un metro. La asistencia de este libro es tuya, yo solo la empujé.

Gracias a mis padres y a mi hermana Cris. Es curioso cómo después de 34 años dando bandazos siguen creyendo en mí.

Gracias a todos los que me han prestado su tiempo para informarme, explicarme y narrarme sus vivencias en torno al narcotráfico en Galicia. Para muchos no ha sido fácil ni cómodo. Estoy muy agradecido.

Gracias a todos aquellos que me habéis animado durante el camino diciendo: «Avísame en cuanto salga que lo compro sin falta». Que así sea.